이 상 하 고
쓸 모 없 고
행복한 열정

소설과 에세이 그 어디쯤

신나리 지음

# 이상하고
# 쓸모없고
## 행복한 열정

느린
서재

# 목차

**프롤로그**
무엇도 바라지 않고 그래서 무엇도 남지 않을 수 있겠지만_07

나는 왕따_19

너의 목소리가 들려_45

애자로부터_69

Wise up_95

어쩌면 화양연화_129

도를 아십니까 _157

모래가 우는 소리_185

오늘의 BGM_217

겟돈 털어 마카오_255

다시, 피아노_289

**에필로그**
각각의 열정_323

조금은 긴 프롤로그

무엇도 바라지 않고
그래서
무엇도 남지 않을 수 있겠지만

덧, 모든 에피소드를 다 읽은 뒤 다시 돌아와
프롤로그를 읽어도 좋을 듯하네요.

석 달간 함께 글을 연재하던 글쓰기 동료들과 술을 마시던 자리
였다. 각자 자신이 빠져 있는 드라마나 영화, 유튜브 채널, 팟캐
스트, 책, 음악, 공연에 대해 신나게 떠들었다. 드라마의 한 시즌
을 정주행하는 동안 얼마나 잠을 적게 잤는지, 설거지할 때 주
로 듣는 팟캐스트는 무엇인지, 어떤 영화를 몇 번 봤는지, 독서
모임에서 찬반 토론이 열띠게 붙었던 책은 무엇인지 흥분하며
이야기했다. 나는 공연 예매의 어려움을 토로하며 차라리 오디
오에 투자하겠다고 말했다.

   누군가 질문했다. 음악을 들을 때 집안일을 하거나 책을 읽
지 않고 오로지 음악만 듣고 있느냐고. 나는 딴짓을 하면 음악

에 집중할 수 없어 영어 듣기 하듯이 음악을 듣는다고 대답했다. 음악을 들으면 가사가 있든 없든 소리 자체가 하나의 텍스트처럼 머릿속으로 들어오는데, 다른 일을 하면 방해가 되어 한 번에 하나의 행위만 하려고 한다고 말했다.

음악을 그렇게까지 진지하게 들을 일인가 물을 수 있겠지만, 나의 음악 감상은 단순한 취미 이상을 넘어서 있었다. 잠자고 일하는 시간을 제외하곤 종일 음악 듣기로 꽉 채웠고 일상의 균형 따위 흐트러진 상태였다. 듣는 음악마다 불타오르는 감동을 주체할 수 없어 활동하는 온라인 플랫폼은 물론, 만나는 지인들에게 '예수 믿으면 천국 갑니다'라고 외치는 열광적인 신도처럼 왜 이 음악이 아름다운지, 왜 이 음악을 들어야 하는지, 온갖 정성을 다해 전도하며 우주의 에너지에 접신한 듯 주접을 떨고 있었다. 지인들은 갑작스럽게 변한 나를 보며 얼마 전까지도 음악 이야기를 전혀 꺼내지 않던 인간이 어쩌다 이 지경으로 음악에 미쳤는지 묻곤 했다.

그때부터였다. 정당성을 만들기로 했다. 나라 건국이나 정권 교체에만 정당성이 필요한 게 아니다. 40대 중년의 여자가 일상을 내팽개치고 무언가 빠지는 데에도 필요하다. '지금 내 모습은 갑자기 엉뚱하게 나타나지 않았답니다. 저는 말이죠… 원래…'

내가 어떤 사람인지 설명하고 싶어 근질근질했다. 클래식 음악에 빠진 건 어린 시절 피아노를 배우며 음악의 싹이 움텄기 때문이라고. 피아노를 그만뒀지만 10대 시절 내내 혼자 악보를 보며 치곤 했고, 중·고등학교 땐 음악 장르를 가리지 않고 닥치는 대로 들었는데 특히 〈샤인〉처럼 피아니스트가 주인공으로 나오는 영화를 매우 좋아했으며, 영화 OST CD를 닳도록 들었다고. 그때 외울 만치 많이 듣던 라흐마니노프 피아노협주곡 3번이 기억 어딘가에 살아남아 지금의 불씨가 되어주었다고. 그러나 근거를 찾아내고 연결 지어 볼수록 궁색했다.

나는 피아노를 열심히 치지 않았다. 어머니가 보낸 학원에 억지로 다니며 한 번 치면 포도알 두 번 채우는 식으로 얼렁뚱땅 때우다가 3년쯤 지나 자발적으로 그만두었다. 가요 악보를 구해 혼자 쳐보기도 하였으나 이것도 잠시였다. 클래식 음악은 대체로 지루하다며 멀리했다. 악기라고는 리코더마저도 음정을 못 맞췄고 피아노곡은 백 번을 쳐도 첫 음의 계이름도 기억하지 못할 정도로 음감이 없었다. 부모가 음악을 좋아해 거실의 오디오에서 모차르트 교향곡이 내내 흘러 나왔다고 말할 수 있다면 그럴듯하겠지만, 작은 스피커가 달린 오디오도 없었거니와 두 분모두 평생 음악이라고는 가요조차 듣지 않았다. 생각해 보니 나역시 8~9년 가까이 동요를 제외하곤 어떤 음악도 듣지 않았다. 내 안에 잠재된 음악적 감수성의 원천을 찾아 지금의 사랑을 굳건하게 만들고 싶었다. 하지만 설명하려고 할수록 근거 없음만 밝혀지고 말았다.

지금 내가 사로잡힌 음악에 대한 열정은 난데없이 찾아온 걸까. 하지만 갑작스럽다고 하기엔 이상하리만치 익숙한 감정이었다. 어릴 적 놀던 놀이터에 다시 서 있는 것처럼 친숙했고 아늑했다. 가슴 속에서 뜨끈한 감정이 수시로 올라왔다. 이것의 정체는 무엇일까.

○ ○ ○

음악이 교통사고처럼 부딪혀오던 때를 떠올려보았다. 프루스트가 《잃어버린 시간을 찾아서》에서 썼던 마들렌 조각이 담긴 홍차 한 모금처럼, 그때 나는 무언가에 깜짝 놀라며 사로잡혔다. 야릿하면서도 감미로운 기쁨이 나를 휘어감았다. 이 기쁨엔 단지 음악이 준 감동이라고 보기엔 부족한 무언가가 더 있었다.

마르셀처럼 나도 온 정신을 집중해 탐색해보았다. 이상하면서도 황홀한 이 감각이 무엇인지, 어디에서 왔는지 알기 위해서. 실루엣이 흐릿하게 그려질 듯 말 듯 하다 휘리릭 사라졌다. 순식간에 지워지곤 하는 인상을 낚아채려고 손을 뻗었다. 잡혔다. 바쁜 일상에 한 겹 덮여 오래도록 까마득히 잊어버린 옛날, 내가 좋아하던 것들이 떠올랐다.

　조금 당혹스러웠다. 나는 지나간 일을 자주 떠올리고 곱씹는 편이 아니다. 친구들이 "네가 그때 이런 말 했잖아"라고 말하면 휘둥그레 눈을 뜨며 언제 그랬냐고 뻔뻔하게 되묻고, 부부 싸움을 격렬하게 해도 왜 싸웠는지 일주일이 지나면 잊어버렸다. 누구나 가슴에 상처 '3천 원'어치 정도 품으면서 산다고도 하는데 그럴 만한 인생의 상처도 딱히 떠오르지 않았다. 힘든 일을 겪지 않아서가 아니다. 고통스러운 기억이 떠올라도 멍들었거나 딱지가 앉혀진 것처럼 건들면 욱신거릴 정도까지는 아니었으니까. 이건 성격이 털털해서도 뒤끝이 없어서도 소위 말하는 탄력성이나 회복성이 좋아서도 전혀 아니다. 순전히 기억력이 극도로 좋지 않아서다. 만약 신이 존재한다면 그분은 나에게 기억력이 아니라 망각력을 주신 것 같다. 이 능력 덕에 현재 상황에 몰입하면 예전의 경험은 생전 한 번도 경험해본 적 없는 듯이 뇌에서 자동으로 지워버릴 수 있었다. 그 덕에 예전에 무엇을 좋아했는지, 또는 무엇으로 힘들었는지 완전히 잊고 살았다.

　그런데 마들렌 조각이 일으킨 기쁨처럼, 가슴속에서 흐릿하게 꿈틀거리는 걸 잡아챘더니 과거가 나타났다. 음악이 아니라, 음악만큼 열렬하게 몰입해 오던 취향이나 취미가 줄줄이 꿰어져 올라왔다. 그건 한때는 미술이었고, 한때는 사진이었으며,

한때는 여행이었고, 한때는 영화였고, 한때는 나의 직업 자체이기도 했다.

기억해내고 놀랐다. 예전에 죽고 못 살았던 일들이 지금은 아무런 흥미도 미련도 불러일으키지 않아서였다. 과거가 누적되어 현재가 이루어진다고 하던데, 나에겐 누적분이 하나도 남아 있지 않은 듯 보였다.

과거의 언젠가 서울 광화문의 '시네큐브'에 매주 간 적도 있었지만, 지금은 극장에서는 물론 OTT서비스로도 영화를 즐겨보지 않는다. 유럽 여행에서 작은 도시에 있는 미술관은 물론 화가의 아틀리에까지 샅샅이 찾아다닌 적도 있지만, 지금은 미술관에 발만 디뎌도 사방이 막힌 공간과 어두운 조명에 어지럼증을 느낀다. 디지털카메라가 대중화된 시절에도 필름스캐너까지 구입해 밤마다 현상된 슬라이드 필름을 스캔했지만, 지금은 핸드폰의 카메라로 구도나 노출 상관없이 아무렇게나 찍어버린다. 관심사는 당연히 변한다. 그러나 열정이 식더라도 추억은 남을 수 있다. 그런데 한때의 추억으로도 기억조차 나지 않고 심지어 그것에 몸이 반응하지도 않음에 당황했다. 그동안 나에게 무슨 일이 일어났던가.

아기를 낳고 약 4년 동안 오로지 한 생명체에 몸을 밀착해 살았다. 아이가 대소변을 가리고 의사 표현을 하고 배우자와 양육을 원만히 분담할 수 있게 되면서 글을 쓰고 책을 냈다. 다시 직장에 다니며 하루하루 주어진 과제를 해치우며 살았다. 10년이 지났다. 아이를 낳기 전 나의 일부를 구성해오던 것들은 수많은 과업을 거치며 모조리 지워졌고 나는 이전과 별개의 사람이 되었다. 회상에 잠겨 쓸쓸히 젊은 시절을 추억하면 전형적인 회고담이 되겠지만, 내 모습이 변했다는 사실이 그다지 안타깝진 않았다. 과거가 썩 그립지도 않았다. 시간과 세월이 가져온 자연스러운 변화라고 여겼다. 다시 그렇게 살아야 한다면 끙 소리부터 나왔다. 그보다 더 이상 내 것이 아니게 된 과거를 낯설고 신기하게 바라보며 오히려 새로움을 느꼈다. '글감이 생겼군!' 일종의 취미 연대기를 써보기로 했다.

글감을 떠올렸다. 음악, 소설, 영화, 미술, 사진, 여행에서 조금씩 소재를 가져왔다. 쓸 이야기가 가득할 거라는 기대와 다르게 이내 글이 막혔다. 자칫하면 혼자 신나서 떠드는 글이 될 것 같았다. 관심사나 취미, 취향이라는 건 쓰는 사람, 아는 사람에겐 재미있지만 모르는 사람에겐 암호 같은 이야기가 될 것이 뻔하지 않던가. 글을 접었다.

그러나 내가 느낀 이상하고 강렬한 기쁨이 뭔지 알아내는 일을 포기할 수 없었다. 얕은 물에서 일렁이는 실루엣을 포착해 지금은 흥미가 사라진 취미를 발견했다면 더 깊숙이 내려가면 무얼 만날지 궁금했다. 단순히 관심사로만 말할 수 없는 것이 저 아래에서 찰랑거리며 빛나고 있었다.

○  ○  ○

프루스트의 소설에서 화자인 마르셀은 마음 깊은 곳에서 팔 딱거리고 희미하게 몸부림치는 기억을 의식의 표면까지 끌어올리기 위해 애쓴다. 의식적인 노력이 무색하게 하루의 지리멸렬한 권태나 당장 해야 할 일이 주는 압박이 그 애씀에 저항한다.

나도 그랬다. 우글거리고 묵직한 기억의 보따리들이 밑바닥에서 그물에 엉켜 있었지만 끌어당기려고 하면, 일상의 거센 물살에 휙휙 밀려 나갔다. 무언가가 있다. 대체 무엇이란 말인가. 어떻게 그걸 잡을 수 있단 말인가.

무의식이라거나 억눌린 욕망이라거나 결핍이라고, 또는 위로받지 못한 내면의 아이라고 말할지도 모르겠다. 나는 과거를 심리적으로 해석하는 데 관심이 없다. 인생의 발목을 잡는 문제를 찾고자 함이 아니라, 마들렌 과자 조각의 기쁨처럼, 알 수 없이 나를 휘어감은 열정의 정체를 찾고 싶었다.

당장의 할 일을 잠시 미뤘다. 고립된 시간을 확보하고자 했다. 지금 좋아하는 음악이 아니라 10년 전, 20년 전의 음악들을 다시 찾아 들었다. 음악이 우연히 기쁨의 버튼을 눌렀던 것처럼 회상의 심연으로 내려갈 수 있는 산소통도 음악이 되어주었다. 놀랍게도 오래된 음악들은 아릿하고 저릿하게 몸의 감각을 일깨웠다. 음악을 듣거나 영화를 보던 당시의 정황이 우르르 휘저어졌다. 기억의 더미가 윤곽을 드러내자 물살도 내 쪽으로 방향을 틀어 그물을 수월하게 건져 올리도록 도와주었다. 새로운 기억이 줄줄이 딸려 올라왔다. 첫 번째로 떠오른 기억이 취미였다면, 두 번째로 발견한 기억은 일종의 공감각이었다. 공간의 온도, 햇살과 가로등의 노란빛, 목덜미를 스치던 바람의 결, 아늑하거나 축축한 냄새, 서늘함과 뜨거움, 숨결과 체온, 웅성거리거나 날카롭던 소리 그리고 외로움까지.

뭉쳐진 기억의 더미를 살살 풀어내 이리저리 엮어보았다. 영화, 음악, 책, 물건, 장소, 그것들과 얽혀 있던 사람들의 이야기를. 끝내 그것들로부터 멀어진 이야기를. 그리고 발견했다. 무언가를 사랑한 기억은 언제나 무언가와 이별한 기억이기도 하다는 걸.

내가 가진 열정만큼 인정받거나 성과를 이루거나 무언가가 되는 건 보통의 능력으로는 매우 드물다. 그건 사랑하는 것과 삶이 균형과 조화를 이루어야 하고 운도 따라줘야 하며 상황과

시대의 흐름과도 맞아야 가능하다. 경험해보면 알겠지만 오로지 내 몸의 균형 맞추는 일만 보더라도, 의지대로 할 수 없다. 집중과 몰입과 쏠림으로 일상이 엉망진창이 되어버리고, 감정 조절 실패로 끝까지 질질 매달리다가 내가 질리거나 몰입한 대상의 변심 또는 변화로 포기하게 되는 경우가 많다. 그것들 또는 그들은 난데없이 삶으로 쳐들어와 나를 온통 채웠지만 썰물처럼 급작스럽게 빠져나간다. 그럼 아무도 알지 못하는 애도를 호되게 치러야 한다.

이 모든 건 실패와 찰싹 붙어 있다. 아무리 사랑하고 헌신한다고 해도 남들에게 인정받지 못할 수 있고, 명예나 돈과 같은 보상으로 환원될 수 없을지 모르며, 애정을 확인하는 헤피엔딩도 없다. 이해나 화해에 가닿지 못할 수 있다. 불타버리고 남은 재처럼 아무것도 남지 않을 수 있다.

그렇다면 의미가 없을까. 무의미를 견디긴 어려우니 우린 이런 이야기의 끝에 교훈이 나오길 기대한다. 하지만, 쓸모를 확인하기 위해, 성취를 얻어내기 위해, 보람을 느끼기 위해, 관심과 애정을 오래 지속시키기 위해, 감정과 행위의 균형을 세심하게 저울질하기 위해 노력하면 소중한 것을 변함없이 간직할 수 있다는 결론에 이르는 건 애초에 불가능했다. 그럴 수 없었으니까.

그때의 상황으로 들어가 온몸을 담가 보았다. 현재 할 수 있는 시비구별과 사리판단을 내버려두고 당시의 시점에서 나를 바라보며. 수습하거나 해결하려고 하기보다 단지 재구성했다. 그렇게 쓰기로 했다. 무엇도 바라지 않고 그래서 무엇도 남지 않을 수 있겠지만, 그 순간만큼은 나를 사로잡은 쾌락과 환희에 찬 고독 그리고 이상하고 슬픈 행복에 대해.

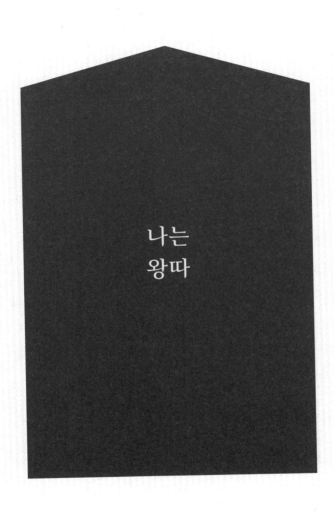

나는
왕따

마당의 녹색 문을 열고 나가면 잡초가 무성하게 자라는 공터가 펼쳐졌다. 공터 한 가운덴 갯벌처럼 텁텁하고 진득한 진흙이 꽉 차 있고, 머리채를 숙인 채로 비쩍 말라가던 누런 수초로 둘러 싸인 방죽이 있었다. 물가를 만난 아이들이 으레 그렇듯이 돌도 던져보고, 볕을 쬐려고 앉아 있는 개구리도 가까이에서 보고 싶었지만, 몇 년 전 방죽에 빠져 죽은 애가 있었다고 조심하라던 엄마 말이 떠올라 그 앞을 지날 때면 그쪽에 눈을 두지 않고 뛰었다. 저만치 보이는 동헌을 향해 전속력으로.

조선시대의 관아였다는 동헌은 칠이 벗겨진 채로 퍼석하게 서 있었다. 동헌의 입구 앞 디딤돌에 당도하면 뜀박질을 멈췄다.

여기부턴 서두를 필요가 없었다. 숨을 고르며 동헌의 차가운 나무 기둥을 손으로 가만히 쓸고, 어둑한 동헌 안을 흘깃거리면서 벽을 따라 터벅터벅 걸어갔다. 그러면 학교 운동장이 나왔다.

전학 온 지 3년째다. 4학년이 되었다. 국민학교 교사였던 아빠가 이 학교로 전근을 왔고 우리 가족 모두 사택에 들어와 살고 있었다. 나는 첫 시험부터 반 일등을 했으며, 같은 학교에 근무하고 있던 아빠의 후광까지 덧대어져 교사들의 칭찬과 관심을 한 몸에 받고 있었다.

"네가 신 선생 딸내미구나!"

수업 시간에 담임이 질문하면 반 아이들이 고개를 돌려 제일 먼저 나를 쳐다봤다. 나는 애써 아이들의 시선을 의식하지 않으며 무심하게 정답을 말하곤 했다. 3학년 때 부반장을 했고 4학년 새 학급의 반장은 이 추세라면 자연스럽게 내 차지가 될 예정이었다. 그 아이를 만나기 전까지는 말이다.

○ ○ ○

강은은 줄곧 전교 1등이었다. 전체 등수를 매기진 않았지만, 우리 반에서 아무도 100점 맞지 않은 과목에서 '100점 맞은 애'가 옆 반에 있다는 얘기가 들리면 바로 그 아이였다. 3학년까진 반이 달라 만나지 않았지만 이 작은 학교에서 강은도 분명 내 소문을 익히 들어 알고 있었을 것이다. 4학년이 되어 우린 만났다.

학기 초, 반장선거를 앞두고 반엔 묘한 기류가 흘렀다. 강은은 이 시골 마을의 토박이면서도 1학년 때부터 학교를 장악해온만큼 이미 자신의 추종자들을 거느리고 있었다. 화장실을 갈 때도 점심 도시락을 먹을 때도 체육 시간에도, 강은의 주변엔 적게는 서너 명, 어쩔 땐 여덟아홉 명의 아이들이 모여 있었다. 그에 비하자면 나는 여전히 이방인 신분이었다. 아이들이 나에게 보이는 관심과 호의는 어디까지나 도시에서 전학 온 공부 잘하는 애, 그리고 아빠가 같은 학교 선생이라는 호기심, 그 이상도 이하도 아니었다. 강은은 학기 초부터 수업 분위기를 능수능란하게 주도해갔다. 더 이상 아무도 담임의 질문에 나를 쳐다보지 않았다.

어느 날의 미술 시간이었다. 학교생활 모습을 8절 도화지에 그려 교실 뒷벽에 부착했다. 수업이 끝나고 청소시간이 되어 아이들 그림을 보다가 큰 소리로 웃고 말았다. 양쪽에서 줄넘기를 잡고 돌리며 '꼬마야, 꼬마야' 놀이를 하는 아이들을 그린 그림이 복사된 듯 여러 장 부착되어 있었다. 누가 그렸는지 찾아내려고 실눈을 뜨고 그림을 하나씩 들여다봤다. 맨 앞에 있는 그림 아래쪽에서 강은의 이름을 발견했다. 그 애의 그림은 삐뚤어진

선이나 어긋난 붓 칠 하나 없이 단연 돋보였다.

그 옆으론 조금씩 어긋난 구도로 비슷비슷한 동작이 그려진 그림이 연이어 붙어 있었다. 운동장과 하늘도, 주변의 나무도 똑같았다. 열심히 베꼈으나 끝내 오리지널을 따라잡지 못한 빈틈 투성이 그림들. 청소하던 빗자루를 들어 그림을 하나씩 집으며 말했다.

"하늘도 똑같고, 나무도 똑같고, 표정도 똑같아. 니들이 강은 부하야? 왜 똑같이 따라해?"

내 말을 마치기가 무섭게 복제된 그림의 장본인 아이들이 나를 에워쌌다. 그림 앞에 다가가는 나를 보며 내가 어떤 말을 하나 주시하고 있었나 보다. 강은이 아이들 사이로 천천히 걸어 나왔다. 그 아이는 고개를 살짝 들면서 말했다.

"왜? 따라 그리면 안 돼?"

침을 꼴깍 삼켰다. 심장이 쿵쿵 뛰었다. 이 상황에서 빠져나가기 위해 아무 말이나 내뱉었다.

"그러니까, 니들이 무슨 같은 편이야? 왜 다 똑같이 그리는데?"

부하라는 말을 정정하기 위해 했던 말이었다. 강은은 씩 웃으며 대답했다.

"같은 편? 그럼 너는 다른 편이야?"

그리고 주위를 둘러보며 말했다.

"그럼 내 편인 사람은 누구지?"

아이들은 기다리기라도 한 듯이 강은의 주변으로 몰려갔다.
강은과 나 사이에 강이 흐르기라도 한 듯, 교실은 반으로 갈라
졌고 반의 여자아이들은 모조리 강은의 영토로 갔다. 단 두 명
만 빼고. 아이들은 의자에 남아 있던 윤을 향해 물었다.

"너는 누구 편이야?"

윤은 턱을 괴고 관심 없는 표정으로 말했다.

"나는 누구 편도 아니야."

윤을 잽싸게 노려봤다.

'누구 편도 아니라고? 누구 편도? 너는 내 편이잖아! 내 편!'

윤은 나의 가장 친한 친구였다.

○ ○ ○

최소한 그렇게 믿고 있었다. 학기 초 새로운 아이가 전학 오
기 전까진. 전학생과 윤은 아이들이 강은에게 모조리 몰려가는
와중에도 의연하게 자리에 앉아 중립을 지켰다. 나는 나에게 오
지 않는 윤을 말없이 보며 어금니를 꽉 깨물었다.

매일 혼자 점심을 먹었다. 아이들은 자기들의 편을 더 확고하

게 지키기 위해 요새를 쌓아 올렸다. 편을 먹는다는 것이 무언지 철저하게 보여줬다. 평소엔 네다섯 명이 옹기종기 모여서 먹던 점심시간이었지만, 미술 시간 사건 이후로 스무 명 넘는 아이들은 강은의 주변을 호위하며 다닥다닥 붙어 밥을 먹었다.

체육시간에도 마찬가지였다. 농구, 피구, 줄넘기를 하건 십여 명의 아이들이 우르르 몰려다녔다. 그들은 결코 팀을 나누지 않았으므로 어떤 놀이도 제대로 되지 않았다. 선생들은 국민 체조만 마치면 아이들을 운동장에 두고 사라져버렸고 완벽한 단합을 이룬 이 패거리를 통제할 사람은 그 누구도 없었다.

나는 놀이에 끼지 못하고 혼자 그네를 타거나 모래 바닥에 그림을 그리며 시간을 보냈다. 저만치 전학생과 시소를 유유히 타고 있던 윤을 가끔 흘깃거리며.

○ ○ ○

사건이 터지기 전까지만 해도 학교와 지척이던 우리 집엔 늘 윤이 놀러 왔다.

우리 집은 슬레이트 지붕의 일반 시골 주택과 다르게 일제강점기에 지어진 적산 가옥이었다. 네모난 일본식 정원과 미닫이 유리문과 좁은 복도식 마루가 있는 곳. 이곳은 줄곧 학교 사택으로 쓰여 왔는데, 전근 온 남자 선생들이 혼자 아무렇게나 지내다 가던 곳이라 꽤 오랜 세월 방치되어 있었다. 엄마와 아빠는 이곳으로 들어오며 대대적으로 집을 수리했다. 깨진 유리문을 갈아 끼웠고 틈이 벌어진 마룻바닥을 기웠다. 담배 냄새가 누렇게 밴 벽에 풀칠을 해 흰 종이를 발랐다. 바퀴벌레를 박멸하기 위해 집안 전체에 소독약을 뿌리고 일주일간 큰집으로 피신하기도 했다. 마당엔 앵두나무와 사과나무를 심고 장미 덩굴을 올렸고, 뒤뜰에 퍼져 있던 호박과 참외에 변소의 똥을 퍼 날라 거름으로 줬다.

100년은 족히 넘던 아름드리 은행나무 아래에 넓적한 평상을 만들었고, 여름이면 평상에 드러누워 수박을 먹고 마당으로 씨앗을 퉤퉤 뱉었다. 가을엔 마당에 잔뜩 떨어져 구린내를 풍기는 은행을 코를 막고 주워 담았고 엄마가 구워 낸 쌉쌀한 은행알을 억지로 먹곤 했다.

하교하고 나면 윤과 삐걱거리던 좁은 마루에 배를 깔고 엎드리거나 걸터앉아 숙제를 했다. 우린 1학년 때부터 지금까지 같은 반이었다. 반을 배정하는 봄방학 때면 선생님이 윤을 호명하기만 기다렸다. 마침내 이름이 말해지면 우리는 눈을 마주치며 씽긋 웃었다. 쌍꺼풀이 진한 동그란 눈에 주근깨가 있던 윤의 얼굴이 편안해지는 걸 보고 나서야 나는 안도의 숨을 내쉬었다.

우린 서로의 숙제를 봐줬다. 윤은 덜렁대던 내가 자주 틀리던 연산을 바로 알아채고 말해주곤 했다. 나는 윤의 일기장을 보고 맞춤법을 고쳐줬다.

끊임없이 종알거리던 나에 비해 윤은 말수는 적었지만 내 말에 자주 깔깔거렸다. 숙제를 마치면 방죽이 있던 공터로 나가 네잎클로버를 한참씩 찾았다. 출출해지면 집으로 돌아와 엄마가 해둔 김치전을 먹었다.

네 시 반쯤 학교에서 퇴근한 아빠가 옷도 갈아입지 않고 가방을 던지고 우리에게 오면, 아랫목에 이불을 둘둘 말고 앉았다. 이야기의 주제는 집 마당 한쪽에 있던 똥 변소에 관한 것이었다. 그 변소엔 귀신이 산다. 똥을 싸려고 하면 귓전으로 희미하게 소리가 들린다. '빨간 휴지 줄까, 파란 휴지 줄까.' 아빠의 이야기를 들으며 우린 두 손을 꼭 잡고 오들오들 떨었다. 귀신의 허옇고 퍼런 팔이 내 뒷덜미를 잡고 흔들 것만 같았다. 검은 긴 머리를 풀어 헤치고 흰자를 뒤집어 깐 귀신이 고개를 쳐들 것만 같았다. 뜸 들이다 아빠는 우리의 발목을 기습적으로 잡았고, 우린 까아아아 소리 지르며 이불 밖으로 뛰쳐나갔다.

윤의 집으로도 자주 놀러 갔다. 윤이네는 농장을 운영했다. 동네 사람들은 윤의 집을 보고 젖소를 100마리 넘게 키우는 부잣집이라고 했다. 그 애의 집으로 가려면 읍내 건너편 언덕을 넘어가야 했다. 우린 마을을 통과하던 개천을 쭉 따라가다가 넓은 신작로를 지났고, 목장이 있는 언덕배기로 올라갔다. 모험의 여정엔 위험이 가득했는데 가장 긴장했던 관문은 언덕 중턱에 있는 나무줄기에 몸을 배배 감고 있던 뱀과 마주치는 일이었다. 그 뱀은 기다리고 있었다는 듯 헛바닥을 날름거리며 우리를 내려다보고 있었다. 그 앞을 지날 때면 "뱀이야. 보지 마! 뛰어!" 하고 한달음에 언덕을 질주했다. 두 번째로는 체감거리 100미터는 될 법한 젖소 우리를 통과해야 했다. 가슴 가득히 탁 트인 공기를 들이마신 다음, 코를 막고 뛰었다. 그럼에도 손가락 사이로 숨 막히도록 진득한 똥 냄새가 새어 들어와 마지막엔 헛구역질로 달리기를 끝냈다.

언덕 중턱에 있던 윤의 집에선 마을 전경이 내려다보였다. 우린 마을 전체가 보이는 찬마루에 엎드려 숙제를 했다. 배가 꼬르륵거리면 윤의 아빠가 똥 냄새와 소 냄새가 잔뜩 밴 옷으로 다가와 내 머리를 한번 헝클고 "잠만 기다려라. 막 짠 젖 줄텡게" 하며 방금 착즙한 누렇고 진한 소젖을 한 사발 가져와 내 앞에 건네곤 하셨다.

"어디서 못 먹는다. 몸에 겁나게 좋은 거여. 쭉 마셔라."

그리고 인자한 미소를 지으며 내 입에 시선을 고정한 채로 다 마시길 기다리셨다. 아저씨의 눈을 울상을 하고 바라보며 사약을 받듯이 걸쭉하고 비릿한 소젖을 들이켰다. 이미 물마시듯 개운하게 식음을 끝낸 윤은 흰 수염이 난 얼굴로 나를 보고 웃고 있었다.

∘ ∘ ∘

모두 지난 일이다.

윤은 나를 더 이상 집으로 부르지 않았다. 윤을 기다렸지만 나를 찾지 않으리라는 것도 알고 있었다. 내가 왕따를 당하기 전부터 느껴지던 미세한 균열이 있었다. 사건이 있기 전부터 윤과 나는 편하지 않았다. 단짝이라고 묶여 있던 끈은 조금씩 헐거워지고 있었다. 언제라도 윤이 이 끈을 풀어버려도 이상하지 않았다. 그 아이는 이미 나에게 돌아서서 다른 곳을 보고 있었고 나만 윤을 바라봤다. 내가 먼저 놀자고 하지 않는다면, 내가 시간을 내지 않는다면, 우리의 우정이 유지되기 어려울 거라는 불안이 내 안에서 생겨났다.

작년 가을에 우리 학교로 온 전학생에게 윤은 친절했다. 다른 아이들과 선뜻 어울리지 못하는 전학생을 유독 챙겼다. 밥을 먹을 때도 우리 집에 놀러 올 때도 윤의 집에 놀러 갈 때도 전학생과 함께 다녔다. 우리 둘이 놀 거라고 예상했던 날에도 전학생이

같이 오면 내 심장은 덜컥 내려앉았다. 마음속에서 뭔가가 삐죽하게 올라왔다. 한동안 어정쩡한 삼각관계가 이어졌다. 아니 정확히는 그 둘 사이에 내가 악착같이 붙어 있었고, 결국 나는 내쳐졌다.

윤이 왜 내 편을 들어주지 않는지, 왜 나와 놀지 않는지, 애써 추측하려 했다. 전학생은 말수가 적었고 얌전했다. 어떤 이야기를 하든 순순히 고개를 끄덕거렸고 방그레 웃었고 따라줬다. 그 애는 거절이라는 단어를 모르는 것 같았다. 그에 비하자면 나는 윤과 놀 때 내 뜻대로 주도하려고 했고 숙제를 하다 아는 것이 나오면 잘난 척도 많이 했다. 윤은 언제나 내 말을 잠자코 들어주었다.

그동안 내 마음대로만 놀려고 해서 벌을 받는 걸까. 하지만 윤이 나와 놀기 싫었는데 억지로 맞춰줬다고 생각하긴 싫었다. 묻고 싶었다. '왜 그랬는데 왜. 내가 싫었으면 처음부터 놀지 말지 그랬어.' 윤이 그동안 나에게 끌려 다니는데 질려버려서 전학생에게 갔다고 믿었다. 그리고 아무것도 모른다는 눈빛으로 착한 척하는 전학생을 미워했다.

하교를 하고서 윤은 전학생과 사라졌다. 나는 혼자 집에 왔다. 점심을 먹고 나면 시간은 억겁처럼 내 앞에 남겨졌다. 남동생마저 자기 친구들과 논다고 나가버렸을 땐, 주체할 수 없는 시간 앞에서 아무런 할 일이 없었다. 무료한 시간을 보내려고 책을 읽었다. 우리 집엔 아빠의 동료이자 1학년 때 담임이 주고 간 전집이 한 질 있었다. 노란색 하드커버에 빨간색의 굴림체로 제목이 쓰여 있고 거칠고 누런 내지가 있던 그 책엔, 전혀 예쁘지 않은 기괴한 그림들이 그려져 있었다.

난 책에 흥미가 없었다. 엄마도 아빠도 책을 즐겨 읽지 않았고, 근처에 도서관이 있어 책을 자주 접할 기회가 있는 것도 아니었다. 책보다 재미난 놀이는 많았다. 우리 집에 놀러 오던 윤이 가끔 그 책을 꺼내 읽으면 그만 읽고 놀자고 졸랐다. 윤은 책에서 쉽게 눈을 떼지 못했고 아쉽게 덮었다. 한 번은 노란 책 중 하나를 빌려가기도 했는데 돌려달라고 말하지 않았다. 마루 한 구석에 처박혀 있던 노란색 책들은 넘쳐나는 시간이 주어진 뒤에야 내 시야 안으로 들어왔다. 뭐가 그렇게 재미있었던 걸까.

책 속의 이야기는 무섭고 기이했다. 이야기 속으로 빨려 들어갔다. 펼쳐보기 겁이 났지만 몰래 먹는 사탕처럼 아껴가며 읽고 또 읽었다. 어릴 적 많이 읽던 책이 한 인간의 지배적인 세계관을 형성한다는 가설을 세워본다. 그해 여름부터 가을, 겨울까지 책의 실제본이 너덜너덜해질 정도로 읽었던 이 이야기들은 툭하면 어디론가 숨고 싶어 하고, 틈나는 대로 나만의 유토피아를 상상하는 성향의 초석이 되었을지도 모르겠다.

벽 속에 숨어 살던 셋방살이 요정들, 마법에 걸려 하늘을 날아다니던 학교, 두꺼비를 손으로 잡던 소녀, 옷장 속 겨울나라.

책을 읽고 나면, 나의 주변을 온통 책 속 이야기처럼 보았다. 책과 현실이 구분되지 않았고 현실을 책의 이야기로 해석했다. 벽 속에 숨어 살던 난쟁이 요정들의 생활을 읽었을 때, 나를 요정으로 상상하기도 하고, 그 요정을 숨겨주는 아이에 나를 대입해보기도 했다. 그 이야기에선 집에 사는 아이만 요정들의 정체를 알았고, 아이는 성냥갑을 가구로 놓으라며 가져다주고 과자를 식량으로 보급하며 요정들과 내통하고 있었다. 엄마에게 혼나고 책상 밑에 코를 처박고 누워 몸을 숨기고 있을 때면 우리 집 어딘가에 살고 있을 요정들을 떠올렸다.

그들은 마루 밑에 살고 있을까. 보일러가 없는 땅 바닥이니 춥진 않을까. 큰 플라타너스 잎을 이불로 쓸 수 있지 않을까. 지나가던 고양이에게 들키면 어쩌지. 과자 부스러기를 문틈 가에 뿌려놓으면 그들이 와서 주워갈지도 몰라. 아빠가 쓰고 버린 담뱃갑과 성냥갑을 휴지통에서 주워와 탈탈 털고, 엄마가 쓰는 재봉틀 옆에 남은 자투리 천을 오려 상자 안에 깐 다음 마루 구석에 가져다 놓았다. '날이 추워지는데 요정들이 이 속에 들어가면 좀 따뜻하지 않을까.' 이런 저런 상상을 하다 보면 시간이 후딱 지나갔다.

다음으로 옷장 속으로 들어가면 사자와 마녀가 사는 겨울왕
국이 나오는 이야기를 좋아했다. 평소에도 나는 나프탈렌 냄새
가 코를 매캐하게 찌르던 옷장을 신기해하면서도 무서워했다.
지금의 계절과 상관없이 걸려 있는 두껍거나 얇은 옷들은, 그
옷을 매만지는 순간을 지금과 다른 시간이거나 몇 달 전 정지된
시간처럼 느끼게 했다. 내가 입을 수 없는 큰 옷 앞에서 나는 주
눅이 들었다. 그러나 그 옷을 몰래 걸칠 때면 괜히 용감해지는
자신감이 생기기도 했다.

사자와 마녀의 이야기를 읽은 후론 어두운 옷장 안이 또 다
른 세계로 다가왔다. 그 안으로 쑥 빨려 들어가는 나를 그려보
았다. 한 번은 눈을 질끈 감고 용기를 내어 손을 넣었다. 컴컴한
옷장 안의 새로운 세상으로 가보겠다는 각오로. 켜켜이 포개진
두툼한 겨울옷을 하나씩 젖혔다. 옷들은 마치 두꺼운 나무처럼
나를 가로막고 있었다. 이 장애물을 넘어야 했다.

두툼한 옷들을 젖히며 상상했다. 안으로 걸어 들어가면 차가
운 눈 바닥이 밟히겠지. 거기엔 가로등 하나가 켜져 있을 거야.
툼누스를 만나면 뭐라고 해야 할까. '네 이야기 많이 들었어'라
고 말할까, 아니면 시치미를 뚝 뗄까. 옷장 안에서 본 세상을 윤
에게 이야기하면 윤은 내 말을 믿어줄까. 아니면 관심 없는 표
정을 지을까. 친구들을 데리고 겨울나라로 들어가면 우리도 이

브의 딸로 대접받을까. 비버 부부가 해주는 물고기 튀김을 먹을 수 있을까. 새하얗고 차가운 마녀를 만나게 되면 마녀가 주는 과자는 절대 먹지 않을 거야.

마녀의 마법에 걸려 얼어버린 동물과 요정들을 떠올리자 등골이 오싹해졌다. 꽁꽁 얼어 있던 겨울나라에 봄이 찾아오며, 동상들이 발끝에서부터 녹아 서서히 자신의 색깔로 물들여지는 모습을 상상하면 마음이 따뜻해졌다. 거대하게 빛나는 아슬란의 등을 타고 온 세상을 껑충껑충 뛰어다니고 싶었다.

그러나 옷장 안에 있는 벽이 닿기 직전에 나는 손을 거두었다. 벽이 없다는 걸 알게 될까 봐. 옷장 안에 겨울나라가 있다는 그 비밀을 감당할 수 없을까 봐. 이전엔 아무도 나를 찾지 못하게 하고 싶을 땐, 옷장 속에 자주 숨곤 했다. 잠시 달아날 수 있다면 컴컴한 옷장을 견디는 것 정도는 할 수 있었다. 하지만 이 책을 읽은 다음부턴 행여 발을 헛디뎌 겨울나라로 가게 될까 봐 옷장 문도 잘 열지 않았다. 내가 겨울나라로 사라져 반 아이들과 부모님이 나를 애타게 찾길 바랐지만, 그곳의 시간은 이곳과 다르게 흐른다고 했다. 내가 1년을 겨울나라에서 살다 와도 이곳은 그 무엇도 달라지지 않을 것이다. 아이들도 나를 찾지 않을 것이었다. 그런 실망스러운 모험에 혼자 들뜨긴 싫었다.

○ ○ ○

여름이 지나고 가을이 지나고 겨울도 지났다. 반 아이들에게 따돌림을 당했지만 잠자코 있지 않았다. 반에서 강은과 일등을 겨뤘고, 내가 점수를 잘 받을 때엔 콧대가 등등해졌다. 우쭐함을 회복하기 위해서라도 필사적으로 시험공부에 매달렸다. 아이들이 내 시험지가 궁금해 책상으로 다가와 힐끗거릴 때면 "강은이한테 물어봐, 니들 대장이잖아!"라고 새침스럽게 쏘아붙였다. 그들이 요새를 쌓는 만큼 나도 요새를 높이 쌓았다. 저 편의 아이 지우개가 내 책상으로 넘어오면 "여긴 내 자리야, 넘어오지 마"라고 말하며. 그것이 나를 지키는 방법이었다.

강은과 나는 곧잘 소리를 지르며 싸웠다. 하루는 청소를 하다 걸레질하는 영역이 부딪혔다. 우린 상대를 팽팽하게 마주보고 대치했다.

"더러운 대걸레로 여길 왜 닦아? 내 자리거든."

강은이 내 영역을 넘어오는 것을 용납할 수 없었다. 혼자여도 내 영토를 지켜야만 했으니까.

강은은 피식, 하고 웃었다. "네가 무슨 상관인데? 같은 교실이 잖아."

나는 분노했다. "하, 기가 막혀서!"

강은은 짓궂은 표정으로 말했다. "막히면 뚫어!"

막히면 뚫어, 라는 말은 강은의 전매특허였다. 그 말에 기세가 눌려 할 말을 잃고 고개를 팽 돌려 자리로 돌아와 분을 삭였다. 멀찌감치 윤이 나를 보고 있었다. 한 번이라도 다가와 말을 걸어주기를, 손을 내밀면서 '그네 타러 갈래'라고 해주길 애타게 기다렸지만 그런 일은 생기지 않았다. 윤은 물끄러미 나를 보더니 전학생에게 귓속말을 하고 교실 밖으로 나가버렸다. 나를 따돌린 대장인 강은을 미워하진 않았다. 그 애는 내가 이겨야 할 상대일 뿐이었다. 강은에게 인정받고 싶지도 않았고 그의 수하가 되고 싶지도 않았다. 하지만 윤은 미웠고, 윤의 행동에 속이 부글부글 끓었다.

반 아이들이 나와 놀지 않는 건 아무 상관없었다. 학교 선생님도, 아빠도, 엄마도, 내가 학교에서 외톨이가 된 걸 아는지 모르는지 아무 말이 없었다. 나도 말하지 않았다. 어쩌면 외톨이라고 느끼지 않았는지도 모른다. 너희들이 나를 따돌리는 게 아니야, 내가 너희를 상대하기 싫은 거지. 이런 생각으로 자존심을 지켰다. 나에게 중요한 건 단 하나였다. 윤과 저 전학생을 어떻게든 떼어놓는 것.

겨울 방학이 지나고 새로운 해의 2월이 되었다. 5학년을 앞두고 다시 나의 전학이 결정됐다. 엄마는 J 도시에 새로 지은 아파트로 4월에 이사 간다고 했다. 아직 아이들에겐 말하지 않았다.

그러던 어느 날, 책상에 쪽지가 올라와 있었다.

"우리 화해하자. 너랑 잘 지내고 싶어."

강은이 보낸 것이었다. 1년 내내 마음을 무겁고 꽉 막히게 했던 막 하나가 허물어지는 기분이 들었다. 드디어 대장에게 구원의 손길을 받고야 말았다는 안도와 함께 억울함이 비집고 올라왔다. 패배했다. 내가 할 수 있는 일은 강은의 영토 안으로 들어가 그들의 패거리 안에 동화되어 지내는 것. 회유의 신호를 거부할 수 없었다. 외톨이에게 베풀어준 선처에 감읍해야 했다. 오래도록 기다리던 순간이면서도 절대로 찾아오지 않길 바라던 일. 순응과 굴복 그리고 화해와 평화.

답장을 보냈다.

"나도 미안했어. 앞으로 잘 지내자."

쪽지를 아이들로부터 건네받고 씩 웃던 강은은 나에게 다가와 나를 내려다보며 인자한 미소로 악수를 건넸다. 고개를 들어 강은은 올려다 보고 손을 내밀었다. 우리를 둘러싼 아이들은 박수를 치며 웃었다. 요새는 헐겁게 무너졌다. 다음 날부터 윤은 다시 나랑 밥을 먹었다. 자기 집으로 가자고도 했다. 내가 더 이상 외톨이가 아닌 걸 보고 놀아주는 그 아이가 얄미웠지만, 윤의 집으로 1년 만에 가는 길은 낯설고도 설렜다. 해가 바뀌어 언덕을 넘을 때 올려다 본 나뭇가지 위엔 뱀 허물이 벗겨져 매달려 있었다. 전처럼 눈을 감고 뛰지 않았다.

윤은 다시 나의 친구가 되었으나 그 아이 옆엔 전학생이 언제나 있었다. 나는 둘 사이를 끝내 떼어놓지 못했다. 우린 이전으로 돌아갈 수 없었다. 내가 전학을 가면 둘은 더 친해질 것이다. 아니, 이미 그랬다. 이사 가기 전날 주말, 윤의 집으로 전화를 걸었다.

"나 내일 이사가. 오늘 우리 집으로 올래? 놀자."

그날도 윤은 전학생을 데리고 왔고 우린 방죽 근처에서 놀았다. 시간은 느리게 흘러갔다. 윤 옆에 숨소리가 들릴 정도로 꼭 붙어 그동안 밀려 있었던 이야기를 해주고 싶었다. 우리 집에 있는 노란 책에 대해. 그동안 잔뜩 그려둔 그림들에 대해. 하지만 윤은 방죽에 버려져 있던 나무 그루터기를 오르락내리락 하고 녹이 슨 회전무대를 쉬지 않고 타며 뱅글뱅글 돌렸다. 그것도 귀찮아지면 동헌까지 전학생과 뜀박질을 하다가 오곤 했다. 윤을 털레털레 따라다녔다. 이야기를 꺼낼 틈이 없었다.

해가 저편 논 너머로 다 기울어 방죽이 까매졌다. 초조해졌다. 전학생이 집으로 가자고 하자, 윤은 금세 다시 만날 것처럼 가볍게 손을 흔들고 등을 돌려버렸다. 빌려줬던 노란 책은 돌려받지 않았다.

○ ○ ○

　윤과 편지를 2년 넘게 주고받았지만, 누가 먼저 편지 쓰기를
그만두었는지 기억나지 않을 정도로 띄엄띄엄 쓰다가 소식이 끊
겼다. 먼저 연락했을 때에야 답장이 오곤 했는데, 내가 먼저 보
내지 않는다면 우리의 연락이 끝날 거라는 예감에 답장을 보내
고 편지를 기다리면서도 초조했다. 그 긴장감이 싫어 언젠가부
터 내가 먼저 편지를 보내지 않았는지도 모르겠다. 아빠는 가끔
나에게 윤의 안부를 물으며 "다시 연락 안 하냐? 번호 기억나지
않아?"라고 물어봤다. 그 아이의 집 번호를 몇 년이 지나도 기억
하고 있었지만 연락하지 않았다.

　어떻게 윤의 번호를 잊을 수 있을까. 수없이 돌렸던 다이얼의
순서도 기억한다. 그 아이의 글씨체도, 콧등의 주근깨도, 부드럽
고 조심스럽던 음성도 선명하게 기억한다. 하지만 꾹 참고 연락
하지 않았다. 아니, 할 수 없었다.

　어디에서부터 풀어야 할지 몰랐다. 우리가 더 이상 예전 같지
않다는 서걱거림을 감당할 수 없었다. 어색함은 언젠가는 희미
해지는 감정이고, 다시 만나면 쑥스럽게 웃으면서 어색했던 감
정도 과거로 슬그머니 보내고 모른 척하면 그만인데⋯. 그러나
나에게 윤은 지금 옆에 없더라도 한 번도 쉼이 없었던 관계였다.

그래서 어색함도 계속 될 수밖에 없었다.

더 이상 왕따 같은 건 당하지 않았고 늘상 붙어 다니는 새로운 친구들도 사귀게 되었지만, 윤을 내내 생각했다. 그 아이가 그리워서라기보다 마침표를 찍지 못해서였다. 우리의 이야기가 이대로 끝나서는 안 된다고 믿었다.

○ ○ ○

스무 살의 어느 날.

그 마을을 찾았다. 큰집에 갔던 추석 연휴, 읍내에 있는 방앗간에 맡긴 떡가래를 찾아오라는 큰어머니의 부름에 아빠와 같이 나갔던 날이었다. 당시엔 너무나 크게 보이던 학교는 마치 장난감 나라에서 옮겨온 조악한 미니어처 같았다. 다른 세상으로 건너는 것만 같이 넓고 아득해 보였던 신작로는 고작 2차선의 골목길이었다. 아름드리 플라타너스 나무도, 은행나무도 모두 베어졌고, 일본식 정원은 온데간데없이 사라져 있었다. 적산가옥이 있던 자리엔 창고 같은 집 한 채만 흉하게 세워져 있었다. 방죽도 메워졌다. 흉물스러운 그 꼴이 보고 싶지 않아 고개를 돌려버렸다. 유년 시절의 풍경이 다 사라졌다.

학교 정문 앞에서 운동장 너머를 기웃거리며 둘러보는데, 갑자기 아빠가 소리쳤다.

"너 강은이 아니냐?"

대장이 서 있었다. 날렵한 눈매와 오뚝한 코, 다부진 입술과 까무잡잡한 피부가 그 아이였다.

"너희 같은 반이었잖아. 인사해!"

"어, 안녕."

우린 씁쓸한 미소를 지었다.

"너는 뭐 하냐? 아직 여기 살아?"

"네, 여상 졸업하고 요즘 엄마 일 도와줘요."

"여기 쭉 있었구나, 얘는 서울서 대학 다닌다."

엄밀하게는 서울이 아니라 경기도 한 도시의 대학이었다. 서울이라고 굳이 힘주어 말하는 아빠의 목소리엔 시골 아이 앞에서의 우월감이 있었다. 그 마음이 내게 전달되어 왔다.

강은과 멋쩍은 인사를 하고 돌아서는데 내 안에 뭔가가 쑥 내려갔다. 4학년 때 겪은 1년 동안의 왕따 경험은 그다지 큰 상처는 아니었다. 왕따를 당하고 있다는 자각조차 없었으니까. 따돌림을 당한 것보다 윤과 멀어진 섭섭함이 더 속상했고, 대장이었던 강은에게 끝내 사과를 했다는 사실이 더 굴욕적이었다. 그런 감정마저도 수년이 지나고선 언제 그랬냐는 듯이 잊혀졌다.

그런데 예전에 반 아이들을 주눅 들게 했던 강력한 힘이 온데

간데 사라져버린 강은의 순박하고 욕심 없는 얼굴을 보자, 당시 내가 그 아이에게 가졌던 두려움이 떠올랐다. 동시에 그것이 우르르 허물어졌다. '너도 그냥 애였구나.' 마음 깊은 곳 어딘가에서 불끈 하고 뭔가 올라왔다. 속으로 외쳤다.

'내가 이겼어. 넌 대학도 못 갔잖아.'

○ ○ ○

엄마는 내가 강은을 만났다는 말을 전해 듣더니 덩달아 윤의 얘기를 꺼냈다.

"너네 제일 친한 친구였잖아. 맨날 우리 집에 놀러왔지. 참, 윤이네 집 얘기 들었냐? 아이구, 갸네 아빠가 도박으로 농장을 홀딱 말아 먹었잖아. 갸네 오빠도 큰일 겪었다더니."

내 머릿속엔 자동으로 윤의 집 번호가 나열되었다. 전화기 앞에 섰다. 한번 걸어볼까. 아니야. 하지 말까. 수화기를 들고 천천히 다이얼을 돌렸다. '그냥 해보는 거야. 번호가 달라졌을 수도 있잖아.' 심장이 쿵쿵 뛰었다. 아무도 받지 않길 바랐다. 단지 아쉬움을 달랠 수 있기만을 바랐다. 따르르르릉, 따르르르릉, 신호음이 한번 멈출 때마다 나도 숨을 멈췄다. 신호는 오래 지속되었다. 끊지 않았다. 기다렸다. 윤이 전화를 받을 수 있을지 없을지, 내 목소리를 기억하고 있을지 없을지, 끊어진 관계가 다시 시작될 수 있을지, 그걸 확인하고 말겠다는 각오로. 받지 않는 다면 이 미련을 끝내겠다고. 어린 시절 추억은 사진첩과 일기장 에만 남겨지는 기록으로 묻어버리고 더 이상 너를 그리워하지 않겠다고.

잠시 후, 발신음이 멈췄다.

익숙한 목소리가 들렸다.

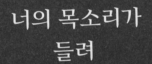

너의 목소리가
들려

전교에서 가장 예쁘다고 하는 아이와 컴퓨터실에서 나란히 앉았
다. 같은 반이었지만 우리는 같이 놀 일도 말을 섞을 일도 없었
다. 큰 키에 하얀 얼굴, 까맣고 커다란 눈동자로 차가운 표정을
지으며 도도하게 걸어 다니는 모습을 감탄스럽게 쳐다볼 뿐이었
다. 그런데 그 아이 옆에 앉을 수 있는 영광스러운 기회가 생기
다니. 선생님이 컴퓨터를 각자 해보라고 실습시간을 줬을 때, 그
애는 심심했는지 노트를 꺼내 A, B, C, D라고 알파벳을 썼다. 그
리고 자기 이야기를 꺼냈다. 요즘 만나는 오빠들에 대해.

"A 오빠는 우리 학교 3학년이야. B 오빠는 S고에 다니고 있는
데 헤어질 거 같아. C 오빠는 수학 학원에서 만났고, 또 다른 한

명은, 애는 동갑이야. 이건 너만 알고 있어, 5반이야."

눈이 휘둥그레질 뻔했지만 티 내지 않고 그 아이의 말을 잠자코 들었다. '5반?' 나랑 같은 동아리에 있던 남자애였다.

난데없이 타인의 비밀을 알게 되자 부채감이 생겼다. 나도 비밀 하나를 털어놓아야 마땅한 답례가 될 것 같았다. 하지만 말하지 못했다. 남자 애들을 네 명이나 사귀고 있다는 그 아이에 비하면 내가 가진 비밀은 초라했다. 그 애는 네가 말할 차례라며 긴 속눈썹이 거슬릴 정도로 눈을 집요하게 반짝이며 나를 쳐다보았지만, 말을 돌렸다. "선생님이 이거 해보랬잖아. 했어?"

야자시간만 기다렸다. 오늘 저녁엔 왠지 삐삐가 울릴 거 같았다.

○  ○  ○

오후까지 수업이 끝나면 예체능 하는 아이들을 제외하곤 모두 야자를 해야 했다. 학원에 다니던 아이들은 소수였고 대부분이 밤늦게까지 교실에 있었다. 도시락을 먹거나 학교 앞 분식점에서 떡볶이를 먹거나 매점에서 컵라면을 사 먹으며 저녁을 각자 해결하고, 여섯 시부터 교실에 착석했다.

아침 일곱 시 반부터 밤 열한 시까지 꽉 짜인 일정으로 학생들을 가둬놓고, 규율에서 조금만 어긋나도 가차 없는 체벌이 허용되던 곳. 교사들은 여학생들의 행동을 지적할 때 귓불이나 볼을 시뻘겋게 잡아당기거나 뺨을 때렸다. 교복 치마의 폭을 엉덩이가 끼도록 줄이거나, 지나치게 늘려 입으면, 가위를 가지고 와서 치맛단을 트거나 잘라버렸다. 복도에선 창가에 손을 대고 엎드린 채 교사에게 몽둥이로 엉덩이를 맞는 남학생들을 매일 볼 수 있었다.

우리 학교는 남녀공학이었지만 내가 입학한 해부터 남녀 분반을 했다. 남학생들에게 생리대를 매점에서 사다 달라고 할 정도로 스스럼없던 여자 선배들과 달리, 우리 학년엔 남학생과 여학생 사이에 뭔지 모를 긴장이 존재했다. 국어와 영어, 수학 과목은 수준별 수업을 한다고 반을 섞곤 했는데, 복도를 지나 남학생 반으로 이동할 때면 미묘하게 설렜다. 여자애들은 교과서를 끌어안고 종종거리며 부지런히 걸어가면서도, 눈동자만 돌려 남학생 교실을 흘깃거리는 것을 포기하지 않았다. 맨 뒷자리에 앉아 있던 키가 껑충하고 어깨가 벌어진 남자애들이 러닝만 입고 있다가 급하게 셔츠를 걸치는 모습을 교실 뒷문으로 엿볼 수 있었던 건 은밀한 즐거움이었다. 교실로 들어가자마자 맡아지던 시큼하고 눅진한 땀 냄새에 몽롱하던 쾌락은 금세 불쾌해지고 말았지만 말이다.

남학생 반과 여학생 반 사이엔 수준별 수업을 할 때가 아니면

선을 넘어서는 안 된다는 암묵적 금기가 있었다. 하지만 남학생 반에서 편지나 선물이 여러 명의 손을 거쳐 전해져왔고, 당연히도 그 과정은 지나온 반 전체에 공유되었다. 누구와 누구가 빈 교실에서 키스를 하는 걸 보았다는 소문도 자주 돌았다. 2학년 선배가 3학년 선배와 사귀다가 임신해 자퇴했다는 얘기를 듣는 날도 있었다.

규율과 처벌 속에서 자유와 일탈과 도발이 존재하던 곳. 야자 시간도 그랬다. 담당 선생이 교실을 한 바퀴 돌고 나가면, 문제지를 펴고 공부하는 척하던 아이들은 재빨리 긴장을 풀고 자율적으로 놀기 시작했다.

《슬램덩크》 만화책을 꺼내드는 19번. 손거울을 펴고 뾰루지에 고인 노란 피지를 짜내는 5번. 그 옆에서 속눈썹에 딱풀을 신중하게 발라 눈에 붙이다 떨어져 짜증을 내는 20번. 이어폰을 끼고 엎드려 자는 10번. 잡지 〈스크린〉을 꺼내 짝과 읽다가 친구가 좋아하는 배우가 나오면 정성스럽게 오려주던 8번. 뮤지컬 배우를 꿈꾸며 교실 뒷벽에서 소리를 죽이고 박정현의 바이브 창법을 연습하던 12번. 저녁만 되면 얼굴에 하얗게 분칠을 하고 입술을 새빨갛게 칠한 다음, 에밀 뒤르켐의 《자살론》을 펼쳐 읽곤 하던 17번. 일본 록밴드에 빠져 일본어 공부만 하던 가장 친한 친구이던, 29번.

아이들은 제각기 사부작거리며 긴 저녁 시간을 보냈고, 밤 열 시가 되면 교실 전체는 미동 하나 없이 고요해졌다. 누군가 큰 소리를 냈다가는 바로 따가운 눈총을 받았다. 표준 FM에서 나오는 '별밤'(별이 빛나는 밤에)을 들어야 했기 때문이다. 제각기 다른 참고서를 펼치고 있던 고요한 교실. 우린 같은 시간에 같은 세상에 접속했고, 조용하던 교실에선 탄식과 웃음이 한번에 새어 나왔다.

교실에만 있지 않았다. 열일곱 살 청춘은 온갖 방법을 동원해 탈출을 시도했다. 학교 근처 걸어서 10분 거리엔 야구 경기장이 있었다. 야구장의 할로겐 조명이 교실 창밖으로 보일 때면 그날은 유독 모두가 들떠 있었다. 쌍방울이 전설의 17연승을 달리고 플레이오프까지 진출하던 시즌이었다. 그들의 홈경기장과 가까웠던 우리 학교엔 저녁이면 야구장의 환호성이 생생하게 들려왔다. 8회부터 야구장 무료입장이 가능해서 몇몇 아이들은 야자 시간에 몰래 다녀오곤 했다. 그들은 야자 시간이 끝날 무렵 상기된 얼굴과 헝클어진 머리카락으로 돌아왔다. "쌍방울이 이겼어! 옆에 있던 아저씨들이 아이스크림 샀다!"

근처 대학 운동장에서 H.O.T나 젝스키스가 출연하는 대형 공연이 열린 적도 있었다. 그땐 반 전체가 작전을 짰다. 아침 여덟 시부터 자리를 맡아둘 순번을 정했고, 총대는 반장과 내가 맸다. 야자시간에 몰래 나가는 건 일도 아니었다. 근처 대학교 영화 동아리에서 일본 영화 상영회를 할 때마다 혼자 조용히 가서 보고 왔기 때문에, 어느 시간에 어느 길로 나가야 학주(학년 주임) 눈에 띄지 않는지 잘 알고 있었다.

우리들은 담임에겐 병원을 다녀와야 해서 오전 수업에 늦는다고 말하거나, 생리통 때문에 양호실에 누워 있겠다고 말했다. 몸이 아파 조퇴한다고 뻥을 치기도 했다. 저녁엔 집단 탈출을 도모하기 위한 동선을 짰다. 한 명이 창밖 너머로 복도를 수비하면서 아무도 지나가지 않을 때를 기다려 손짓을 하면, 한 명씩 교실을 빠져나갔다. 탈출은 보란 듯이 발각되어 버리고 말았다. 하지만 주동자가 장차 서울대 법대를 갈 재목이었던 반 일등이자 반장이었고, 동조자인 나는 평소 모범적인 학교생활로 흠 하나 잡히지 않았던 부반장이었기에, 그 사건은 학주에게 꿀밤 한 대씩 맞는 것으로 마무리됐다.

○ ○ ○

나 역시 야자시간마다 하던 의식이 있었다. 수업 시간엔 결코 졸지 않았다. 언제나 교과서를 중심으로 충실히 공부했다. 교복 치마를 줄여 입지도 않았고, 고무줄 넥타이도 꼬박꼬박 메고 다녔던 누가 봐도 범생이었던 나는, 여섯 시가 되기 전에 책상에 바짝 앉아 조급하게 워크맨의 라디오를 켰다.

'배철수의 음악캠프'가 시작할 시간이었다. 파나소닉 워크맨엔 듣지 않는 영어테이프를 집어넣었고, 노래가 나올 때마다 녹음 버튼을 재빨리 눌렀다. 라디오 프로그램이 끝나면 녹음했던 테이프를 복습하며 좋았던 음악과 밴드들을 노트에 옮겨 적었다. 그리고 주말이면 테이프가 두 개 들어가는 카세트 플레이어에서 편집 작업을 했다. 좋아하는 곡만 재녹음을 해 하나의 테이프에 모아두었다. 유독 좋았던 곡은 앨범 이름을 기억해뒀다가 부모님이 참고서를 사라고 줬던 돈을 가지고 음반가게로 갔다. 테이프는 4천 원이었다. CD로 소장하고 싶던 앨범은 몇 달치 돈을 모아서 샀다.

"라디오헤드의 새 앨범 〈O.K Computer〉가 발매되었습니다. 오늘은 라디오헤드의 신곡으로 시작합니다. 'No surprise.'"

배철수 아저씨의 소개로 한국에 라디오헤드의 새 앨범이 발매된 소식을 접했다. 이미 이전 앨범들을 테이프가 늘어질 정도로 마르고 닳도록 들으며 자신들은 루저라고 외치는 그들의 패배주의적 세계관에 경도되어 있었다. 그렇지만 섣불리 CD를 구매하진 않았는데, 그들의 신곡을 듣자마자 번개가 머리를 강타했다. 이전까지 듣던 음악과 차원이 달랐다. 다음 날, 가지고 있던 돈을 탈탈 털어 음반가게로 달려갔다. 고요하던 야자시간, 비닐을 조심스럽게 뜯고 반짝이는 CD를 지문이 묻지 않게 잡은 다음, 휴대용 CD 플레이어에 넣고 플레이 버튼을 눌렀다.

톰 요크가 흐느적거리는 비음으로 체념한 듯 부르는 노래 속에서 시간은 정지해버렸다. 우주 속에 혼자 떠 유영하는 듯한 환각에 휩싸였다. 그리고 이제 나는 반 아이들과 더 이상 같은 학생이 아니라고 생각하게 되었다.

음악을 들으면 슬프거나 즐거워진다는 감상은 너무나 단편적이다. 음악을 사랑하는 이유는 단지 감정을 건드리기 때문이 아니라 하지 못했던 이야기를 대변해주기 때문이 아니던가. 가사가 있건 없건, 입 밖으로 꺼낼 수 없던 속마음이 음악을 통해 폭발하는 카타르시스 때문에 음악에 빠지지 않던가. 그런 이유로 너바나 혹은 핑크 플로이드처럼 반항기 가득한 음악을 좋아했다.

하지만 어떤 음악은 피하고 싶었던 모습을 알게 해준다. 라디오헤드의 이번 앨범이 그랬다. 그들의 음악은 세상의 황폐함을 관조했고, 그들의 음성에 나의 이야기를 얹자 나를 둘러싼 공간을 차갑게 바라볼 수 있었다.

감옥 같은 교실에 갇혀 재미없는 교과서를 펴두고 멍 때리며 시간을 죽이다가 툭 하면 꿀밤과 손바닥을 얻어맞는 생활. 나는 시험공부를 착실히 하는 학생도 아니었지만 실컷 놀지도 않았다. 수업 시간엔 소설책을 교과서 밑에 숨기고 읽었고, 야자 시간엔 음악만 들었고, 집에서는 도서관에서 빌려온 책을 읽거나 비디오를 보며 지냈다. 입시 교육으로부터 나를 방어하는 방법이었다. 세상과 나를 구별 짓는 방법이기도 했다. 특별함이라곤 없는 아이가 자신의 특별함을 만들어내는 방법이었다. 해맑고 즐겁기만 하면 왠지 생각이 없어 보였던 열일곱 살, 어떤 깊이를 추구해야 하는지 몰라도 음악을 듣고 소설을 읽는다면 어쨌건 평범해지진 않을 거라고 믿었다.

라디오헤드는 이런 나를 머리 위로 붕 떠서 지켜보게 해줬다. 한마디로 나를 같잖게 보는 시선을 갖게 했다. 우울하지만 우울하지 않은 척하고, 실은 우울하지도 않으면서 심각한 척하고, 짐짓 냉소적인 태도가 멋있는 줄 알았던 자의식은 좀 우스워졌다. 라디오헤드가 만들어내는 심오한 세계에서 나라는 인간의 무게는 가벼워졌다. 이런 음악은 삶을, 음악을 듣기 전과 후로 분리해버린다.

이 감상을 누군가와 나누고 싶기도 하고 나만 알고 싶기도 했다. 그때 삐삐의 진동이 울렸다. 액정에 번호가 보였다. "7979"

쉬는 시간 공중전화 앞에는 두어 명이 서 있었다. 내 차례가 되자 두근거리며 번호를 눌렀다. '음성 녹음은 2번.' 수화기에선 익숙한 멜로디가 흘러나왔다. 카세트 플레이어를 켜고 전화기에 대고 녹음했을 장면이 떠올랐다. 픕, 하고 웃음을 터트렸다. 흘러나오는 노랫말은….

'그래, 나 취했는지도 몰라.'

지금 취중진담을 하겠다는 건가? 끝까지 듣고 싶었지만 앞부분만 듣고 끊었다. 뒤에서 순번을 기다리던 동아리 선배가 누구인데 길게 듣느냐고 추궁하기 전에 자리를 비켜줘야 했다.

오늘 밤에 부모님이 일찍 잠들기를, 그렇게 PC 통신에 접속할 시간만을 기다렸다. 음성 녹음을 보낸 사람, 케이의 쪽지가 도착해 있을 것이다. 케이에게 라디오헤드의 앨범에 대해 말해주고 싶어 조급하던 마음은 몽땅 사라져버렸고, 내 머릿속은 '취중진담'의 가사로 가득 찼다. 톰 요크가 들려준 세기말의 진실과 관조적 인생 따위는 내 알 바 아니었다. 라디오헤드에 잔뜩 취했던 얄팍한 감상은 순식간에 휘발되어 버렸다.

나를 두근거리게 하는 진담이 여기 있었다. 왜 하필 이 곡을 들려준 걸까. 그 의미를 해독해야만 하는 과제가 주어졌고, 남은 야자시간에 '취중진담'을 마음속으로 흥얼거리며 보냈다. 책상에 펼쳐진 참고서에 동그라미를 구멍이 뚫릴 정도로 내내 그려댔다.

'처음부터 너를 사랑… 해왔다고. 이렇게 너를 사랑해… 어설픈 나의 말이 촌스럽고, 못 미더워도…. 두 번 다시 이런 일 없을

거야.'

○ ○ ○

케이와는 나우누리에서 만났다. 나이가 같았고 음악과 영화 이야기가 잘 통했다. 주말마다 PC 통신 대화방에 상주하면서 알게 된 바, 대화가 통하는 사람을 만나기 위해선 나를 위장해야 했다. 실명제이긴 했으나 빌려서 쓰는 경우도 많았기에 아이디는 더욱 중요했다. '바이올렛'이라거나 '소녀81', '꿈사랑' 같은 아이디를 쓰면, 당장에 '자유인', '꿈꾸는청년', '지니맨' 같은 아이디들이 달려들어 남자친구 있냐고 물었다. 그런 일을 방지하기 위해 최대한 성별 중립적이되 취향만 오롯이 드러내는 아이디를 썼다. 가령 '너바나'라거나 '데이비드보위', '달팽이' 같은. 이런 아이디를 쓰면 성별이나 나이를 떠나 관심사에 대해 이야기를 나눌 수 있었다. 케이는 내가 '거위의꿈'일 때 만났다.

부모님이 잠든 밤이나 주말에 외출하셨을 때마다 컴퓨터를 켜고 모뎀에 접속했다. 01443을 누르면 다이얼이 눌려지고 띠리리리리 지지직하는 소리와 함께 파란 화면이 켜졌다.

프로필을 검색하는 단축키를 눌러 케이의 아이디를 찾았다. 그럼 쪽지를 보낼 수 있었다. 만약 동시간에 접속 중이라면 일대

일 대화도 가능했다. PC 통신은 전화로 접속하는 것이라서 사용 시간만큼 통화료가 부과되었다. 자칫하다 전화비가 많이 나올 수 있어서 대화보다 쪽지를 선호했고, 쪽지를 보내고 기다릴 때의 설렘을 즐겼다.

몽환적이고 사이키델릭한 록을 좋아하던 나와 달리, 케이는 '건즈앤로즈'나 '에어로스미스'같이 걸쭉하면서 카리스마 있는 보컬이 돋보이는 록이나 한국의 인디록을 더 좋아했다. 우린 어떤 이야기를 하건 각자의 취향을 존중해줬고, 적극적으로 감상평을 나눴다. 들어보지 않은 음악이 있다면 가족들이 없는 시간에 카세트 플레이어를 옆에 두고, 전화기를 가져다 삐삐 음성 녹음으로 남겼다. 좋아하는 가수나 밴드의 곡만 테이프가 늘어지도록 듣는 나에 비해 케이는 다양한 음악을 알고 있었다. 새벽 한 시에 라디오에서 나오던 70년대 가요들도 언급했으며, 〈가요 톱텐〉 순위도 빠삭하게 꿰고 있었다. 그런 케이가 내게 취중진담을 보낸 것이다.

나우누리에 접속하니 쪽지가 도착해 있었다. 오늘 이 곡을 들려주고 싶어서 학교 끝나고 학원도 땡땡이 쳤고, 부모님 방에 있는 전화기를 호시탐탐 노리다가 녹음에 성공했다고 한다. 학교 축제에서 부르려고 연습 중이라며 언젠가 나에게도 불러주겠다고 했다. 아직 케이의 목소리를 듣지 못했다.

취중진담이 기점이었다고 믿는 건 망상이었을까. 그 후 우리는 목소리를 들려줬다. 약간 비음이 섞인 채 사투리를 쓰지 않으려고 또박또박 말하던 케이의 조심스럽고 신중한 목소리를 처음 들었을 때, 야자 시간 내내 할로겐 조명이 번쩍이던 창밖만 내다봤다.

한 번은 케이가 패닉의 '달팽이'를 불러 삐삐의 음성 메시지로 남겼다. 그 목소리는 유희열이나 스매싱 펌킨스의 기타리스트 제임스 이하와 비슷했다. 음정이 불안하고 목소리가 여렸다. 나는 자우림의 '헤이 헤이 헤이'를 불러줬다. 케이는 나보고 목소리가 좋다고 했다. 우린 주소를 교환했고 케이는 사진을 보냈다고 쪽지에 남겼다. 학교 수업이 끝나면 집에 가서 우편함을 확인할 마음에 초조해졌다. 엄마가 먼저 발견하고 봉투를 뜯어보기라도 할까 봐 신경이 곤두섰다. 집으로 돌아올 때마다 아파트 우편함을 열어 확인했고, 텅 빈 우편함의 바닥을 훑을 땐 기대와 실망이 뒤섞였다. 식구 중 누가 집어갔거나 아니면 오지 않았거나 둘 중 하나였다. 며칠 후, 내 방 책상 위에 보내는 사람 이름이 쓰여 있지 않은 봉투 하나가 올려져 있었다. 누군가 편지를 뜯은 흔적은 없었다.

봉투엔 사진 한 장이 들어 있었다. 하얀 교복 셔츠를 입고, 앞머리엔 약간 노란색 물을 들인 아이가 해변에서 햇볕에 찡그린 눈을 하고 서 있었다. 케이의 사진을 매일 들고 다니던 문제집에 끼워 두고 자습시간이 지루해질 때마다 몰래 꺼내 봤다. 그 아이의 얼굴이 좋아서도 설레서도 아니었다. 한 번도 만나본 적 없지만 가깝게 느껴지는 누군가의 사진을 가지고 있다는 비밀이 주는 기쁨. 그 은밀한 기쁨이 나를 콕콕 자극했다. 그때 잠시나마 공부의 지겨움을 잊었다.

부모님에겐 당연히 숨겼고 가장 친했던 친구에게도 말하지 않았다. 야자 시간에 몰래 빠져나가 영화를 보고 오던 조용한 도주만큼이나, 혼자 이어폰으로 숨죽이며 들었던 음악만큼이나 짜릿했다.

열일곱 살의 내가 그토록 갖고 싶어 하던 것이 특별함이라면, 비밀은 확실히 그걸 보장했다. 비밀을 가진 자는 누구에게도 지지 않는다. 누가 그랬던가. 부모에게 복수하는 가장 좋은 방법은 부모가 모르는 비밀을 만드는 거라고. 부모에게 또는 학교에 복수하고 싶어서는 아니었지만 비밀은 누군가 나를 혼내도, 누군가 무시하거나 알아봐주지 않아도, '그래도 나에겐 무언가가 있어'라는 터무니없는 자신감을 줬다. 비밀 속에서 부쩍 성숙한 인간이 된 듯했고, 비밀을 지키기 위해서 하는 행동엔 제법 의연한 태도가 배어 나왔다. 이런 내 모습이 좋았다.

○ ○ ○

수시로 컴퓨터에 접속해 모뎀을 켜고 록밴드의 사진을 다운받거나 대화방에 들어가다 보니 결국 전화비가 10만 원이 넘게 나오고 말았다. "엄마 아빠가 어떻게 돈을 버는지 모르고 허구한 날 컴퓨터만 했냐? 어? 지금 이거 봐! 얼마인지!" 엄마는 내 등짝을 후려친 다음, 전화요금 고지서를 던지고 방문을 닫고 들어갔다.

엄마는 저녁마다 백화점 식품 코너에 일을 나가고 있었다. 우리 집은 가난하다고 할 수 없었지만, 초등학교 교사였던 아빠 혼자 벌어오던 월급은 4인 식구가 먹고살기엔 턱없이 빠듯했다. 학기 초에 친구가 "너희 아빠는 뭐해?"라고 물어서 "선생님이야"라고 대답했을 때, 친구는 이렇게 말했다.

"너도 가난한 공무원의 자식이구나."

그건 처음으로 내게 계급을 알려준 말이었다. 경제 호황기의 마지막 폭죽을 터뜨리던 90년대 말, 공무원은 가장 인기 없던 직업 중 하나였다.

교사 월급은 100만 원이 안 되거나 잘해야 조금 넘었다. 부모로부터 "물을 아껴야 한다, 전기세를 아껴야 한다, 국물을 남김없이 다 마셔야 한다", "학자금 받아 대학까지 보내줄 테니 그 후론 네가 벌어서 먹고살아야 한다"는 소리를 귀에 못이 박히도록 들어왔다. 집에 컴퓨터도 있었고, 학비도 밀리지 않았으며, 가끔 용돈도 받았기에 그 말뜻이 무엇인지 솔직히 잘 몰랐다. 그런데 돈을 아껴야 한다는 실감이 비로소 닥쳐왔다. PC 통신을 끊겠다는 엄마의 통보를 들은 날이었다.

"이번 달까지야."

○  ○  ○

1997년 겨울, 아침부터 교실은 술렁거렸다. 구제 금융을 발표한 다음 날이었다. 우리들에게 IMF라거나 국가부도라는 말은 어려웠다. 회사원이라는 안정된 직업을 누리는 사람들도 이 소도시에선 소수였다. 정리해고나 구조조정은 신문 기사에서나 접하는 시사용어처럼 낯설었다. 내가 사는 도시엔 부모가 작은 가게를 운영하는 집이 많았다. 다들 구제 금융의 여파가 어떻게 찾아올지 모르는 채로 뉴스에서 대대적으로 보도하는 소식에 겁을 먹고 있었다.

담임은 말했다.

"야, 대학만 나오면 취업 잘 되는 시절은 끝났어. 대학 간다고 끝이 아니야. 니들 부모님 고생 안 하시게 해드려라."

전화비 폭탄으로 PC 통신을 끊어야 하는 날이 임박해왔다. 케이도 더 이상 삐삐를 쓸 수 없다는 쪽지를 보내왔다. 나도 답장을 했다.

"엄마가 그만하래. 내일 네 시에 만나자. 마지막으로 할 말이 있어."

하지만 네 시에 접속하지 못했다. 그전에 PC 통신이 끊겨버린 것이다. 어떻게 해야 다시 연락이 닿을 수 있을지 고민하다 손님 아이디로 접속해 케이의 아이디를 검색했다. 다행히도 케이를 찾았다. 그런데 그 사이 케이의 프로필 문구가 바뀌어 있었다.

"넌 바보야… 차우차우."

누굴 향하는 말일까. 내가 아니길 바랐다. 케이에게 답장을 하지 못했다. 그렇게 우린 PC 통신으로도 삐삐로도 만날 수 없게 되었다. 집 전화번호는 모르는 상황이었다.

그해 겨울, 모든 건 이전과 달라졌다. 미술이나 운동을 그만둔 아이들이 늘었다. 2학년 때 이과를 선택하려던 아이들은 교대나 사범대에 가겠다고 진로를 바꿨다. 선생이란 직업은 이전까지 누구도 선망하는 직업이 아니었고, 심지어 말단 공무원 같은 이미지로 가난한 집 아이들이 빨리 돈을 벌기 위해 가는 직업 중 하나로 취급받았었다. 그런데 하루아침에 아빠는 이 세상에서 가장 안전한 직업을 가진 사람이 되어 있었다.

이런 신분 상승이 얼떨떨했고 와 닿지 않았다. 엄마는 "아빠는 선생님이라서 안 잘린 거야"라고 여러 번 강조해서 말했다. 아빠는 나보고 꼭 교대에 가야 한다고 했고, 선생이야말로 여자에게는 최고의 직업이라고 했다. 교사는 가장 되고 싶지 않은 직업이었다. 그 직업이 싫어서가 아니었다. 부모님이 그것이 여자가 가질 수 있는 최고의 직업이라고 말해서였다. 그래서 그 직업을 내 인생에서 선택하지 않기로 했다.

케이에게서 더 이상 편지가 오지 않았다. 이유는 알 수 없었지만 궁금하지 않았다. 그럴 수밖에 없으리라는 추측이 자연스럽게 들었다. 세상의 모든 것이 매일매일 변하고 사라지던 때였다.

케이와 연락은 끊겼지만 그 애가 추천한 음반들을 들으며 음악을 나누는 상상을 했다. 해가 바뀌어 갈 무렵, 겨울 방학의 보충 수업 교실에서 케이가 알려줬던 스매싱 펌킨스를 가장 많이 들었다.

"네가 좋아할 거 같아"라고 했던 케이의 말은 맞았다. 톰 요크의 비음보다 한층 더 비염이 심해 보이는 빌리 코건의 맹맹한 콧소리가 어쿠스틱 기타 리프의 서정적인 멜로디와 대비를 이룰 때면 심장이 터질 것처럼 까무러치게 좋았다.

라디오헤드가 보고 싶지도 알고 싶지도 않는 시선을 폭로해 준 밴드였다면, 스매싱 펌킨스는 비관 속에서도 희망의 한 조각

을 남겨놓는 음악이었다. 라디오헤드가 바닥으로 한없이 끌어
내리는 음악이었다면, 스매싱 펌킨스는 지금 이 자리에서의 사
랑과 회상과 추억을 말했다. 냉소 속에서도 포기할 수 없는 어
떤 집념이 느껴졌다.

라디오헤드의 세계관을 내 것으로 만들어 뭔가 다 아는 애
어른이 되고 싶었지만 내가 진심으로 사랑했던 곡은 스매싱 펌
킨스의 '1979'였다. 더블앨범으로 출시된 음반이 수입되지 않
아 이 곡이 들어 있던 싱글 앨범을 구매해 수십 번을 들었다.
'1979'는 지금의 우리를 말해주는 것 같았다. 이 곡이 너무 좋아
서 나는 왜 79년생이 아니라 81년생일까 하며 원통해했다. 내가
79년생이면 이 곡은 완벽한 나의 타이틀곡이 되었을 거라고 자
주 생각했다.

모든 것이 한순간에 변해버린 시대를 어쩌다 통과하고 있었
다. 놓여진 길을 따라 예측 가능하게 살 수 있는 세상은 끝났다.
둥둥둥둥 하는 도입부가 열어젖힌 회상의 상자. 멜랑콜리하게
이어지는 가사와 멜로디는 혼란스러운 이 한철에 어설픈 변명과
위로를 해줬다.

확실한 미래나 예상 가능한 전망은 사라졌다. 그럼에도 계획
에 어긋나지 않게 하려고 가장 안전한 길을 선택한다. 그것 역
시 결국 보란 듯이 틀릴 터였다. 우리는 어디로 가게 될까. 우리

는 무엇이 될까. 음악을 듣다 보면 막막함과 막연함을 잠시 동
안 그대로 둘 수 있었다. 그 무엇이 되어도, 혹은 되지 않는다고
해도 괜찮게 느껴졌다. '1979'를 들으며 열일곱 살의 챕터를 닫
았다.

o o o

영하의 날씨가 이어지던 날이었다. 방학 보충 수업을 끝내고
집에 도착하니 소포가 도착해 있었다. 주소는 적혀 있지 않았
다. 단단한 포장을 뜯어보니 CD가 들어 있었다.

'델리스파이스'

웃긴 이름이었다. 커버에 있는 새빨간 소스, 라면도 국수도
아닌 요상한 면발의 음식 사진도 우스웠다. CD 케이스 뒷면을
보니 곡 제목이 적혀 있었다. "차우차우." 어디선가 들어본 말인
데… CD를 재생시켰다.

어디론가 정처 없이 걸어가는 듯한 음악, 미지를 향해 달려가
는 듯한 음악, 끝없이 이어질 것만 같은 음악이 흘러나왔다.

그리고 노랫말이 들렸다.

"너의 목소리가 들려."

봄이 될 때까지 이 곡만 들었다. 학원을 마치고 집까지 걸어

가던 길, 음악을 듣다 보면 발걸음이 점점 빨라졌다. 빨라지는 걸음을 어쩌지 못하다 보면 귀와 코가 얼얼해질 만큼 달리고 있었다. 어딘가로, 어딘가로, 나를 음악에 싣고 떠날 수 있을 것만 같았다.

차우차우. 잘 가.
나도 마지막으로 하지 못한 말이었다.

# 애자로부터

네 식구가 큰 방에 요를 피고 다닥다닥 붙어서 잘 준비를 마치
면, 요 양쪽으론 엄마와 아빠가 수비를 하듯이 눕고 가운데엔
남동생과 내가 폭 들어갔다. 나는 엄마 쪽에 남동생은 아빠 쪽
으로 자리를 잡았다. 아빠가 천정의 형광등에 매달린 줄을 잡아
당겨 딸각하고 불을 끄고 나면, 나는 '할머니한테 갈래' 하고 벌
떡 일어났다. 그러면 동생은 기다렸다는 듯이 쪼르르 굴러 엄마
한테 찰싹 붙었다.

　베개를 꼬옥 끌어안고 방을 나섰다. 어두운 적산가옥의 복도
를 지나 할머니 방의 미닫이문을 덜컥거리며 당겼다. 불이 꺼진
방 안에서 할머니는 흑백텔레비전을 보고 있었다. 빠끔히 문을

열어 고개를 내밀면 할머니는 밝게 웃으며 '이짝' 아랫목으로 와서 앉으라고 바닥을 손으로 두드렸다. 우린 열 시까지 드라마를 봤다. "저것이 죽었는데 또 살아났어." 할머니는 드라마의 내용을 이해하는 건지 알 수 없는 말을 중얼거리며 텔레비전을 껐고, 요를 판판하게 폈다. 안고 있던 베개를 할머니 베개 옆에 나란히 놓았다. 할머니에겐 자기 전에 하는 의식이 몇 가지 있었다. 미닫이문이 잘 닫혔는지 확인하고, 물 대접이 있던 반상을 이불 옆의 손이 닿는 위치로 옮겼다. 그리고 방구석에 있던 놋쇠로 된 요강을 한 번 더 안쪽으로 밀었다. 마지막으로 이불 옆에 있던 경대를 닫았다.

봉황 그림이 자개로 새겨진 자그마한 경대는 할머니가 소유한 몇 안 되는 물건이었다. 방에서 할머니는 경대를 한 몸처럼 노상 붙이고 있었고, 수시로 참빗으로 머리를 빗곤 했다. 백발에 짧은 머리였지만 머리카락 한 올 흘러내지 않게 동백기름으로 단단하게 고정해두어서, 잠들기 직전까지도 할머니의 머리카락은 흐트러짐이 없었다.

두툼한 목화솜 요 아래 바닥은 따끈했다. 이불엔 익숙한 할머니 냄새가 배어 있었다. 엄마에게서 나던 달달한 화장수 냄새도 아니었고, 땀 냄새도 아니었다. 짭짤한 맛간장 냄새라고 해야 할까. 그러면서도 어딘지 아늑한 냄새가 났다.

할머니 방으로 온 건 아마도 족히 열 번은 들었을 그 이야기를 또 듣기 위해서였다. 할머니의 나긋하고 둥글둥글한 전라도 사투리로 이어지는 이야기.

"할머니, 전쟁 이야기해 줘."

몸은 피곤하지만 잠들기 아쉬운 시간. 허전함에 자기 싫어 할머니를 졸랐다. "아빠가 태어난 날부터. 그날 뭔 일이 있었지?" 다 아는 이야기를 모르는 척하고 물었다. 할머니는 일찍 자라는 말 한마디 하지 않고 불 꺼진 방에 누워 담담하게 이야기를 이었다. 광복부터 6·25 전쟁, 휴전까지의 서사가 시작된다.

○ ○ ○

"그때가 해방되던 날이었어. 우리 시골 사람들은 해방된 지도 몰랐지. 그때는 라디오도 없었고 읍내에서 소식들은 사람도 몇 명 없어. 라디오에서 일본 천황이 항복이라고 했다는디 라디오가 지지직 끌어 뭔 말인지 몰렀지. 나중에서야 해방둥이라고 면에서 쌀 한 가마니를 줬어. 우리는 광목을 떠다가, 이 요보다 작게 태극기를 만들어서 마을 회관에다가 걸었지."

1945년 8월 15일. 진통이 본격적으로 시작되던 한낮을 지나 자정을 막 넘었을 때, 할머니는 나의 아빠를 낳았다.

해방이 되었다는 소식도 며칠이 지난 후에야 뒤늦게야 퍼졌고, 그때야 동네 사람들도 신작로로 쏟아져 나와 "대한 독립 만세! 대한 독립 만세!"를 외쳤다고 한다. 할머니는 방 안에 꼼짝없이 누워 몸조리를 하면서 만세 소리를 들었다. '나라가 독립이 되었구나.'

할머니가 "만세! 만세"라고 불 꺼진 방에서 쉰 목소리로 외치는 걸 듣고 있으면 뱃속이 뜨끈해졌다. 대단한 애국심이 갑자기 생겨서는 아니었다. 내가 이 이야기를 좋아했던 건 '해방둥이'라고 힘주며 말하던 할머니의 목소리에 여느 때보다 유독 자부심이 있었고, 이토록 작고 약해 보이던 할머니가 한때는 교과서에서 읽었던 역사의 한 장면의 증인이었다는 점 때문이었다. 할머니는 광복도 겪은 사람. 그게 뿌듯했다.

"우리 시엄니가 그날 며느리 애 낳는다고 약 지러 시내로 나갈라고 했는디, 그때 신작로로 건너려는 걸 몸빼를 안 입었다고 일본 놈들이 붙잡았어. 그때는 여자들이 치마 입으면 일을 못 한다고 몸빼만 입으라고 했어. 일본이 전쟁한다고 여자들도 다 일을 하라고 했지. 놀면 안 돼야. 치마를 입으면 순경들에게 불려갔어.

엄니는 우리 며늘애가 애기 낳을라 하니 급해서 몸빼 입으러 못 돌아간다고 이번에만 봐달라고 하고 약을 지으러 갔다 왔는디, 돌아오는 길에 일본 놈들이 싹 없어졌다는 거야. 그새 해방이 된 거지. 그래서 그날 저녁에 불을 키고 애기를 낳았어.

그땐 그랬어. 밤에 불 키면 순경들이 잡아갔어. 그른디 오전엔 해방이 안 되었는디 오후엔 해방이 되어서 밤에 불을 킬 수 있었던 거여. 불을 키던 집도 별로 없었는디, 우리는 그때 너희 할아버지가 발동기 회사에 다녀서 전기를 돌렸지. 발동기는… 그게 거시기 뭐다냐, 기름을 통에 넣고 오얏줄을 매갔고, 기계를 돌리는 거여. 그게 일본 거여."

할머니와 할아버지는 전북의 시골 마을에 살았고, 할아버지는 군산을 오가며 일을 했다. 할아버지는 일본에서 직수입한 발동기를 판매하는 회사를 다녔다. 일본으로 종종 출장도 가던, 당시로서는 아주 보기 드문 회사원 신분이었다.

조선 6대 개항도시면서 호남평야에서 쏟아지던 곡물을 일본이 수탈해 가는 거점 도시가 군산이었다. 군산에서도 번화가 한복판에 살았던 할머니와 할아버지는 제법 여유롭게 사는 집이었다.

할머니의 기억엔 일정(일제감정기) 때 어느 집에나 한 명씩 꼭 있다던 독립투사는 우리 집에 없었고, 오히려 옆집 앞집으로 이웃을 맺었던 일본인들과의 추억만 남겨져 있었다.

"옆집에 일본인들이 살았는디 나보고 오네-상, 나는 이모토-상이라고 불렀어."

할머니는 옛이야기에서 할아버지에 대한 언급도 빠뜨리지 않았다. 가져다주는 돈으로 꼬박꼬박 살림만 하던 할머니. 그런 할머니를 잘 챙겨주던 할아버지. 할아버지는 장이 서는 날, 초여름이면 할머니가 좋아하던 복숭아를, 가을이면 단감을 꼭 빠뜨리지 않고 사왔다.

아빠는 둘째 아들이었다. 큰 아들과는 네 살 차이였다.

"45년… 그때 태어난 해방둥이들은 꽤 있지만, 딱 그날 태어난 애는 별로 없어. 니 아빠는 딱 그날 태어났어."

○ ○ ○

통상 장남이 어머니를 모시던 관례를 깨고 둘째 아들이던 우리 아빠가 할머니를 부양하게 된 데엔 이유가 있었다. 할머니에겐 열 살 터울의 친언니가 한 명 있었는데, 나에게는 이모할머니인 이분과 우리 집의 인연부터 이야기를 해야 모든 것이 설명이 된다.

"우리 언니가 젊을 때 서방을 잃었지. 군산에서 혼자 아들 키우며 살았는디, 니 아빠가 공부를 잘해서 군산으로 유학을 갔어. 언니가 하숙하면서 친아들처럼 키웠어."

큰아들이 아닌 둘째 아들인 우리 아빠가 집안의 기대를 한 몸에 받고 군산까지 유학을 가게 된 건, 장남이 그 역할을 할 수 없었기 때문이었다.

"너희 큰아빠가 열 살 때쯤 높은 곳에서 떨어졌어. 척추를 다쳐가지고 키가 안 자라."

할머니는 큰아들이 추락사고로 아프게 되었다고 믿었지만 나중에 아빠에게 들은 말은 달랐다.

"형님은 요새 말로는 구루병이여. 떨어져갔고 다친 게 아니라 원래 구루병으로 태어나서 계속 못 고쳤어. 형님은 머리도 참 좋았는디, 어릴 때부터 아파서 학교를 못 댕기다가 4년 차이인데 나하고 같이 다녔어. 초등학교뿐이 졸업을 못 했지. 맨날 아팠어. 결핵에도 계속 걸리고. 지금 같으면 약이 좋아서 해결을 봤을 텐디."

아빠는 고등학교를 졸업하고, 박정희 대통령의 국립학교 교원 양성 정책에 따라 설립된 2년제 군산교대에 입학했다. 아빠는 68년 첫 졸업생이 되어 발령을 받았다. 그것은 장남 노릇을 해야 하는 차남이 식구들을 부양할 수 있는 가장 빠른 방법이었다. 그런데 얼마 있다 이모할머니의 아들이 베트남 전쟁에 참전해 목숨을 잃었다. 아빠는 고등학교부터 대학교까지 자신을 아들처럼 한집에서 보살펴준 이모할머니를, 결혼하면서 본격적으로 모시게 된다. 정확히는 아빠가 아니라 엄마가 모신 거지만.

그뿐이었던가. 할머니까지 언니를 따라 들어와 한동안 지내다 가곤 했다.

할머니는 그때를 어떻게 기억할지 모르지만 우리 엄마에겐 혹독한 시집살이 시절이었다. 내 기억에 머리 굵어진 다음 30년 동안 들은 것만 해도 족히 수백 번은 될 거다.

"울 언니가 요리를 잘혀. 그래서 니 엄마를 다 가르쳐줬자녀."

이모할머니는 무척이나 깐깐한 사람이었고, 엄마에게 김장하는 법부터 된장, 고추장 담그기를 거쳐 각종 한식 요리를 수련시켰다. 이모할머니가 엄마를 혼내고 있으면 할머니는 그걸 가만히 지켜봤고, 두 분이서 며느리 흉을 보며 깔깔거리며 웃곤 했다고 엄마는 씩씩거리며 말하곤 했다. 엄마가 집을 잠시라도 비우면 이모할머니는 손 하나 까딱하지 않았다. 엄마가 돌아올 때까지 기다리다가, 엄마가 문을 열고 들어서자마자 한숨 돌릴 틈도 없이 일을 시켰다.

예전에 엄마와 함께 시내에 나왔는데 더 놀다 가자는 나를 엄마가 재촉했다. 이모할머니 밥을 차려줘야 한다면서 말이다. 그때 나는 이런 말을 했다고 한다.

"엄마, 전화해서 이모할머니한테 사과 먹으라고 해. 할머니도 엄마 없을 때 나 밥 안 줬어!!"

이모할머니는 90세의 나이로 돌아가셨다. 엄마의 길고 길었던 시집살이가 끝나려나 싶었지만, 할아버지까지 돌아가시고 나자 할머니가 조촐한 짐을 챙겨 우리 집으로 들어왔다.

할머니가 큰집에서 가져온 짐은 소박하다 못해 초라했다. 그 계절에 입을 옷 두세 벌과 작은 경대가 전부였다.

할머니의 경대가 예쁘면서도 신기해, 틈만 나면 할머니 방에 몰래 침입해 경대를 열어보곤 했다. 경대 서랍엔 흑백 사진 두어 장이 있었다. 사형제가 차이나칼라로 된 검정색 교복인 가쿠란에 학생모를 착장하고 진지한 표정으로 할머니 뒤에 서서 찍은 사진이었다. 할머니는 딸을 낳지 않았고 아들만 넷을 내리 낳았다. 아들들은 아버지를 닮아 하나같이 다정다감했고 어머니를 잘 챙겼다.

"신 씨 집안 남자들은 하나같이 다 순혀. 사고를 안 치지. 딸이 없응게, 아들이 딸 노릇을 한당게."

"그래서 기가 센 여자들이 들어왔어."

평생을 남편에게 당연한 듯 순종하며 온순하게 살아온 할머니가 보기에 며느리들은 지나치게 억세고 사나우며 생활력이 강했다.

할머니 말은 맞았다. 아빠부터 아빠의 형제들 그리고 남자 사촌들을 떠올리며 고개를 끄덕거렸다. 사형제는 하나같이 간이 콩알만 해서 사업을 크게 벌일 줄도 몰랐고, 유별난 취미를 가지지도 않았으며, 술을 마시고 소리를 지르는 사람도 없었다. 목소리도 작았고 행동거지도 얌전했다. 하나같이 조신하고 소심한 남자들이었다.

경대엔 또 한 장의 사진이 있었다. 할머니가 기모노를 입고 찍은 뒷모습이었다. 할머니는 그 사진을 여러 번 손으로 쓸었다.

"앞짝을 찍은 건 일본 넘들이 가져갔어. 이쁘다고."

할머니가 왕년에 꽤나 고왔다는 건 친척 어른들이 자주하던 이야기였다. 눈매는 동그랗고 쌍꺼풀도 진했으며 얼굴은 갸름했다.

o o o

"니 아빠를 낳고 몇 년인가 있다가 전쟁이 터졌어."

내가 가장 좋아하고 기다리던 부분이었다. 일제 강점기도 무사히 보낸 상인 집안이 전쟁을 겪으며 몰락의 길을 걷게 되는 이야기. 할머니가 지내던 시골 마을도 해방 이후 곧장 벌어진 남북의 전쟁을 무사히 지나가진 못했다. 도심이 아니니 탱크가 들어오는 전쟁은 아니었지만, 전쟁 중 시골 마을은 공비들과 국군 간의 세력 싸움으로 초토화가 되곤 했다.

"낮에는 아군이 왔고, 밤에는 빨갱이가 왔어. 그리고 프락찌

했다고 하는 사람들 잡아다가 당산나무 앞에다가 쪼르르 묶어 놓고 총살했지. 방 안에 있으면 밖에서 쾅, 쾅, 총소리가 들렸어. 총살만 한 게 아니여. 밭으로 김 메러 갈라고 하면 나무에 사람들 목을 매놔 가지고 주렁주렁 달려 있었당게.

군인들이 다 가고 나면 마을 사람들이 시체를 찾으러 가. 아이고, 아이고. 즈어기 개똥이네 아범이 있네 하고 줄을 끌어다가 내려. 그런데 얼굴을 알아볼 수 없는 거여."

침을 꼴깍 삼키고 이불을 끌어당겨 코 밑까지 덮고, 할머니 옆으로 바짝 붙어서 주름이 미끌리던 할머니의 손을 꼭 쥐었다. 언제 들어도 무서운데 이 이야기를 듣지 않으면 다음 이야기로 갈 수 없었다. 눈을 감으면 총을 쏘는 장면이 떠오르기 때문에 눈을 바짝 뜨고 어둠 속에서 할머니의 얼굴을 찾았다.

할머니는 숱하게 했던 이 이야기가 지겹지 않게 적절한 곡소리를 섞어가면서 말했다. 당신이 겪은 끔찍한 일이 아무렇지 않은 일인 것처럼. 마치 남 이야기하듯이 무심하게. 수십 년 동안 곱씹으며 엮어온 할머니의 이야기는 담담하고 구성졌다. 이야기는 점점 고조된다. 다 알지만 이쯤 되면 손에 땀이 밴다. 불이 꺼진 밤, 할머니의 옛날이야기를 듣는 밤. 몸은 노곤하지만 어슴푸레 보이는 할머니의 얼굴을 바라보는 내 눈은 졸린 줄 모른다.

"휴전이 되고 나서야. 공비들이 있어. 북한으로 못간 공비들.

그자들이, 거시기 어디냐, 쌍치에서 쭉 올라가면 있는 휘문산에 숨어 살았다가 밤이면 우리 마을로 내려와서 자기네들 먹을 걸 훔쳐가.

공비가 뭐냐. 전쟁 때 아군하고 빨치산하고 왕래하는 사람들 있었는데 이중간첩 같은 거여. 이쪽의 내막을 그쪽에 알려주고 정탐하기도 하는디, 그 사람들 중에 빨갱이들을 신봉한 사람들은 휴전이 되니까 북한으로 갔지. 그런데 못 간 사람들이 있어. 이승만이가 빨갱이들 소탕하려고 했는데 갈 데가 없으니까 산속으로 도망간 거여. 여자고 남자고 다 도망갔지. 근디 산속에서 사니까 먹을 것이 없잖어. 그래서 가끔 날을 잡고 마을로 내려와.

마을엔 토벌대가 있었어. 경찰하고 군인들하고 토벌대를 조성해갔고, 그넘들을 다 없앨라고 했지. 근디 그넘들은 산속에 꼭꼭 숨어 있어 갔고 못 찾어. 찾아도 그넘들은 숨어서 기다리고 있고 우리 경찰들은 수색을 하는 거니까 함정에 빠지는 거여. 그러니 가면 우리만 죽어. 희생이 많았지. 토벌대랑 경찰이랑.

그날이 언제냐. 팔월 열나흗날이여. 추석 전날이지. 그넘들이 날을 받아갔고 칠보, 태인, 신태인, 하오까지 쭉 커니 내려온 거여. 밤이었어. 몇백 명이 내려온 거여. 우리 아군들엔 군인이 없고 파출소 순경들만 몇 명 남아 있었어. 갸들이 쌍치, 칠보, 태인, 낙양리, 신태인까지 가면서 도로 변에 있는 집들, 마을을

쫙 다 습격을 했어. 다 털어갔지. 어떻게 대항을 하겄어. 무기도
없는디.

그때 말여. 우리 집은 꽤 괜찮게 살았어. 느희 할아버지가 그
때만 해도 군산에서 회사를 다녔거든. 그때는 회사 다닌 사람이
없었지. 그래서 우리가 동네에선 꽤 괜찮게 살았어. 군산에서
돈을 보내줘서 논도 사고 밭도 사고 그랬어.

그런데 그때 그넘들이 와 갖고 우리 집을 뒤졌는데 우리 집은
하필 또 전기가 있었어. 다 호롱불 뗄 때인디 우리 집은 전기선
을 연결해서 들고 다닐 수가 있었어. 그넘들이 와갖고 전기선을
들고 온 집안을 뒤진 거여. 얼마나 잘 보여. 컴컴한 밤에.

장독대 가서 된장, 고추장을 다 들고 갔어. 그넘들이 먹을 라
면 필요하잖어. 곳간에서 쌀도 가져갔어. 쌀 푸대나 장독은 그넘
들이 안 짊어져. 젊은 넘을 붙잡어서 이고 가라고 해. 꼼짝없지.
총 갖고 있응게 도망도 못 가고 바들바들 떨면서 있었지. 우리
소도 가져갔어. 또 할아버지 여동상도. 그니까 너한텐 고모할머
니고, 나한텐 촌수가 어떻게 되냐. 어, 시누이지. 그니까 고모를
데려갈라고 했지. 처녀니까. 우리 시아부지가 다 가져가도 되니
까 우리 딸은 데려가지 말라고 공비들에게 매달렸어. 그때 그넘
들이 총 개머리판으로 시아부지 가슴팍을 확 밀어부렸어. 고모
는 안 데려갔는데 그날부터 시아부지는 가슴이 아펐어. 몇 년을

앓다가 돌아가셨어. 그렇게 싹 가져가서 먹을 것이 하나도 안 남은 거여. 쌀 있어야 밥을 허지. 멀 먹냐. 그넘들이 가면서 도로에다가 쌀을 흘렸는디 다음 날 느희 할아버지가 군산에서 돌아와서, 티바지랑 빗자루 가지고 도로 위에 흘린 걸 쓸어오더라고.

긍게, 그날 밤에 할아버지는 군산 가고 없었어. 아효. 말도 못혀. 공비들이 막 신발을 신고 방을 돌아댕겨. 나는 애덜 싸안고 벌벌 떨고. 그때 애들이 셋이 있었어. 첫째, 둘째, 셋째.

전쟁 나기 전에 할아버지가 군산 회사를 정리하고 니꾸사꾸에 돈을 한 뭉치 넣어 가지고 왔거든. 그걸 어따가 보관했냐면, 땅에다 묻을 것인디 안 묻고 작은 방에다 뒀어. 궤짝에다가 돈을 다 넣고 걸레로 덮어놨어. 넙뒀으면 발견을 못 했을 판여. 근디 내가 왜 그랬을까잉. 그넘들이 잠깐 없는 사이에 내가 그걸 치워야갔다고 일어난 거여. 그 와중에. 들고 가다가 딱 걸렸지 뭐. 그넘들이 열어! 하면서 총을 겨누니까 열어야지. 여니까 돈이 수북하게 쌓여 있었던 거여. 그 돈이 뭐냐. 기와집을 질라고 준비한 돈이여. 서까래도 텃밭에다가 많이 싸놨어. 거기에 고양이가 수십 마리가 살았어. 고양이들이 시글시글혔어. 그니까 기와집 지을라고 다 준비해둔 돈을 다 빼긴 거여. 전 재산이었는디."

초가지붕으로 된 시골의 큰집을 떠올렸다. 그때 돈을 잃어 여태 가난하게 사는 걸까.

전쟁을 겪으며 화끈하게 몰락한 한 집안의 이야기는 매혹적이었다. 역사의 결과 값으로써 주어진 가난은 한 편의 잘 짜여진 서사처럼 꼭 들어맞았다. 그 불행은 너무도 정당하기에 개인적인 과오까지도 다 용서하고, 현재의 불행까지도 이해해줄 것처럼 보였다. '그때 사과 궤짝만 들지 않았더라면.' 모든 지난한 세월을 한마디로 정리해주고 설명해주는 말. 사실이건 아니건 간에 우리 집안사람들은 그 말을 즐겨 썼다. 마치 그때가 이 집안의 새로운 시작이라도 되는 듯이.

"그럼 젊은 사람들은 어떻게 했냐. 지게를 짊어지고 고추장, 된장, 쌀, 소를 끌고 그들 소굴로 간 거여. 그때 이발소하고 다리를 절던 아저씨가 있었어. 그 사람한테도 쌀가마니를 지고 가라고 했어. 그 아저씨가 절뚝거리며 가다가 젤 늦게 처졌어. 도저히 못 가겠어서 논두렁을 가다가 넘어졌어. 아이구 하면서 넘어지면서 빨리빨리 기어갔고 논두렁 한쪽에 가서 숨어 있었어. 뒤에 있던 공비들이 총을 다다다 쐈어. 그런데 안 맞은 거여. 용케도 숨었지. 공비들이 가버리고 조용해지자 이발소 아저씨는 아무 소리도 없응게 퍼뜩 일어나 쌀가마니를 찾았다고 하더만. 그걸 밤에 다시 짊어지고 동네로 왔어. 허허허허.

간 사람들 말이 소는 가져다가 소나무에다 달아매고 불로 꼬실라갔고 실컷 먹었대. 며칠씩 잘 먹었다고 혀. 공비들이 마을 사람들을 배부르게 먹인 다음에 회유를 했다드만. 우리랑 북한 가자. 북한 가면 잘 산다. 그른데 간다고 한 사람이 아무도 없던 거여. 가기 싫다는 사람 데려갈 필요는 없었는지 끌려간 사람들을 다 돌려보냈어. 끌려갈 땐 다 죽었다, 북한으로 끌려가면 못 돌아온다, 하고 있는데 살아 돌아온 거야.

그때가 언제냐면 니 아빠가 일곱 살, 여덟 살인가 그럴 거여. 국민학교 들어가기 전이여. 휴전이 된 해여.

칠보는 밤에는 그넘들 세상이여. 마을로 내려와서 뒤지고 맘대로 혀. 낮에는 군인이 점령을 혀. 그넘들 쫓겨나. 그러다 며칠 있다가 밤에 침략을 혀. 피해는 평생 우리만 받지. 아군은 그쪽을 옹호하는 사람들을 데려다 죽이고, 그넘들은 우리를 증언한 사람을 데려가 죽이고. 멀쩡한 사람들을 데려다 죽였어. 경찰에서 볼 때는 다 공산당이여. 그런디 마을 사람들은 상관이 없는 사람들이여. 공산당이 볼 때는 우리가 자기편이 아니거든. 양쪽에 끼어갖고 우리만 희생되었어."

부유한 군산 상인이 전 재산을 털리고 촌락의 가난한 농부가 되기까지의 이야기를 한 시간 동안 듣다 보면, 할머니의 말랑거리던 목소리는 희미해지고 잠이 어설피 찾아왔다. 졸린데 잠을 자려고 눈을 감으면 몸이 오싹해졌다. 나무에 대롱대롱 매달린 시체들이 떠올라 그걸 떨쳐내려고 할머니 손을 꽉 붙잡았다. 그러면 할머니는 내 가슴을 토닥토닥해줬다.

○ ○ ○

아침이면 할머니는 일찌감치 집 밖으로 나가 마당의 풀을 뽑
거나 동네 한 바퀴를 돌고 왔다. 1년 중 할머니가 우리 집에 있
는 날은 길진 않았다. 농한기에 잠시 머물렀고 농번기엔 큰집으
로 돌아갔다. 그러던 할머니가 우리 집으로 아예 들어오신 건
그 일이 있고 서너 해가 지났을 무렵이다. 큰아버지가 막 50세
를 넘기고 자식 다섯을 두고 떠났다.

할머니의 큰 눈과 오똑한 코를 닮아 시원한 이목구비를 지녔
던 큰아버지는, 원래 가지고 있던 질환에 당뇨가 겹쳤고 각종 합
병증이 생겨 1년 정도 병원에 입원하며 수술을 반복했다. 사촌
언니들이 돌아가며 병원을 지켰지만 그해 겨울을 넘기지 못하
고 세상을 떠났다.

큰집 앞마당에서 초상이 치러졌다. 박정희, 전두환, 노태우
대통령에게 받은 새마을 훈장이 역대 대통령 사진과 함께 큰집
벽에 걸려 있었다. 큰아버지는 평생을 선천적인 장애와 질병과
싸워야 했지만, 마을 사람들은 누구보다 성실하고 똑똑한 사람
으로 기억했다. 장례식은 면, 군, 시의 기관에서 나온 공무원이

나 의원들, 동네 사람들로 북새통을 이뤘다.

할머니는 장례식 내내 별채에서 한 발짝도 나오지 않으셨다. 내가 할머니를 찾으러 별채 문을 벌컥 열었을 때, 할머니는 벌게진 눈으로 나를 보며 희미하게 웃었다.

우리 가족이 J시의 아파트로 이사하고 몇 년이 지난 다음, 할머니는 우리 집으로 아예 들어오셨다. 마침 남동생이 기숙사에 들어가며 방 하나가 비었고, 그 방을 할머니가 쓰시게 되었다. 할머니는 아침 여덟 시면 하루도 빠짐없이 아파트 노인정으로 출근했다. 80세가 넘은 할머니는 노인정에서도 왕언니였는데 청소를 도맡아 했다. 다른 할머니들이 화투를 치며 놀 때도, 패를 읽을 줄 모르고 광인지 고인지 스톱인지도 분간할 줄 모르던 할머니는 말없이 바닥을 쓸고 닦기만 했다. 급기야 노인정 청소는 오로지 할머니 혼자 하게 되었다. 호의가 계속되면 권리인 줄 알듯이 다른 할머니들은 나중엔 뻔뻔하게 할머니에게 일을 시켰고, 손 하나 움직이지 않았다. 엄마와 아빠는 그런 할머니에게 타박하듯이 말했다.

"어머니, 제발 가만히 좀 계셔요."

평생을 가만히 있어본 적이 없는 양반이 어찌 가만히 있을 수 있을까. 집에서도 할머니는 좀이 쑤시는지 틈만 나면 걸레를 들고 구석구석을 훔쳤다. 하지만 그건 너무나 잠깐일 수밖에 없었다. 할머니가 무료함을 달랠 수 있는 일은 아파트에 없었다. 풀을 뽑을 마당도 없고 채소를 키울 밭도 없고 살림을 챙길 수도 없었다. 한글을 읽지 못하시니 책을 읽을 수도 없고, 텔레비전 드라마에도 재미를 못 느꼈고, 평생 취미를 가질 여유도 없이 집 안일과 농사일만 해오신 분이니 무얼 보고 즐겨야 할지도 몰랐다. 그럼에도 할머니는 정갈함만큼은 유지했다. 동백기름을 발라 참빗으로 빗어 넘긴 깔끔한 머리. 티끌 하나 묻지 않고 반짝이던 경대. 자신이 머문 자리를 흔적 없이 부지런히 쓸고 닦는 일, 그건 할머니의 존엄이었다.

나에게 할머니는 지극히 순하고 착한 분이었지만 우리 집에서 오가던 언성도 기억한다. 할머니는 사각형의 좁은 아파트에서도 기어이 꼼지락꼼지락 일을 찾아냈고, 결국 엄마에게 잔소리를 듣고야 말았다. 그건 또 아빠와의 싸움이 되었다. 할머니는 결코 자기 의견이나 주장이 없는 분이었고 무조건 "알았다, 알았다"만 했는데 그것이 엄마, 아빠에겐 더 참을 수 없는 일이었다. 할머니가 잘못한 일은 없었다. 어떤 의도를 가지고 한 일도 아니었다. 단지 몰랐을 뿐이었다. 무얼 해야 할지 몰라서 그저 무엇이든 하려고 했다. 누가 뭐라고 하면 그 말에 변명을 하지도 않았다. 반박을 하지도 않고 또 이해한 기미도 없이 그저 알았다고만 했다. 그래서 다른 사람에게 불편함과 미안함을 주는 사람이었다. 다른 사람을 괜히 더 못되게 만드는 사람이었다. 나도 할머니의 착함이 때론 숨 막히도록 답답했다.

할머니의 옛날이야기를 듣는 것도 끝났다. 나는 고등학생이 되었다. 밤 열한 시에 들어왔고 아침 일곱 시면 나갔다. 할머니와 동선이 겹칠 일이 없었다. 그리고 대학을 간다며 집을 떠났다.

집 떠난 타지 생활의 외로움보다는 홀가분함을 만끽했다. 휴대전화를 가지고 있었지만 부모님의 전화를 잘 받지 않았다. 일주일 동안 전화를 걸지 않을 때도 많았다. 한 달에 한 번씩 기차를 타고 부모님의 집에 가는 친구들도 있었지만, 부모님이 언제 올 거냐고 묻고 또 물은 다음에야 겨우 한 번씩 갔다. 할머니는 내가 내려가면 조글조글한 손으로 나를 붙잡고 얼굴을 쓰다듬었다. 부모님에게 했던 것처럼 할머니에게도 내가 타지에서 어떻게 지내는지 자세히 말하지 않았다. 방으로 쏙 들어가거나 친구들을 만나러 냉큼 나가버렸다.

오랜만에 본 할머니는 다리를 절고 있었다. 두어 달 전 욕실에서 미끄러져 골반 뼈가 부러졌다고 했다. 제발 가만히 있으라는 의사와 자식들의 만류에도 몸을 이리저리 끌면서 돌아다녀 속을 터지게 한다고, 엄마는 한숨을 내쉬며 말했다. 겨우 뼈가 어긋나게 붙긴 했지만 언제고 다시 부서질 수 있을 정도로 위태로웠다. 그러나 부모님도 나도 할머니를 크게 걱정하지 않았다.

할머니는 건강하시니까.

여든 후반이 될 때까지 큰 병치레 한 번 안 한 분이셨다. 고기
는 입에도 대지 않고 과식도 일절 하지 않는 식습관. 해 뜰 때 일
어나 하루 종일 몸을 부지런히 움직이다가 일찍 잠드는 생활 습
관. 어떤 상황에서도 결코 화를 내지 않는 무덤덤한 성격. 아빠
는 할머니처럼 사는 분이 없다고 했다.

나는 집에 잠시 머물다 대학 생활로 돌아갔고, 할머니를 잊어
버렸다.

그리고 초겨울의 어느 날, 아빠에게 전화가 왔다.

학교에서 수업을 듣다 남겨진 부재중 전화를 봤다. 쉬는 시간
은 10분이었다. 예전이라면 모른 척 넘어갔을 것이다. 며칠 전 전
화 좀 받으라는 부모님의 잔소리를 들은 터라 바쁜 시간을 낸다
는 생색을 실컷 하면서 귀찮다는 듯이 아빠에게 전화를 걸었다.

할머니가 위독하시다고 했다. 아빠는 형제들과 며느리와 손
녀 손자들이 모두 내려와 할머니에게 마지막 인사를 하고 있다
고 했다. 할머니는 한 달째 감기를 앓고 계셨다. 기침이 낫지 않
아 입원하셨고, 엑스레이를 찍었더니 폐가 주먹만 하게 작아져
있었다고 한다. 향년 88세였다. 내려가려고 짐을 쌌다. 버스 터
미널로 이동하기 직전, 아빠에게 다시 전화가 왔다.

"할머니가 차도를 보이셨어. 위기는 넘긴 거 같아. 모두 돌아

가기로 했으니까 내려올 필요 없다."

버스 터미널로 가려던 발길을 돌렸다.

이틀 후, 할머니가 돌아가셨다는 연락을 받았다.

○ ○ ○

할머니의 임종을 지켜보지 못했다. 자식들이 모두 모여서 인사를 나눌 때, 할머니는 나를 찾으며 "내 새끼를 못 보고 가네"라는 말을 서너 번 하셨다고 한다. 병상에 누워 있던 할머니의 마지막을 지킨 사람은 엄마였다. 회복되리라고 안도하고 있던 와중에 갑자기 병세가 위중해지면서 어떤 대비도 없이 갑자기 숨이 멎어버렸다고 했다.

나는 부랴부랴 본가로 내려갔고, 할머니에게 인사를 하지 못한 것이 죄송스러워 장례식장 구석에 앉아 여섯 시간 동안 티슈 한 통을 다 쓰며 꼬박 울었다. 울다 보니 배가 고파졌다. 편육과 홍어회 세 접시를 비웠다. 한쪽에선 성당에서 온 신도들이 염을 외웠다. 며느리들이 모여 두런두런 이야기를 나누고 있었다.

"성당을 다니면 이게 좋아. 요즘 장례식에 와서 저렇게 해주는 데가 어딨어."

"호상이여. 호상."

"딱 한 달 입원하고 가셨웅게. 살아 있을 때도 자식들한테 폐 안 끼칠라고 그렇게 깔끔을 떨으시더니만, 돌아가시는 것도 딱 당신답게 가셨어."

할머니는 몇 년에 걸쳐 내 꿈에 나타나셨다. 꿈이 무의식의 반영이라는 프로이트의 가설을 미심쩍게 보곤 했지만, 미처 하지 못한 작별인사를 꿈에서 하려는 거라고 생각했다. 꿈은 쉽게 완결되지 않았고 할머니가 나타나면 두려움에 떨며 당황하다가 깨버리곤 했다.

할머니를 꿈에서 세 번 만났다. 처음엔 그저 나를 바라보셨다. 어떤 말을 해야 할지 몰랐다. 나를 보고 있는 게 분명했는데 할머니의 얼굴이 보이지 않았다. 무서웠다. 내가 아무 말이 없자 할머니는 사라져버렸다. 그다음에 만났을 땐 전혀 예상하지 못한 장소에서 뒷모습으로 서 계셨다. 할머니가 저기 있는 걸 알았지만 다가갈 수 없었다. 뒤를 돌았는데 할머니가 아니라 다른 얼굴이 나타날까 봐 아는 척 할 수 없었다. 그리고 할머니가 뒤를 돌아보려고 몸을 돌리는 순간, 놀라서 깨버렸다.

세 번째, 비로소 할머니와 얼굴을 마주했다. 장면은 느리게 흘렀다. 할머니는 늘 입던 꽃무늬 치마와 얇은 저고리를 입고 있었다. 나를 보고 인자하게 웃으셨다. 할머니를 천천히 바라보았다. 우린 꽤 오랜 시간을 마주봤다. 그러다 할머니가 뒤돌아서 걸어가셨다. 그게 마지막이었다.

연락을 받았을 때 할머니에게 바로 갔더라면. 할머니에게 마지막 인사를 했더라면. 수없이 후회했다. 방법은 어디에도 없었다. 꿈에서라도 인사해야 했다.

할머니는 12월 초하루에 돌아가셨다. 할머니의 제사와 큰 아버지의 제사는 음력으로 같은 날이다. 그러니까 할머니는 자식들을 병원에 모두 모아 놓은 날 가지 않고 이틀 후, 자신의 큰아들 제삿날에 가셨다. 큰어머니는 큰아버지의 제사상을 준비하던 오전, 마당에 사잣밥을 놓으면서 했던 말을 자주 들려주셨다.

"어머니 좀 데리고 가쇼."

그날 오후 할머니가 떠났다.


나란히 놓인 두 사람의 제사상을 바라본다.

"제사 고생하지 말라고 맞춰서 가신 거지."

"한 사흘 두고 제사 두 번 지낼라고 하면 자식들에게 얼마나 욕을 먹겠어."


나의 할머니는 1913년에 군산에서 태어났고, 밀양박씨, 이름은 애자이다.

Wise up

꽃샘추위는 끝났지만 중앙도서관까지 걸어가는 헐떡 고개의 칼
바람은 여전했다. 캠퍼스의 가장 북쪽에 위치한 학생회관 내부
도 시리고 축축한 기운을 잔뜩 품고 있었다. 식당에서는 돈가스
를 튀기는지 끈적거리는 기름기와 시큼한 김치 냄새가 가득했
다. 건물의 3층까지 터벅터벅 걸어 올라가면 음침한 조명이 비
추는 복도가 이어졌다. 복도의 맨 끝, 빠끔하게 문이 열린 방을
향해 걸어갔다.

　문 틈 사이로 나지막하게 읊조리는 영어가 웅얼웅얼 새어 나
왔다. 이어 두두두두두 하며 총 소리가 들렸다. 문을 열자 퀴퀴
한 소주 냄새와 매캐한 담배 연기가 얼굴 가득히 달라붙었다.

발치로 굴러온 참이슬 병을 툭 차서 벽 쪽으로 보냈다.

동아리 방엔 98학번, 95학번 선배 두 명이 브라운관 티브이 앞에 바짝 붙어 앉아 있었다. 구석엔 기원이 다리를 다소곳하게 모은 채로 가방을 끌어안고, 내가 들어오는 걸 확인하자 입 꼬리를 씽긋 올렸다.

"뭐 보세요?"

화면에선 모피어스 일행이 트랩에 갇혀 에이전트들에게 쫓기고 있었다.

"너희 〈매트릭스〉 봤니? 난 이거 세 번째 보는 중이야. 명작이지."

98학번 선배는 짐짓 어깨에 힘을 주며 말했다.

"넌 맨날 이거만 보더라. 애들 다른 거 좀 보게 비켜줘."

95학번 선배는 갑자기 모니터에서 몸을 떨어뜨리며 기지개를 펴더니 하나마나 한 소리를 했다.

〈매트릭스〉 이 영화가 개봉했을 당시, 난 고3 수험생이었다. 극장에서 이 영화를 보지 못했다. 다음 해 대학에 입학하고 동아리 가입을 위해 처음 이곳에 왔을 때, 98학번 선배는 '매트릭스'의 의미에 대해 말해보라고 했다. 같은 자리에 있던 동기 재오는 쭈뼛거리다가 "침대는 과학이 아니라고 생각합니다"라고 답했다. 맙소사. 이 질문에 '침대는 가구가 아니라 과학이다'라는 카피로, 가구 분류 체계에 심각한 손상을 입힌 에이스 침대 광고를 떠올리다니. 선배들은 뒤통수를 잡았고 동기들은 뿜어 나오는 웃음을 참느라고 혼났다. '침대 매트리스mattress가 아니라 매트'릭'스matrix라고!'

95학번 선배는 새내기들의 수준을 파악했다는 듯이 한숨을 크게 내뱉었다. 동그란 안경테를 콧등에 힘을 주어 올렸고, 진지한 눈빛으로 영화 〈매트릭스〉에 담긴 세계관에 대해 일장 연설을 했다. '매트릭스는 단지 기계가 인간을 지배하는 시스템만은 아니다. 우리도 현대 사회의 지배적인 이데올로기를 알아차려야 하며, 각성한 주체가 되려면 무엇을 해야 할지 생각해봐야 한다.' 동기들은 모두 일렬로 앉아 〈매트릭스〉를 시청했다.

"전에 봤잖아요." 퉁명스럽게 대꾸했다.

98학번 선배는 비디오 리모컨의 정지 버튼을 누르더니, 아무리 〈매트릭스〉가 최고라고 해도 여전히 내 마음의 1위는 〈동사서독〉이라고 말했다. "장국영의 우수에 찬 눈빛을 잊을 수 없어. 캬." 그리고 눈을 게슴츠레 뜨며 기원과 나를 지그시 바라보았다. 우리는 선배의 눈을 피해 고개를 돌리며 "풉" 하고 웃었다.

대학에 입학하자마자 내 발로 찾아온 이곳은 학내 유일의 영화 창작 동아리였다. 많은 동아리들이 함께 영화를 보고 상영회를 개최하고 토론하는 활동을 주로 한다면, 이 동아리는 직접 단편 영화를 제작했다. 시나리오를 쓰고 콘티를 그리고, 촬영을 하고 편집을 했다. 그렇게 만든 영화를 1년에 한 번, 전국 대학영화동아리연합제에 출품했고, 다른 대학 동아리들과 교류했다.

동아리에 처음 들어왔을 때 선배들은 이 동아리에서 만든 영화 몇 편을 보여줬다. 하나는 지난해 대학단편영화제에서 우수상도 받았다고 했다. 단편 영화들은 이상하리만치 비슷한 정서를 가지고 있었다. 20세기에서 21세기로 가는 세기말의 길목을 통과해서일까. 푸르스름한 할로겐 조명이나 백열등의 노랗고 몽롱한 빛이 강조된 영상 속에서 인물들은 대체로 한손엔 검은 비닐봉지를, 다른 손엔 담배를 들고, 등을 잔뜩 굽힌 채 터벅터벅 느리게 걸어 다녔다.

"나에겐 알 수 없는 것이 너무 많아. 언제나처럼 터널을 들어가지"라고 하던 '언니네 이발관'의 가사처럼, 퇴폐적인 도심의 거리에서 술 취한 채 흐느적거리며 "아무 곳이나 당신이 원하는 곳으로" 가고 싶다고 하던 〈중경상림〉의 연인들처럼, IMF을 겪고 몰락해가는 세상의 끝에서 "나는 꿈이 없었어"라고 외치며 고속도로를 오토바이로 질주하던 〈비트〉의 청춘들처럼. 반항심으로 가득 찼지만 정작 할 수 있는 건 어떤 것도 없어 보였다.

그들의 저항은 어른들에게 던지는 퉁명스럽고 짜증나는 말투와 밤거리 배회 정도에서 그쳤다. 삶의 어떤 국면도 변화하지 않은 채 영화들은 끝났다. 영화평들은 이랬다. '청춘들의 방황과 고뇌를 현실적으로 그린 수작.'

영화 동아리라고 해도 언제나 영화를 제작하는 건 아니었다. 평소의 동아리 활동이란 다른 동아리들이 그렇듯이 동아리 방에 모여 과제를 하거나, 과제를 하기 싫다고 불평하거나, 오늘 수업을 제칠지 말지 고민하거나, 어떤 선배를 꼬셔내 밥을 사달라고 할지 작전을 짜거나, 사다리 타기를 해서 밥을 살 사람을 정하는 시간으로 채워졌다. 저녁이 되면 다 같이 호프집으로 가서 소주를 마시거나, 동아리 방으로 소주를 사와서 새우깡을 안주삼아 마시거나, 캠퍼스 밖에서 기타를 치고 노래를 부르면서 술을 마시거나 했다. 원래 오려던 대학은 여기가 아니었다고 신세한탄을 하고 눈물을 훌쩍이면서 술을 마시기도 했다.

선배들은 동아리 방을 나가면서 말했다.

"오늘 조상님들이 뒤풀이에 오기로 했거든? 너희도 빠지지마. 우리는 닭장에 가 있을 거야. 다섯 시까지 어제 술 마신 데로 와."

기숙사도 배정받지 못하고 신축 원룸촌에도 진입하지 못한 지방 출신 고학생들의 집결지가 '닭장'이었다. 월세 10만 원에서 15만 원으로, 막 개발을 시작한 신도시 인근치고는 파격적으로 월세가 저렴했던 곳. 말 그대로 작은 방들이 닭장처럼 빼곡하게 붙어 있던 곳. 딱 가격만큼의 주거 환경이던 곳. 그곳에 7평 정도의 큰 방을 얻어 사는 세 명의 선배 덕에 닭장은 동아리 제2의 아지트가 되었다.

그나저나 조상님들이라고 하면 몇 학번일까. 93학번 정도? 아니면 시조새? 조상님들이 동아리 방에 어슬렁거리며 들어오면, 그들보다 2~3학년 어렸던 복학생 선배들은 "형, 아직도 졸업 안 했어요?"라며 갈구었다. 조상님들은 "야, 이 새끼들아, 너희도 학교 더 다녀 봐!" 하고 쥐어박는 시늉을 했다.

막 제대하여 의욕에 가득 차 있던 복학생들은 새내기들과 한 패로 묶이려고 교양 수업을 같이 듣거나 과제를 함께하고 싶어 했지만, 새내기들은 행여 그들에게 묻어 있던 90년대의 잔재, 즉 '방황하고 고뇌하는 청춘'의 흔적에 오염되기라도 할까 봐 흠칫 놀라며 엉덩이를 떼고 옆으로 옮겨 앉았다.

그러니까 우리는 바야흐로 세기가 바뀌던 시점에 서 있던 밀레니엄 세대였고, 세상은 전무후무한 학번의 출현에 환호했다.

'세상에 00학번이 있을 수 있다니?' 다들 00을 빵빵으로 부를지, 영영으로 부를지, 공공으로 부를지 혼란스러워 했다.

2000년대 대학엔 분명, 90년대 마지막 학번까지 근근이 이어오던 '저항이나 반항' 또는 '자유와 개성' 같은 것과 단절된 무언가가 있었다. 내가 입학한 대학에는 잠실과 서초, 강남 출신이 많이 왔고 수도권 바깥의, 소위 지방 출신은 적었던, 등록금이 비싼 사립대학이었다.

특히 예술대, 체육대, 그리고 공과대가 전체 학생 수의 70퍼센트를 넘게 차지하고 있어, 인문대나 정경대가 교내 분위기를 주도하던 다른 4년제 대학과 달리 진보 성향의 정치색도 급격하게 식어 있었다.

소수의 인문대 노래패들이 축제 때 문선을 하고 민중가요인 '불나비'를 율동과 함께 부르곤 했지만, 이미 총학생회의 권위라는 건 학교에 복지 서비스를 요구하는 대변인에 불과했다. 학생회에 대한 학생들의 관심도 멀어졌다. 예술대의 총여학생회는 이듬해엔 지원자조차 없어 활동이 완전히 무산되었다.

선배들이 동아리 방을 나가고 기원과 멀뚱하게 동아리 방에 앉아 있었다. 기원은 착실함과 성실함이 몸에 배어 있던 사리에 밝은 경영학도였다. 마음으론 연극영화과를 지망했지만, 집에서 쫓겨나지 않기 위해 아버지의 명령에 따라 회계사가 되려고 상경대에 진학했다고 했다. 기원은 선배들이 나가자마자 두툼한 경영회계학 책을 펼치고 과제를 했다.

시계를 보았다. 다섯 시까지는 아직 한 시간 넘게 남았다. 텔레비전 앞으로 가서 층층이 쌓여 있던 왕가위 감독의 비디오들을 하나씩 살펴보았다. 그 옆엔 표지가 노래진《자본의 세계화와 신자유주의 시대》라는 책이 내던져져 있었다.

그때 문이 요란스럽게 열렸다. 우당탕탕 하는 소리와 함께 재오가 들어왔다. 덩치 큰 재오는 눈을 크게 뜨고 놀란 듯이 우리를 쳐다봤다.

"어? 다 어디 갔어?"

"어디 가긴. 이따 모이기로 했잖아. 연락 안 받았어?"

"그래? 어디로 가면 돼?"

"야, 너 똥집 먹을래."

재오의 표정이 굳어지며 대답했다.

"싫은데."

'야, 너 똥집 먹을래'는 호프집 이름이었다. 저런 어리버리함으로 어떻게 상위권 점수가 필요한 연극영화과에 들어왔는지 알 수 없었다. 기원과 나는 순진한 표정으로 어리둥절해하는 재오를 놀려댔다. "전에 가봤는데 왜 몰라! 어휴!" 재오는 헤헤 웃으며 머리를 긁적거렸다.

전국 곳곳에서 개최하던 크고 작은 국제 영화제가 한차례 동아리를 휩쓸고 지나갔다. 제1회 전주국제영화제엔 전주에 있는 친구네로 무작정 엠티를 떠났다. 영화 시작 30분 전에 극장 앞에 서 있다 보면 취소 티켓이 저렴하게 나왔고, 그 덕에 하루에 영화를 두세 편씩 볼 수 있었다. 밤이 되면 친구네 집 마당에서 막걸리를 마시며 별을 보고 수다를 떨었다.

들뜬 초여름을 보내니 새로운 도전을 더 해도 될 것만 같은 근거 없는 자신감이 가득히 차올랐다. 이 기세라면 당장 카메라를 들고 나가 아무거나 찍더라도 꽤 괜찮은 작품이 될 것만 같았다.

어느 날, 기원이 동아리 방에서 호들갑을 떨며 말했다.

"얘들아, 〈씨네 21〉에서 하는 행사에 신청했는데 됐어!"

'51시간 동안 영화 보기'라는 사상 초유의 희한한 이벤트였다. 잠 안 자고 영화를 오래 보는 걸로 기네스에 도전하는 행사라고 했다.

"내가 참가 신청서를 얼마나 꼼꼼하게 썼는지 아니? 심사위원들이 감동한 거지. 아무나 참가할 수 있는 게 아니야. 내가 공모전 같은 거 원래 잘하잖아."

"어떻게 며칠 동안 잠도 안 자고 영화를 봐! 어휴, 이 또라이."

"세상엔 차암 할 일 없는 인간들이 많아….."

기원의 제안에 선배와 동기들은 말도 안 된다며 놀려댔다. 그러나 기원은 굴하지 않고 자신만만한 얼굴로 말했다.

"상금이 뭔지 알아? 칸 영화제에 공짜로 보내주는 거야."

잠을 자지 않고 마지막까지 살아남는 팀에게 칸 영화제에 6박 7일간 체류할 수 있는 경비 일체를 지원해준다고 했다. 그때야 동기들과 선배들의 눈이 휘둥그레졌다.

칸 영화제라니. 〈씨네21〉과 〈키노〉에서 매년 칸 영화제 황금종려상을 발표할 때마다 정성스럽게 수상작 목록을 노트에 옮겨 적고, 비디오 가게에 가서 출시되었는지 확인하며 체크 리스트를 지워가곤 했다. 장만옥이 포토존 앞에 위풍당당하게 서 있던 모습 그리고 사진으로 보던 니스의 푸른 바닷가를 떠올렸다.

"총 네 명 참가한다고 적었어. 같이 할 사람? 나중에 칸 못 간다고 아쉬워하지 마라!"

나는 번쩍 손을 들었다. 그리고 옆에서 멍하니 천장을 쳐다보고 있던 재오의 귓전에 대고 말했다.

"야, 너도 해!"

재오는 화들짝 놀라며 "나? 나?"라고 주변을 두리번거리다가 더듬거리며 얼떨결에 수락했다.

"또 한 명, 누가 할 거야?"

모두가 솔깃하지만 영 자신 없다는 표정으로 기원과 눈을 마주치길 피하고 있었다. 그때 저 구석에 조용히 앉아 있던 사수생이 손을 들었다.

"나, 해볼래."

평소에 말수도 적은 데다가 동아리 행사나 뒤풀이 할 때도 적극적으로 참여하지 않았던 그였다. 고만고만한 나이의 새내기들에 비해 세 살이나 많지만 학번은 같아서 복학생들하고도, 같은 학번의 동기들하고도 어울리지 못하는 그였다. 그럼에도 잔잔하고 평온한 눈빛으로 동아리 방의 구석에서 우리를 지켜보는 게 느껴지곤 했었는데, 이번에도 그는 조용히 존재감을 발했다.

기원은 씩 웃으면서 답했다.

"좋아. 참가자 이름 제출하고 나면 그 다음엔 못 바꿔."

◦ ◦ ◦

2주일 후.

〈씨네 21〉이 주최하는 이벤트가 열리는 종로 연강홀로 갔다. '잠 안 자고 오랫동안 영화 보기'라는 영화 마라톤 대회로, 현재까지의 세계 신기록인 51시간을 초과하면 우승이었다. 영화 한 편 감상하고 5분 쉬고, 세 편 감상 후엔 15분 동안 휴식하며 식사로 나온 도시락을 먹는 식으로 일정이 짜여 있었다. 행사 전엔 각성제를 먹지 않았는지 도핑 테스트를 한다며 소변을 채취해 제출하라고 했다. 과연 세계 기록에 도전하는 행사다웠다. 주최 측이 얼마나 신경을 쓰고 있는지는 기념품으로 나눠주는 도톰하고 짱짱한 맨투맨 티셔츠와 뽀송뽀송한 무릎 담요, 푹신한 목 베개에서도 알 수 있었다.

행사가 시작되자 극장 안엔 열 명에 가까운 스텝들이 캠코더를 들고 참가자 주변에 진을 치고 섰다. 영화가 상영되자 캠코더로 한 명씩 근접 촬영하면서 잠이 드는지 샅샅이 기록했다. 5초 이상 눈을 감고 있으면 탈락이었다.

작고 쾌적한 소형 극장의 푹신한 소파에 파묻혀 이불을 꼭 끌어안고 스크린에만 눈을 고정하다가 때가 되면 정갈한 도시락을 먹으니, 첫날엔 영화 마니아로서 극락이 따로 없었다. 새벽 두 시가 넘어가도 정신은 맑았고 또랑또랑했다.

모두가 나 같진 않았다. 하룻밤이 지나자 두 팀이 탈락했다. 스텝들에게 지적당해 엉거주춤한 자세로 털레털레 극장 밖으로 나가는 팀들을 보면서, 기원은 눈을 흘기며 말했다. "밤도 못 새면서 이런 데 나온단 말이야?" 하지만 이틀째 오후가 지나자 우리에게도 서서히 잠이 밀려왔다. 극장 안이 어둡다 보니 생체 시

107

계가 밤인지 낮인지 분간을 못 했고 점점 걷잡을 수 없이 졸음이 쏟아졌다.

기지개를 켜보고 귓불을 잡아당기고 따귀를 아프게 치기도 했다. 재오는 자주 고개를 흔들었고 사수생은 다리에 쥐가 났는지 연신 무릎을 주물러댔다. 신체의 욕구가 간절함을 넘어서기 시작할 때쯤 우리는 서로를 감시했다. 제법 또랑또랑했던 기원과 내가 각자 재오와 사수생을 한 명씩 맡기로 하고, 그들이 고개를 숙이거나 움직이지 않은 채 가만히 있는 기미가 느껴질 때쯤이면 허벅지를 쿡쿡 찌르며 깨웠다.

스크린에선 인도 영화 〈춤추는 무뚜〉가 나오고 있었다. 요란하게 춤을 추고 노래를 부르며 한시도 관객을 방심하지 않게 하는 이 영화엔 비장함도 고뇌도 없었다. 주인공들은 어떤 고민도 하지 않고 경쾌하게 결정하고 실행한다. 〈춤추는 무뚜〉는 대단한 메시지를 전달하지 않지만 긴 러닝 타임에도 불구하고 영화를 본 관객을 흡족하게 해준다. 〈춤추는 무뚜〉를 보며 동아리에 들어와서 봤던 영화들을 떠올렸다. 영화는 꼭 심오한 예술성을 보여줘야만 하는 걸까. 인생을 이처럼 한바탕 축제로 보여줄 순 없는 걸까.

영화를 쉬지 않고 보면서 잠이 안 드는 방법은 영화에 집중하지 않고 딴 생각에 빠지는 것이었다. 이어 스크린에선 기타노 다

케시 감독의 <하나비>가 나왔다. 현재와 근과거가 빠르게 교차하는 서늘하고 푸르고 정적인 영상 위로 나의 이야기를 겹쳤다.

수능을 망친 탓에 가려던 영화학과는 가지 못하고 외국어학과로 진학하게 된 나. 영화 제작 동아리에 들어와 영화는 한 편도 못 만들고 칸에 보내준다는 말에 혹해 밤을 새며 영화를 보고 있는 나. 나 지금 뭐 하는 거지.

대학에 입학하고 얼마 지나지 않아 미세한 마음의 균열을 느꼈다. 정말 영화를 좋아하는 걸까. 학교를 계속 다녀야 하는 걸까. 더 깊이 들어가면 내 선택이 잘못되었던 게 탄로 날까 애써 생각하지 않으려 했다.

○ ○ ○

나는 라틴 계열의 언어를 전공으로 택했다. 고등학교 때까지만 해도 외국어를 전공하리라고 꿈에도 상상하지 않았다. 부모님에게 문제집 살 비용을 받으면 그 돈으로 <씨네 21>과 <키노>와 <스크린>과 같은 영화 잡지를 사 모았다. 중고서점에서 과월호를 구매하면 6천 원하던 잡지가 1,2천 원이었다. <씨네 21>은 주간지라서 기획기사를 보고 비정기적으로 구매했고, <스크린>은 영화배우들이 큼직하게 나온 사진이나 포스터를 스크랩하기 위해 샀다.

　모름지기 영화 마니아라면 〈키노〉를 읽어야 했다. 국어사전에 영어 사전까지 동원해가며 정성일 평론가의 까끌거리는 비평문을 해석하고 노트에 발췌하고 의견을 수줍게 더했다. '꼭 볼 것' 그리고 별 세 개.

　주말에 틈틈이 근처 비디오 가게에서 〈키노〉에서 추천하는 예술 영화를 빌려다 보았다. 구간은 500원, 신간은 천 원이었고 가끔 비디오 가게 아저씨는 어려운 영화를 찾아보는 내가 기특했는지 한 편 더 골라가라고 해주었다. 그럼에도 장 뤽 고다르의 영화는 한 편도 보지 못했다.

　내가 다닌 고등학교 근처 대학교 영화 동아리에선 매달 주제를 정해 상영회를 하곤 했다. 그곳에서 정식 수입이 금지되어 있던 일본 영화들을 처음으로 만났다. 이와이 슌지의 〈러브레터〉도 그때 보았다. 〈러브레터〉를 보고 카시와바라 타카시의 사진을 PC 통신 동호회 자료실에서 수십 장 다운받아 프린트한 다음, 일기장에 붙여놓곤 했다. 영화 마니아라면 프랑스대사관 영화관에서 죽순이로 살았다고 써야할 거 같지만 소도시에서 할 수 있는 건 이 정도였다.

　당연히 대학 전공도 영화나 영상 쪽으로 진학하려고 했다. 그러나 수능을 망쳐버렸다. 다들 평균 3~40점씩 오를 만큼, 수리

영역이 쉽게 출제된 수학능력시험에서 모의고사 점수 그대로 받았다. 가채점을 하고 PC방을 나와, 부슬비가 내리던 차가운 거리를 무작정 배회하며 울던 밤, 결심했다. 집을 떠날 수만 있다면 점수에 맞춰 어디든지 가겠다고.

다음 날 수능 점수별 추천 학과가 나열된 요강을 보며, 지금 다니고 있는 대학의 학과를 찍었다. 당시 인기 학과였던 신문방송, 영화, 영상, 연극영화과를 포기했다. 등록금이 저렴한 국립대학에 지원하라는 부모님의 의견을 묵살하고, 고향을 떠나야 다닐 수 있는 사립대학의 비인기 외국어학과에 특차 원서를 제출했고 합격했다.

대학 1학년에 새로운 언어를 알파벳부터 배우는 건 이상한 일은 아니다. 그런데 첫 수업에서 아, 베, 세, 체를 교수가 칠판에 적을 때 틀려먹었음을 직감으로 알았다. 알고 보니 힌두어라거나 베트남어 같은 제3세계 언어가 아니고는 외국어학과엔 대체로 그 언어를 고등학교 때 조금이라도 접해온 학생들이 입학했다. 우리 과에는 외국어고등학교 출신들이 바글거렸다. 한마디로 모두가 이미 선행 학습이 된 채로 들어온 것이다.

아르헨티나 출신 교수의 기초 회화 수업 진도는 너무나 빨랐고 하루 세 시간 이상, 철저한 예습과 복습 없이는 따라잡을 수 없었다. 4월쯤에는 포기 상태가 되어 중간고사에서 전공필수과

목에 모조리 D 학점을 받았다.

학과에서도 친구를 사귀지 못했다. 학기 초, 학부 모임에 한두 번 가긴 했다. 모임 첫날, 내 앞엔 노란색 단발머리의 불어과 선배가 담배 연기를 내뿜으며 아련하고 우수에 찬 표정을 짓고 앉아 있었다. 새터에서 만난 적이 있었다. 선배가 힙합 바지를 입고 '바위처럼'을 격한 동작과 함께 추던 모습이 기억났다. 민중가요와 노란 머리라니. 하얀 얼굴에 큰 눈, 작은 체구에서 뿜어져 나오는 카리스마에 매료되었다. 그 선배와 선배 옆에 있던 무리와 친해지고 싶었다. 그러나 몇 달 있다가 선배는 휴학을 해버렸다. 선배가 있던 학생회는 와해되었고, 그나마 복도에서 마주치면 인사하던 사람도 없어졌다.

하고 싶은 일이나 되고 싶은 직업이 확실히 있고, 그걸 대학 전공으로 택하는 경우는 어쩌면 100명 중 한 명도 되지 않는다. 대체로 점수에 맞춰 어딘가 들어간다. 하다 보면 그걸 잘하게 되기도 하고 그럭저럭 하게 되기도 한다. 그게 보통 사람들이 인생을 사는 모습이다. 대학 전공을 살려 취업을 하는 경우 역시 무척 드물다. 대학은 이 사회가 보증하는 정상적인 코스로 가기 위한 일종의 자격증을 따는 곳이지 공부하는 곳은 아니었으니까.

2000년엔 모두가 이러한 진실을 알고 있기에 가능했던 일탈이 조금은 남아 있었다. 그래서 선배들도 친구들도 자신의 D, F

학점을 오히려 자랑스러워하곤 했다. 낮은 학점은 어차피 점수 맞춰 들어온 대학에서 '그깟' 시험 점수에 목을 매지 않는다는 당당한 증표와 같았다.

"이번 학기에 2.5 받았어요."

"나는 학고(학사경고) 받았어!"

졸업을 유예할 수 있는 이들의 패기는 '그럼에도 불구하고' 라는 역전의 서사가 바로 이어져야 추억이 된다. 공무원 시험에 합격해서 우수한 졸업 학점 없이도 사회에 진출한다거나, 4학년 때 '학점 세탁'을 해서 길어도 1학기 정도만 시간을 늦춰야 한다. 10학기까지 늦어지게 되면 그 누구도 만나고 싶어 하지 않는 조상님이 된다.

2점대 학점을 털어놓자 고학번 선배는 그깟 것을 문제 삼느냐고 했다. 선배의 핀잔을 들으며 선배처럼 되진 않을 거라고 속으로 생각하면서, 한편으론 거대한 권력에 굴복하진 않는 근사한 반항아가 된 것만 같아 괜히 어깨가 위로 올라갔다.

"구려. 요즘 운동권이 어디 있어. 다 끝물이야. 그거 공부하기 싫고 멋진 척하고 싶으니 하는 거 아냐. 그런 거나 하니까 졸업을 못 하는 거잖아."

학과 모임이 끝났을 때 한 동기가 궁시렁거렸다. 싸워야 할 거대한 적이 사라진 시대. 대학의 청춘이 부릴 수 있는 마지막 저

항과 패기는 학사경고 정도였다.

학과 수업에 적응하지 못해 내가 자주 가던 곳은 춥고 습하던 동아리 방과 중앙도서관의 DVD실이었고, 동아리 방에 가지 않던 공강 시간엔 영화를 보며 지냈다.

고등학교 때에도 대학에 와서도, 영화는 언제나 나에게 도피처이면서도 하나의 완전한 세계였다. 그러나 막상 영화를 만들고자 하는 구체적인 세계로 들어오자 환상의 막이 한 꺼풀씩 벗겨졌다. 동아리에 있는 우리는 영화인이 되고 싶은 꿈을 안고 있는 사람들이었다. 하지만 졸업하고 영화 일을 하는 선배도 단 한 명도 없었고, 영화를 만들고 싶다곤 하지만 정작 단편영화를 끝까지 완성하는 이도 없었다. 작은 의문들이 서서히 싹터 올랐다. 대체 영화가 뭐야.

지난 중간고사 점수가 문득 떠올랐다. 당장 다음 주에 들어갈 수업을 생각하니 명치가 꽉 막혔다.

○ ○ ○

3일째 밤을 넘어갈 때 과반수의 팀이 탈락했다.

우리에게도 몇 번의 아슬아슬한 위기가 지나갔다. 서로를 감시하던 열의도 잠잠해졌다. 자포자기 상태가 되어 몸은 점점 의

자 안으로 말려 들어갔다. 기원은 누가 잠드는지 더 이상 주변을 두리번거리지 않았고 사수생의 움직임도 현저하게 둔화되었다. 스텝은 우리가 조는 것처럼 보였는지 자주 다가왔다.

51시간을 약 여섯 시간 남겨둔 이른 아침.

앞으로 뭘 해야 하냐는 생각에 빠져 몽롱하게 멍을 때리고 있을 때, 스텝이 다가와 어깨를 툭툭 쳤다. 사수생이 졸았다. 몸을 돌려 사수생의 얼굴을 애써 확인했다. 믿었던 사수생이 졸 줄 몰랐다. 기원은 사수생을 노려보지 않았다. 올 것이 왔다는 표정으로 살짝 입 꼬리를 올리며 웃더니 자리에서 가뿐하게 일어났다. 사수생은 멋쩍은 표정으로 "미안"이라고 말했다.

우린 종로 거리로 나와 해장국을 먹었다. 기원은 기어이 한마디 해야겠는지 사수생을 째려보며 말했다.

"칸 갈 수 있었는데."

재오가 껄껄 웃으며 대답했다.

"그래도 영화도 잘 보고 밥도 잘 먹었잖아."

나도 딱히 아쉽지 않았다. 영화를 질리도록 보면서 발견한 건 영화에 대해 예전보다 미지근해진 마음이었다. 그동안 무언가를 좋아하는 데 망설임이 없었다. 당연히 좋아하는 일을 해야만 한다고 믿었다. 영화학과에 가지 못한 건 좋아하는 걸 이루지 못한 실패라고 여겼다. 그런데 내가 몰랐던 건, 좋아하는 일은 그것 자체로 형체가 없다는 점이었다. 그저 마음으로만 있다. 감정에 머물던 좋아하는 일이라는 건, 그걸 직접 해봤을 때, 즉 몸으로 부딪힐 때에만 실체가 드러난다.

영화라는 세계를 마음으로만 좋아할 땐 한없이 아름다웠고 그 마음은 내 안에서 무럭무럭 부풀어 올랐다. 그런데 막상 아마추어라고 하더라도 영화를 만드는 자리에 와보니, 그 마음은 계속 쪼그라들었다. 나만큼 환상을 가진 이들이 모인 자리에서 이야기를 나누면 나눌수록 그 환상은 점점 볼품없어졌다. 좋아하는 걸 나누고 겪을수록 더 좋아져야만 하는데 더 좋아지지가 않았다. 다른 이들의 환상이 거짓이어서가 아니라 그들의 모습에서 내가 키운 거품을 보았다. 영화에 대한 환상은 컸지만 실천은 미약했다. 동아리에서 할 수 있는 열정의 최대치란 영화에 대한 사랑을 빙자한 방황과 술, 연애 그리고 취향의 과시였다. 그건 잘못되지 않았다. 단지 그 속에서 발견했다. 영화에 대해 가졌던 마음의 본 모습을. 거품이 빠지고 쪼그라들자 작은 알맹이 하나가 또르르 굴러 내 앞에 떨어졌다.

이걸 인정하자 홀가분해졌다. 여전히 무엇에 마음을 둬야 할지 몰랐지만 공허하진 않았다.

○ ○ ○

동아리에서는 별 다른 이벤트 없이 한 학기가 지났고, 여름 방학이 되자 지방 출신이 많았던 동아리 방은 썰렁해졌다. 농활을 가는 동아리들이 많았지만 우리는 그런 것에 관심 없었다. 고향으로 내려와 만화책을 빌려다 보며 방학을 보냈다.

학과 공부를 포기하기로 한 2학기엔 다른 학과 수업을 청강하거나 수강했다. 영화에 대한 열정이 전만큼은 아니었지만 그럼에도 미련은 남아 있었다. 그래서 무대 연출이나 시나리오 스토리텔링 수업을 신청했다. 연극영화과 수업을 들으며 새삼스레 재확인했다. 영화의 미장센이라거나 촬영 기법, 시나리오 작법에 내가 재미를 못 느낀다는 것을. 영화보다는 미대 수업을 들으며 시간가는 줄 모르고 몰입했다. 드로잉 수업이나 조형 실기 수업을 들었는데, 누드모델을 보며 찰흙으로 인체를 표현하는 시간에 교수는 내 자리로 오더니 물었다.

"혹시 조각으로 입시 준비했니?"

"고등학교 때 잠깐 입시 미술을 했어요."

우물쭈물 대답했다. 6개월 미술학원을 다닌 게 고작이었다.

재오는 혼자 낑낑대며 단편 영화 시나리오를 완성했다. 군대에 가기 전에 영화를 만들고 싶다고 했다.

"엄마가 등록금 못 준다고 군대 가래."

재오는 콘티를 그린 두툼한 노트를 나에게 보여줬다. 다양한 각도에서 등장인물을 스케치한 선은 굵직하면서도 명료했다. 화면 분할이라거나 공간의 투시도 안정적이었다. 그는 나보고 촬영을 해달라고 했다.

"너 사진 잘 찍잖아. 촬영도 잘할 거 같아."

기말 고사를 마치고 겨울 방학 내내 그 시나리오로 영화를 찍었다. 줄거리는 단순했다. 살인 사건의 범죄를 수사하는 형사와 범인으로 추정되는 여주인공의 로맨스 스릴러라고 해야 할까. 재오는 학부 전체를 수소문해서 가장 인물이 빼어난 학생들을 배우로 데리고 왔다. 여학생은 나도 알던 애였는데 학기 초와 얼굴이 완전히 달라져 있었다. 선배들이 무슨 일이 있었던 거냐고 추궁하니 "코랑 눈 조금 했어요"라고 찡긋 웃으며 답했다. 그 애의 미간부터 코끝까지 이어지는 오똑하고 반듯한 선을 나는 부러운 듯이 바라보았다.

영화는 장르물답게 격투신도 많이 나왔다. 머리가 깨지고, 입술이 터지고, 코피가 나야 했다. 배우들 얼굴에 빨간 아크릴 물감을 덕지덕지 묻혔다. 차가 교통사고로 전복되는 장면도 있었다. 재오에게 이런 건 대체 어떻게 찍을 거냐며 따지듯이 물었다. 그는 한 달 치 아르바이트 비용을 털어 구입했던 폐차 직전의 중고차를 가리켰다. 얼마 전 한강 구경을 시켜준다며 나와 기원을 그 차에 태우고 새벽에 한남대교를 질주했었다. 재오는 그 차를 도랑 속으로 처박았다.

칼바람이 불던 겨울이었다. 비디오카메라를 쥔 손은 달달 떨렸다. 카메라를 들고 오지를 누비며 촬영하는 다큐멘터리 영화감독들을 언제나 동경했는데, 실제로 촬영을 해보니 한 시간도 참기가 힘들었다. 동경과 실재의 간극은 이토록 컸다. 한 장면을 열 번 이상씩 찍고도 재오가 엔지를 말하거나 액션을 외칠 때면 얄밉기 그지없었다. 속으로 소리쳤다.

'그냥 끝내자고 그냥. 그리고 네가 쓴 시나리오 진짜, 너무 황당해.' 남아 있는 콘티의 분량은 너무 두툼했고, 열정의 불씨는 꺼져가고 있었다. 누군가 그걸 알아차리기라도 할까 봐 삐딱해졌다.

○ ○ ○

촬영이 끝나자 다시 DVD실 의자에 몸을 파묻었다. 전공을 이대로 포기하면 졸업장도 받지 못할 텐데 어떻게 해야 하나. 머릿속이 복잡한 채로 아무 비디오나 보았다. 시간이 남아돌아서였을까, 우연히 세 시간짜리 〈매그놀리아〉를 봤다. 이 영화는 일곱 명 인물들의 다양하게 꼬인 인생을 보여준다.

어린 시절 퀴즈왕이었지만 지금은 취업한 회사에서 해고당하기 직전이고, 돈도 없는 주제에 사랑에 빠진 바텐더에게 잘 보이려고 치아를 교정하려고 하는 도니. 여자들을 유혹하는 기술을 설파해 스타가 되었지만 어머니를 버린 아버지와 연을 끊고 사는 프랭크. 사회적으로 성공했지만 평생 아내를 두고 바람을 폈고, 지금은 침대에 누워 죽을 날을 기다리는 프랭크의 아버지 얼. 이 남자의 돈을 보고 결혼했지만 죽음 앞에서 자신이 이 남자를 사랑했다는 사실을 깨닫는 린다. 딸을 성추행했지만 암에 걸려 죽어가면서도 기억하기를 회피하는 지미. 그리고 마약 중독자가 된 그의 딸, 클라우디아.

인물 모두가 절망에 빠져 있고 영화는 내내 부글부글대는 증오와 분노로 가득했다. 인물들은 자신 앞에 찾아온 고비 앞에서 고함을 질러대지만 무엇을 해야 할지 아무도 몰랐다.

영화가 절정으로 치닫는 중반, 등장인물들은 무언가를 깨닫는다. 그때 에이미 만이 부르는 'Wise up'이 흘러나온다.

도니는 치아 교정비를 구하기 위해 회사 금고를 털러 가고, 프랭크는 자신의 과거를 묻는 인터뷰 때문에 쇼를 망치고 아버지를 찾아간다. 얼을 돌보는 간호사 필은 얼에게 가장 강력한 모르핀을 주고, 린다는 독극물과 같은 약을 입에 털어 넣어 자살

을 시도한다. 버림받을까 봐 누구와도 관계를 맺지 않던 클라우
디아는 경찰관 짐과의 데이트를 기다린다.

인물들은 결단하고 행동한다. 현명한 행동이 무엇인지는 도
무지 모른다. 이미 모든 걸 망쳐버렸고 후회투성이며 자신이 바
보 멍청이라는 걸 알겠지만, 그럼에도 무언가를 해야만 한다. 나
지막히 체념적으로 읊조리는 에이미 만의 목소리가 나를 할퀴
고 지나갔다.

"No, it's not going to stop. 'Til you wise up. So just give
up."

"네가 깨닫기 전까진 멈추지 않을 거야. 그러니 그냥 포기해."

대학에 입학한 후 모든 것에 핑계를 대고 있었다. 1년 내내 학
과 공부를 하지 않고 학점을 2점대로 받는 것에 대해서도, 영화
동아리에 나가지 않는 것에 대해서도 말이다. 그런데 〈매그놀
리아〉는 아무것도 하지 않으면 어떤 것도 할 수 없다고 말해주
었다.

에이미 만의 목소리는 깨닫거나 알려고 하지 않을 거라면 포
기하라고 다그치는 듯했다. 대체 어떻게 해야 하는 걸까. 무얼
알아야 할까. 어떻게 해야 알 수 있을까. 어쩌면 그건 대단히 똑

magnolia

똑하고 실리적인 어떤 선택을 하는 것이 아닐지도 모른다. 그건 실패를 예감하고도 감행할 때만 알 수 있는 건 아닐까. 해보지 않고서는 모른다.

영화에 대한 갈망이 차분하게 식어가는 만큼 학과 공부에 대한 미움도 사그라지고 있었다. 솔직해지자. 꿈을 이루지 못해 이 학과에 억지로 온 것이 아니었다. 영화는 못 이룬 꿈이 아니었다. 거기까지 인정하자 '원래 이걸 하려고 했는데 못 했어'라는 말이 더 이상 통하지 않음을 알게 되었다.

유예기간은 1년이면 족했다. '점수에만 맞춰서 선택한 학과이니까, 그러니까 학과 성적이 좋지 않아도 되는 거니까, 하고 싶던 일이 아니었으니까'라는 말로 선택과 행동을 미루는 일은 이제 그만두어야 했다. 도망칠 수 없었다.

　　　　　　　　　　ｏ　ｏ　ｏ

겨울 방학이 끝날 때쯤 기원에게 그동안 몰랐던 이야기를 들었다. 가을에 갔던 엠티에서 숙소에 술을 먹고 누워 있던 기원을 동아리 선배가 추행했다는 걸 알았다. 기원은 펑펑 울면서 선배를 죽여버리고 싶다고 말했다. 사건이 있은 지 3개월이 지난 후였다.

123

선배에게 문자를 보냈다.

"할 말 있는데 잠깐 만나요."

학교 앞 커피숍으로 나오라고 했다. 테이블을 두고 어색하게 마주 앉았다. 친한 사이였다고 해도 동아리 방이 아닌 곳에서 따로 만나는 건 처음이었다. 말을 돌리지 않고 바로 꺼냈다. 선배는 예상했는지 부인하지 않고 고개를 숙이며 끄덕거리기만 했다. 그는 자신이 한 짓을 알고 있었다. 죽을죄를 지은 게 맞다고, 백번 사과를 하고 싶지만 기회가 생기지 않았다고, 변명 같은 말을 줄줄 늘어놓았다.

"내가 죽일 놈이야. 죽일 놈."

"기원이에게 사과하세요. 제대로."

"하려고 했어. 정말로. 내가 정말 잘못했어."

"당장, 하세요. 아니면 … 제가 선배를 죽여버릴 거예요."

가만히 있지 않을 거라고 결심했다. 예전에도 여자애들이 '그냥 넘어갈 수도 있는 소소한 일'을 떠들어대서 동아리 분위기를 망친다는 지적을 선배들에게 들은 적이 있었다. 공론화까지는 할 수 없더라도 선배가 무슨 짓을 했는지 알려주고 싶었다.

얼마 후 기원을 만나니 선배가 사과했다고 했다. 그러나 기원은 선배를 용서하지 않았다고 했다. 그는 다른 소식도 전해줬다.

"선배가 앞으론 동아리에서 볼 일은 없을 거래. 시험공부 시작했다고. 노량진 근처에 방 구했대."

  문제가 일단락되었지만 그 후로 동아리 방에 발길을 끊었다. 이 일 때문만은 아니었다. 어쩌면 계기가 필요했는지도 모르겠다. 더불어서 영화 매니아로 살던 생활도 끝나버렸다. 중앙도서관의 DVD실에도 가지 않았다. 추억을, 경험을, 꿈을 잃어버린 게 아니었다. 그냥 나를 알게 된 것이다.

○ ○ ○

  〈매그놀리아〉의 주인공들은 저마다 결단을 감행했지만 그걸로 문제가 해결되는 건 아니었다. 그다음엔 뒷감당을 해야 한다. 치아를 교정할 돈을 회사 금고에서 훔쳤던 도니는 자신이 무엇을 하고 있는지 뒤늦게 깨닫고 회사로 돌아간다. 프랭키는 쇼를 망쳐버리고, 병상에 의식 없이 누워 있는 아버지를 찾아와 '절대로 용서하지 않을 거고, 부디 고통스럽게 죽으라며' 저주를 퍼부으며 운다. 클라우디아는 용기를 내어 데이트에 나가지만 결국 관계의 두려움을 극복하지 못하고, 집으로 돌아와 버린다. 자살을 시도한 린다는 흑인아이에게 발견되어 호흡이 끊기기 직전에 구급차에 실려진다. 시도는 엉망진창이 되고 실패한다. 왜냐하면 이 모든 방법은 어떤 몸부림일 뿐이었기에.

그리고 하늘에서 개구리 비가 난데없이 쏟아진다. 〈매그놀리아〉에서 가장 극적인 이 장면. 살아 있는 개구리들이 하늘에서 땅으로 우루루 떨어지며 내장이 터지고, 달리던 차의 유리창을 박살내고, 건물을 부수며 세상을 심판한다. 자기 파멸로 치달아가던 인물들은 개구리 비를 벼락처럼 맞는다. 더 엉망이 된다. 그러나 그건 일종의 정화이기도 했다. 아예 모든 것이 무너져버린다면 처음부터 다시 시작할 수 있으니까. 개구리들의 미끄덩하고 비릿한 사체가 잔뜩 쌓인 세상에서, 홀로 분투하며 스스로를 파괴해나가던 인물들은 서로가 서로에게 연결되어 있음을 발견한다. 그래서 마지막에 나오는 에이미 만의 노래는 'Save me'이다.

"Why don't you save me. Save me."
"나를 구해줘."

그토록 미워하던 누군가가, 그리고 최선을 다해 외면하거나 피하던 관계가, 멀어져버린 무언가가 자신을 알게 해준다. 부딪히지 않았으면 결코 모른다. 타인은 나에게, 우리는 서로에게 구원이 된다. 문제를 해결하거나 도와줘서가 아니라 내 모습을 직시하게 해주어서.

진실은 〈매트릭스〉의 결말처럼 설계된 시스템의 바깥에 있는 게 아닐지도 모른다. 적절한 행복과 불행을 철저한 계산 아래 주입받는 매트릭스의 세계와 다르게, 우리의 '리얼'은 그저 살아냄 그 자체만으로도 충분히 구질구질하고 비참하다. 진실은 언제나 우리 앞에 있었다. 빨간 알약을 선택하지 않아 진실을 알지 못하는 것이 아니라, 진실을 어떻게 마주해야 할지 몰라 진실을 보면서도 모른 체하는 것일지 모른다.

　음악 전공이던 사수생은 내가 예술대를 오고 가는 걸 보더니 이런 말을 해주었다.

　"네가 안테나를 세우고 있다면 언젠가 뭔가 걸려들게 돼."


　반년이 지나고 나는 전공을 바꿨다.

어쩌면
화양연화

습기를 잔뜩 머금은 아열대 지방의 동틀 녘, 방갈로의 나무 벽 사이로 여리고 희미한 빛이 새어 들어왔다. 바깥에서는 새들이 시끄럽게 합창을 해대고 있었다. 모기장을 걷고 삐걱거리던 침대 위에서 내려와 창밖을 빠끔히 열어봤다. 노란 빛을 품은 퍼런 하늘이 보였다. 해 뜨기 전이었다. 시간은 다섯 시 25분.

얼굴에 대충 물을 묻혀 눈곱만 떼고 자동 필름 카메라와 물병을 크로스백에 넣었다. 방갈로의 계단은 금방이라도 무너져 내릴 듯이 요란스레 삐거덕거렸다. 새벽부터 소란스러운 투숙객이 되고 싶지 않아 살금살금 발을 내디뎠다. 가방의 끈을 바짝 조이고 세워둔 자전거의 페달을 힘껏 밟았다. 동쪽을 향해.

캄보디아 시엠립.

베트남 사이공에서 프놈펜을 거쳐 이곳으로 왔다. 베트남에서 캄보디아로 이어지는 난잡한 비포장도로를, 금세라도 바퀴가 빠질 것 같은 봉고로 여섯 시간이나 달렸다. 누런 흙먼지를 귓바퀴와 두피의 모공에까지 박힐 만큼 뒤집어쓰며 당도한 곳. 이곳은 도로도 나무도 건물도 푸석푸석해 보이던 건기의 사이공과 다르게 축축한 밀림의 열기가 한증막처럼 가득 차 있었다.

봉고가 여행자들을 시내에 내려주자마자 현지인 삐끼들이 벌떼처럼 몰려들었다. 나를 잡아먹을 듯한 눈빛으로 뜯어보며 옷깃에 무례하게 손대던 그들을 제치고, 눈매가 여리고 선해 보이는 여자아이를 따라 하루 3달러짜리 독채 방갈로를 얻었다. 방을 얻고 한시름 놓은 다음엔 어기적어기적 바이크 숍으로 걸어가서 자전거도 한 대 빌렸다.

"일주일이요."

내가 자전거를 끌고 나오는 걸 보자 아까 이글이글하던 눈으로 흥정을 시도하던 삐끼들이 장난스럽게 말을 걸었다.

"바이크? 원 위크? 임파서블!"

문맥과 행간을 추측하자면 '자전거를 타겠다는 거지? 그걸로 여기 다 못 볼 텐데? 어림도 없어'쯤 되겠다. 그들은 "오토 바이크!" 하며 걸터앉은 오토바이를 툭툭 쳤다.

시엠립엔 세계 7대 불가사의라 하는 앙코르와트 유적지가 있다. 유적지 전체는 어지간한 중소도시 면적으로 시엠립에서 메인 사원까지 가려 해도 차로 10분 이상 거리였다. 이곳을 일주일씩이나 보는 관광객은 없다. 대부분 단체 관광으로 와서 버스나 봉고를 타고 돌아다니고, 배낭여행자들은 오토바이를 빌려 탄다. 머무는 기간은 아무리 길어도 3일이다.

이미 한 달 이상 내 멋대로 여행을 해왔다. 중국의 윈난성부터 베트남 북부의 하노이까지 내려왔고, 밤 버스와 밤기차를 번갈아 타며 남부의 사이공까지 2000km를 여행했다. 그리고 캄보디아로 넘어왔다. 찍고 도는 여행으로는 성이 차지 않았다. 어마어마한 유적지를 빠르게 훑는 걸로 만족할 수 없었다. 게다가 나에게 성서와도 같던 《론리플래닛》에서 자전거를 타고 넉넉한 시간을 두며 시엠립 투어를 하는 것도 좋은 방법이라고 적혀 있지 않았던가.

생애 첫 배낭 여행지로 인도차이나 반도를 선택하며 진·정·한 배낭여행자 되기를 목표로 삼았다. 배낭여행자들의 성지인 다음(Daum) 카페, '오불 여행자'라는 이름에서도 알 수 있듯 돈은 하루에 5불 이상 쓰지 않아야 한다. 짐은 38리터 배낭 하나로 간소화하고, 되도록 대중교통과 도보를 이용할 것. 선크림도 바르지 않아 새까맣게 탄 얼굴, 고작 두세 벌을 빨아 입다 보니 닳

아버린 바지와 티셔츠는 배낭여행자다움이었지, 초라한 모습이 아니었다. 무엇보다 혼자서, 고독에 사무치며 다녀야 했다. 단체 투어나 가이드의 도움을 받는 건 관광이지 여행이 아니었다.

베트남에서 만난 한국인 일행도 경로와 일정이 거의 똑같아서 매일 만날 수밖에 없었다. 그래서 일부러 떨어졌다. 그들이 하루 있을 거라고 하면 나는 이틀을 더 머무른다고 하면서 일정을 지체시켰다. 매일 어디에 갈지 상의하고, 함께 이동하고, 쉴 새 없이 이야기를 조잘거려야 하는 여행은 버거웠다. 하염없이 시간을 내 멋대로 보내고 싶었다. 앙코르와트는 혼자되기에 적절한 곳이다. 이곳에 오는 여행자들은 길게 머물지 않으니까.

○ ○ ○

첫날. 밀림 사이로 펼쳐진 좁은 차도를 자전거를 타고 내달렸다. 대지는 열로 데워지기 전이었고, 송글송글 맺히던 땀방울도 자전거의 가벼운 속도가 갈라주는 시원한 바람에 금세 말랐다.

자전거에서 내리니 수백 명의 관광객이 앙코르와트 앞에 모여 일출을 기다리고 있었다. 사원 앞에 있는 검고 깊은 해자˚ 주

○  사원 주위를 둘러서 판 큰 연못.

위로 빼곡하게 사람들이 자리 잡았다.

여섯 시가 조금 넘자 사원 뒤편으로 빨간 광채가 서서히 올라왔다. 사원이 기지개를 켜며 깨어나는 시간이었다. 셔터 소리가 끝없이 들렸다. 사진을 한 장만 찍고, 혼자만의 적막 속에서 세상을 삼킬 듯 무겁고 장엄하게 떠오르는 열대의 태양을 지켜봤다. 어둑하고 축축하고 푸르스름하던 세계가 햇살을 받아 빛이 변했다. 밤새 습기를 머금은 이슬이 말라가며 오래된 이끼 사이에서 퀴퀴한 냄새가 흠씬 올라왔다. 관광객들은 분주해졌다. 그들은 가이드를 따라 부랴부랴 이동했다. 막상 지도 한 장 없이 맨몸으로 혼자 와서 보니 당황스러웠다. 무엇을 봐야 하나.

중앙 사원의 가장 높은 계단에 앉아 바다처럼 펼쳐진 정글을 내려다봤다. 정수리까지 올라온 뜨거운 태양 때문에 다른 곳으로 이동할 엄두가 나지 않았다. 800년 넘은 세월의 한기가 배인 서늘하고 까끌까끌한 사암에 기대어 앉아 까무룩 졸며 시간을 보냈다.

해가 서쪽으로 각도를 틀어 내려갈 즈음, 주린 배를 움켜쥐고 털레털레 자전거를 밀며 시내로 들어왔다. 저 멀리에서 낯익은 얼굴이 보였다. 그는 큼직큼직하게 손을 휘두르며 바이크 숍에서 가격 흥정을 하고 있었다. 쇼였다. 갈색 머리하며, 허리춤에 자주 손을 올리고 고개를 갸웃갸웃하는 행동거지가 딱 그였다.

홍정에 열중한 그는 내가 다가간 것도 모르고 있었다. 그가 말을 마치기를 두 발짝 떨어진 곳에서 가만히 기다렸다. 쇼가 고개를 돌려 나와 눈이 마주쳤을 때, 나는 태연스럽게 활짝 웃어 보였다. 그는 잠시 깜짝 놀라더니 으레 예의 바른 태도로 돌아와 악수를 한다며 손을 내밀었다. 그러다 먼지 잔뜩 묻은 자기 손을 알아차리고 민망해하며 급히 거뒀다.

"헤이."

그는 스물세 살, 도쿄에서 온 일본 남자였다. 거뭇하게 그을린 콧등과 힘줄이 불거진 단단한 팔엔 흙먼지가 잔뜩 묻어 있었고, 갈색으로 염색한 장발의 곱슬머리는 오늘따라 더 부스스하게 날렸다. 손짓 한 번 할 때마다 누런 먼지가 사방에 흩날렸다. 며칠째 면도를 하지 않았는지 턱밑으로 수염이 삐죽삐죽 솟아나와 있었다.

"언제 온 거야? 나는 어제 왔어."

"나는 오늘 도착했어."

그는 단돈 2달러를 내고 트럭 뒤 짐칸에 실려 왔다고 했다. 흙먼지 가득한 비포장 길을 여섯 시간 동안 덜컹거리며 타고 왔다고 너스레를 떨며 말했다. 엉덩이가 아프지 않았냐는 말에, 그는 어깨를 으쓱하며 "2달러"라고, 손가락으로 V를 표시했다.

"여기엔 며칠이나 있을 건데?" 궁금했다.

"일주일."

그러면 그렇지. "나도 일주일이야."

나의 대답에 그는 고개를 지그시 끄덕거렸다. 그럴 만하다는 표정이었다.

"너도 자전거를 빌렸구나?"

"당연하지."

'여긴 스치듯 보는 관광지가 아니니까.' 굳이 말하지 않아도 알 수 있었다.

우린 사이공의 게스트하우스에서 처음 만났다. 그는 나만큼 이나 몸으로 움직이는, 걷고 또 걷는 여행을 선호하는 이었다. 아침 일찍 숙소를 나가 해 질 녘까지 느리고 천천히 거리를 헤맸 고, 저녁에 숙소에서 마주치면 오늘 하루 뭘 보고, 누구를 만났 는지 이야기해주곤 했다.

스쳐 지나가던 많은 여행객들처럼 인연이 닿으면 만나겠지 하 며 헤어졌다. 앙코르와트로 간다는 사실을 알고 있어도 기대는 하지 않았다. 사이공은 사람이 많고 복잡했고 넓었으니까. 그러 나 이곳은 달랐다.

2000년대 초반의 시엠립엔 호텔도 서너 개에 불과했다. 단체 관광객들은 죄다 그리로 몰렸다. 세계적인 유적지라고 해도 겉 만 보면 작고 허름한 시골 마을이었다. 한산한 거리엔 시시껄렁

하게 흥정을 걸어오는 삐끼들, 작은 뱀과 새를 바싹 구워 파는 노점상, 챙 넓은 모자를 쓰고 노상의 스카프를 한 번씩 거들떠보는 서양인 노부부 정도가 드물게 돌아다닐 뿐이었다. 그리고 어쩌다 나처럼, 그처럼, 거대한 비밀의 폐허를 감히 혼자 보겠다고 덤벼드는 객기 어린 배낭여행자들이 있었다.

앙코르 유적 관광 산업을 위해 막 개발을 시작한 이 작은 도시엔 유적지 사이로 나 있는 포장도로도 딱 하나였다. 그것은 우리가 아주, 자주, 마주칠 수 있다는 뜻이었다.

"일주일이라…."

그는 나를 향해 반달 같은 눈매로 웃어 보이며 중얼거렸다. 먼지와 땀이 엉킨 반질한 그의 이마 위로, 노란 태양빛이 길고 가늘게 조도를 바꿔 머물렀다.

○ ○ ○

다음 날엔 늦잠을 실컷 잤다. 방갈로가 슬슬 데워지고 목덜미에 땀이 차 끈적거릴 때쯤 눈을 떴다. 여덟 시였다. 스케치북과 연필, 전날 미리 사두었던 바게트와 물병을 가방에 넣었다. 자전거 페달을 힘차게 밟았다. 두 번째 가는 길이어서 어제처럼 길게 느껴지진 않았다. 단 이미 해가 이마의 정중앙까지 떠오른 오전

이라 얼굴이 벌겋게 달아올랐다.

어제 제대로 보지 못한 앙코르와트의 중앙사원 회랑을 찬찬히 둘러봤다. 폐허로 남은 돌무더기들을 찬찬히 바라보았다. 가이드를 따라온 한국인 관광객들 주변을 어슬렁거리며 뭐라고 하는지 주워듣기도 했다. 앙코르와트의 가장 높은 탑으로 올라갔다. 탑의 꼭대기 안에는 박쥐들이 득실거렸고, 곳곳엔 배설물이 잔뜩 묻어 있었다. 한창 들끓던 관광객이 빠져나가자 그것들은 경계를 풀고 정신없이 퍼덕거렸다. 눅눅하고 비릿한 짐승의 냄새가 콧구멍으로 밀려 들어왔다.

문득 '쇼는 앙코르와트에 나왔을까' 궁금해졌다. 탑에 앉아 사원 전체를 내려다보며 구석구석 힐끗거렸다. 그는 보이지 않았다.

관광객들이 빠져나가기를 기다렸다가 한산해진 틈을 타 회랑 구석에 들어가 기대어 앉았다. 열대의 공기는 숨 막혔지만 그늘은 놀랍도록 서늘했다. 벽에 새겨진 부조들을 스케치하며 시간을 보내고, 늦은 오후에 시엠립 시내로 돌아왔다. 한낮에 돌아다녔더니 탈진할 것만 같았다. 허벅지에서 불이 났다. 그저 숙소에 들어가서 쉬고 싶었는데 게스트하우스 앞 골목에서 쇼를 만났다.

"어, 안녕!" 깜짝 놀라 엉거주춤 인사를 했다.

"오늘도 앙코르와트에 다녀오나 봐." 그는 차분하게 말했다.

"어, 너는?" 기대감으로 물었다.

"나는 오늘 안 갔어. 피곤해서 잠만 잤어."

푹 쉬었는지 쇼의 표정은 꽤 생기 있어 보였다. 그의 맑은 얼굴이 반갑지만은 않았다. 그런 줄도 모르고 나만 혼자 찾은 듯해서.

그는 근처에 셰이크 카페가 있으니 가보자고 했다. 파인애플을 진하게 갈아 넣은 셰이크가 타오르던 갈증을 채우고 멍하던 정신을 깨워줬다. 그는 매일 여기에 들린다고 했다.

쇼를 자주 만날지 모른다는 예상과 달리 다음 날에도 그는 보이지 않았다. 그를 마주친 건 다시 하루가 지나서였다. 앙코르와트에서 조금 더 북쪽에 있던, 앙코르 제국의 마지막 수도인 앙코르 톰 유적군에서였다.

우연히 만난 그에게 내심 추궁하듯이 그동안 어디 있었냐고 물었다. 앙코르와트가 너무 멋져 거기로만 출퇴근을 했다고 했다. 그다웠다. 그날 우리가 만난 바욘 사원에서도 그는 아주 천천히 부조물들을 감상했다. 연신 '가와이'를 외쳐댔다. 그런 표현이 일본인들 특유의 관용구인지 아니면 진심인지 분간할 수 없어 떨떠름하게 맞장구쳤다. 우린 '크메르의 미소'라고 불리는 탑 앞에서 각자 사진을 한 장씩 찍었다.

바욘은 앙코르와트와 다르게 한산했고 숨을 공간도 많았다. 그의 느린 발걸음에 맞추기가 지겨워져 뒷면으로 먼저 돌아가 둘러보거나 조금씩 앞질러가곤 했는데, 그러다 보니 구불구불한 미로 같던 사원에서 숨바꼭질이 되고 말았다. 한 블록만 엇갈려도 찾을 수 없었다. 그와 조금 떨어져 보려 했던 의도와 달리 완전히 엇갈려 버렸다.

허물어진 돌무더기들이 정처 없이 쌓여 있었고, 회랑 곳곳의 천장은 무너져 있어 입구와 출구가 어디로 연결되는지 알 수 없었다. 길은 이어져 있기도 하고 끊겨 있기도 했다. 방향 감각을 상실해, 결국 그를 찾는 걸 포기하고 나무 그늘에 앉아 땀을 식혔다.

출구를 겨우 찾아낸 다음, 자전거를 타고 옆에 있는 바푸온 사원으로 이동했는데 맞은편에서 돌아오는 그와 마주쳤다. 내가 머무는 사이에 이미 근처까지 다 보고 돌아오는 중이었다. 그는 저기 정말 멋지다며, 바푸온 사원을 가리키며 엄지손가락을 추켜세워 들고 휑 사라졌다. 베이지색 낡은 티셔츠를 입은 쇼의 널찍한 등판만 물끄러미 바라봤다.

우린 그날부터 자주 마주쳤다. 앙코르 유적지는 넓지만, 뚜벅이이자 무동력 기계인 자전거에 의지하는 우리가 다닐 만한 곳은 뻔했다. 입출구도, 오고 가는 길도 하나이기 때문에 어느 한 곳에 줄곧 박혀 있지 않은 한 지나가다 보면 만날 수밖에 없었다. 애써 어디에서 만나자고 하지 않아도 오전이면 신기하게도 그곳에 그가 있거나 내가 있었고, 잠시 멈춰 서서 짧은 감상을 주고받았다.

그렇다고 기다린다거나 어디를 같이 가보자며 제안을 하진 않았다. 그저 거대한 나무를 보고 있으면 어느덧 내 옆으로 그가 다가와 나와 같은 구도로 나무 사진을 찍었다. 회랑 기둥 하나를 돌면 그가 저쪽 기둥에서 천천히 등장했고, 벽을 따라 걷다 보면 그가 이미 저만치서 부조를 조심스럽게 바라보고 있었다. 사원의 가파른 계단을 엉덩이를 깔고 내려오면 어느샌가 그가 손을 건넸다. 잠깐 웃고, 감상을 나누고, 다시 헤어지고, 또 스치듯이 만났다. 우연과 우연과 우연이 겹쳐졌다.

숙소로 돌아가는 길엔 어김없이 그가 알려줬던 셰이크 카페에 들렀다. 그를 만나기 위해 간 건 아니었다고 생각하고 싶었다. 단지 내가 아는 유일한 셰이크 가게가 거기였고, 알면서도 지나칠 수 없는 맛이기 때문이었다고. 하지만 그곳에 그가 없는 걸 발견할 때면 실망감에 시무룩해졌다.

앙코르 유적지에 머문 지 7일 째였다.

마지막 날이라는 게 아쉬워 첫날만큼 이른 아침부터 자전거를 내달렸다. 모든 풍경을 눈 안에 꼭꼭 집어넣고 싶었다. 자전거의 바퀴를 천천히 굴리며 짙푸른 덩어리로만 보이던 풍경을 하나씩 뜯어보았다. 앙코르의 밀림은 기기묘묘했다. 천 년이 넘는 세월을 간직한 나무들은 무겁고 육중하며 단단한 뿌리를 다른 나무에, 거대한 돌에, 미끼가 가득히 낀 사원의 기둥에 휘감았다. 누구도 세월 안으로 침입하지 못하고, 누구도 세월로부터 달아날 수 없도록. 두껍고 넓은 잎으로 융성하게 이루어진 이 거대한 식물들은 천 년 동안 잠자는 육식 괴물 같았다. 유적은 아직도 발굴 중이라고 했다. 과연 어디까지, 언제까지 발견되는 걸까.

주머니에 넣어둔 MP3 플레이어에 이어폰을 연결했다. 음악을 들으며 울창한 숲길을 가로질렀다. 대지가 서서히 태양의 열기로 데워지자 어스름이 피어올랐고, 내 몸은 날아갈 것만 같았다. 축축하고 싱그러운 풀 내음을 힘껏 들이마셨다.

늦은 오후까지 바욘의 탑 위에서 머물렀다. 아까 마주쳤던 그는 이미 돌아갔을 거라고 예상했다. 어쩐지 또 우연처럼 마주치기엔 이상했다. 실은 어느 순간부터 일부러 엇갈리려고 그와 보폭이나 속도를 맞추지 않고 있었다. 같이 다니는 것도 아니면서 마주치기만 하는 것이 영 어색했다. 마주치면 어떻게 해야 할지 몰라서일 수도 있고, 기다리던 내 마음이 훤히 보일까 봐 피하고 있는 걸지도 모르겠다. 함께 있고 싶지만 기다리고 싶지 않은 마음을, 혼자 하는 여행의 즐거움으로 돌렸다.

낯선 장소에 덩그러니 있을 때만 느낄 수 있는 쓸쓸한 쾌락이 있다. 아무도 나를 모르는 곳에서 그 장소의 이방인으로 있는 것이 배낭여행자의 특권. 이걸 온몸으로 누리고 싶었다.

고등학교 때 교과서 밑에 지리부도를 살짝 펴두고 수업이 지루해질 때마다 나라와 도시의 이름을 짚어보곤 했다. 선진국이라고 불리는 곳이나 대도시가 아니라 라오스의 루앙프라방, 티베트의 라싸, 페루의 쿠스코, 모로코의 마라케시 같은 곳을 하나씩 확인해갔다. 한국인이 많지 않은 지역으로 가고 싶어 했던 건 치기어린 모험심일 수도, 허세일 수도 있었다. 그래도 지금과 가장 다르고 낯선 곳으로 가고 싶단 마음은 진심이었다. 궁금하고 신기해 보여서가 아니라, 내가 대단히 용감해서가 아니라, 혼자 되고 싶어서.

여행이 주는 자유는 모든 역할로부터 자유다. 어디에 사는지, 어느 학교를 다니는지, 무엇을 했는지, 모두 지워지고 나의 몸 하나만 남는다. 그리고 국적. 소속된 나라 이외의 증명할 아이덴티티가 사라진다. 거기에 자유가 있다. 멈추지 않고 계속 이동해야만 하는 여행자는 그 무엇과도 질척거리는 관계로 들어가지 않는다. 거기에 고독이 있다. 그 자유와 고독을 사랑했다.

동행을 만날 땐 소울-메이트를 찾은 듯 반갑고 기뻤다. 오래

된 친구처럼 술술 속내를 털어놓았다. 하지만 여행지에서의 모든 만남은 헤어짐을 전제로 한다. 그러다 보니 양가감정이 생긴다. 함께하고 싶지만 지나치게 가까이 오지 않았으면 한다. 혼자이고 싶지만 이 여정이 끝날 때까지는 옆에 있어 주길 바라는 마음이 내 안에서 밀고 당기기를 한다. 이러한 미세한 긴장감이 여행의 설렘이다.

쇼가 이미 떠났다고 생각하니 차라리 홀가분했다. 우린 여기까지다. 나는 내일 이곳을 떠나니까.

어차피 늦었다면 호젓하고 느긋하게 있기로 했다. 사원의 3층에 앉아서 200개가 넘는 얼굴이 새겨진 석상들을 하나하나 보았다. 해가 움직이면서 만드는 그림자에 따라 돌에 새겨진 자야바르만 7세 왕의 표정은 시무룩했다가 절망에 휩싸인 듯하다가 울상이 되었다가 담담해졌다가 인자하고 평온하게 바뀌어갔다.

늦은 오후, 태양이 지평선 가까이 기울었고 사원이 문을 닫으려던 때였다. 태국에서 온 승려들의 무리까지 빠져나가자 사원엔 급격히 싸늘한 기운이 감돌았다. 나 혼자 있는 걸 발견하고 엉덩이를 뗐다. 출구 쪽으로 향했다. 그런데 출구 계단 끝에 쇼가 앉아 있는 모습이 보였다. 아니 왜. 사원의 아치 밑으로 고개를 숙이고 밖으로 나왔다. 고개를 들자 쇼와 눈이 딱 마주쳤다. 그는 작정하고 출구 쪽을 바라보며 기다린 모양새였다.

"난 간 줄 알았어."

어리둥절 바라보는 나에게 그가 덤덤하게 말했다.

"널 기다렸어."

○ ○ ○

관광객이 썰물처럼 빠져나간 유적지는 황량하고 고요했다. 서쪽으로 기우는 해는 멀찍이 있던 크메르의 미소에 드리우는 그림자를 바꿨다. 크메르는 잔잔하게 웃고 있었다. 해가 지기 전에 서둘러 자전거를 타고 유적지 바깥으로 나와야 했다. 이곳은 메인 사원과 다소 떨어져 있었고, 유적지를 빠져나가려면 자갈과 돌이 무성한 비포장의 좁은 길을 거쳐야만 했다.

시내 쪽으로 이어진 시엠립 강을 따라 자전거를 탔다. 쇼는 버스들이 다니는 길보다 이쪽 길이 풍경이 더 좋다고 말했다. 나의 오른팔이 위치한 서쪽으론 해가 지글지글거리며 밀림의 지평선으로 꺼져가고 있었다. 농도 짙은 빛이 내 뺨을 달궜다.

"와우, 저기 봐!"

손가락을 들어 외쳤다. 적도 가까이로 저무는 해는 세상을 삼킬 듯 활활 불타고 있었다. 구름 한 점 없는 하늘이 새빨갛게 물들었다.

"여기 잠깐 앉자." 그는 광대한 풍경에 감명받은 듯 벅찬 얼굴 빛으로 말했다.

강가에 나란히 앉아 해가 지는 광경을 지켜봤다. 바람이 서늘했다. 아열대라고 해도 건기의 2월은 낮의 열기가 식으면 제법 푸석했고, 저녁이 되면 땀을 식혀주는 선선한 바람이 살랑살랑 불었다. 그는 망중한 어린 표정으로 자글자글 타며 저무는 해를 바라보았다. 어깨의 옷깃이 닿을락 말락 하게 앉아 있던 우리는, 팔뚝이 자연스럽게 스쳤다. 주춤해서 내가 옆으로 옮기자 그가 쏘리, 하며 살짝 엉덩이를 들어 이동했다.

이번엔 새끼손가락이 닿았다. 나는 살짝 오므렸다. 그는 쏘리를 하지 않았다. 내가 새끼손가락을 들어 올리는 사이, 그의 손가락과 다시 스쳤고, 그가 손을 내 쪽으로 아주 조금 움직였다. 숨을 들이마셨다. 우리의 손가락이 조금씩 겹쳐졌다. 그의 손이 내 손등 위로 왔을 때, 중지와 약지로 그의 손가락을 살짝 감쌌다. 그러자 그가 손바닥을 뒤집어 내 손에 꽈악 깍지를 꼈다.

숨이 멎는 것 같았다. 맞닿은 손바닥에서 시작된 심장 소리는 손목과 팔과 어깨를 타고 가슴까지 도달했고, 가슴을 터질 듯 부풀게 했지만 숨을 내쉴 수 없었다. 쿵쾅거리는 소리가 온 세상에 울려 퍼져 버릴까 봐.

그를 마주보지 못하고 이글거리는 태양만 쳐다봤다. 아니, 하나도 보이지 않았다. 모든 것이 뜨거워졌다. 내 볼도 내 몸도. 온몸을 꼼짝하지 않고 가만히 있었다. 주홍빛의 태양이 나를 집어삼킬 듯이 커졌다. 손에 힘을 주었다. 그의 손바닥이 밀착되었다. 맞닿은 손바닥 사이에 땀이 고였다. 참았던 침을 꼴깍 삼켰다. 하늘을 시뻘겋게 물들이던 태양은 어마어마한 빛을 스스로 꺼뜨리며 까만 밀림 속으로 빨려 들어갔다. 지글거리던 하늘은 불에 탄 여운을 간직하며 주황색으로, 핑크색으로 그리고 보라색으로 식어갔다.

주변에 푸른빛이 깔리고 강가의 바람에 팔뚝이 싸늘해지고서야 정신을 차렸다. 손을 확 뺐다. "집에 가야 할 거 같아." 인적조차 드문 이곳은 해가 저물자 삽시간에 어둑해졌다.

"어떻게 가야 하지?"

가로등 하나 없는 길이었다. 칠흑 같은 어둠이 몰려오고 있었다. 40분도 더 넘게 자전거로 달려야만 했다. 그는 가방을 뒤적이더니 뭔가를 꺼내며 씽긋 웃었다. 손전등이었다. 여긴 가로등이 없어서 언제나 가방 속에 넣고 다닌다고 했다.

"자전거 타야 하잖아. 괜찮아?"

"노 프라블럼!" 그는 캄보디아인들의 영어 발음을 흉내 내며 어깨를 으쓱했다.

나는 앞에 가고 그는 내 뒤에서 바짝 따라오며, 한 손으로 자전거 손잡이를 잡고 한 손으로는 손전등을 들어 앞을 비췄다. 우린 느릿하고 조심스럽게 자전거의 페달을 밟으며 까만 밀림의 좁은 길을 지났다. 저 멀리 시엠립 시내에 이미 밝혀진 희미한 빛이 북극성처럼 우리를 인도했다. 한참 남았다. 하지만 이 길이 더 길어도 좋다고 생각했다.

○ ○ ○

자전거를 터벅터벅 끌고 시내로 들어왔다. 몇 개 없던 현지인 음식점들도 다 문을 닫았다. 근처 호텔에선 관광객들을 위해 불쇼에 민속춤, 가라오케까지 벌이며 난리가 났지만, 주머니 사정이 빈약한 배낭여행자들이 들어갈 곳은 아니었다. 그와 천천히 나의 방갈로 앞까지 걸어갔다. 다리에 힘이 쪽 풀려 어서 침대에 드러눕고만 싶었다. 하지만 내일은 앙코르를 떠나는 날이었다. 발걸음이 안 떨어졌다.

"내일, 나 방콕으로 가. 너는?"

"나도 방콕으로 갈 거야. 내일모레쯤?"

인도차이나 반도를 여행할 땐 시엠립에서 다시 수도인 프놈펜으로 돌아가지 않는다. 시엠립은 태국과 더 인접해 있고, 그렇기에 여기까지 오면 태국과 캄보디아의 국경을 넘어 방콕으로 들어간다. 방콕을 거점으로 인도차이나반도 여행을 이어가는 것이다.

"들어가. 피곤해 보인다." 그가 말했다.

"어, 나 갈게. 또 봐."

그는 발걸음을 선뜻 돌리지 않고 내가 먼저 방으로 들어가길 기다리고 있었다. 잠시 머뭇거렸지만 쿨하게 보이고 싶어 뒤도 안 돌아보고 방으로 걸어 들어갔다.

'또 볼 수 있을까. 이제까지 대체 뭘 한 거야.'

방으로 가면서도 이메일을 물어볼까 말까, 속이 복작였지만 구차해 보일까 봐 발걸음을 재촉했다. 실은 아까부터 배에 탈이 났는지 부글거려 안절부절못했다. 고민할 여지가 없었다.

끝인 건가. 마치 또 보기라도 할 듯 가볍게 헤어졌지만 어떤 기약도 없었다. 넓은 방콕에서 다시 만나리라는 보장도 없었다. 하지만 배낭여행자라면 낯가리지 않고 만나고, 미련 없이 헤어지는 것이 일종의 룰 아니던가. 때마침 배까지 아팠다. 밤새도록 화장실을 오가며 식은땀을 줄줄 흘렸고 작별의 여운은 와장창 깨져버렸다.

○ ○ ○

캄보디아에서 태국으로 넘어가는 길. 국경선을 넘자마자 감쪽같이 매끈한 포장도로로 바뀌었다. 쉼 없이 덜컹거리며 멀미를 일으키던 버스가 잠잠해지자 그제야 인사를 제대로 전하지 못하고 온 그가 생각났다. 어제 저녁의 일이 머릿속에 재생됐다.

방콕엔 밤 11시 반에 도착했다. 숙소도 하나 정하지 않은 상태였다. 카오산 뒷골목은 음산했고 퀴퀴했다. 상점의 모든 문들은 굳게 닫혔고, 오직 목줄이 풀린 개들만이 거리에 어슬렁거리며 나를 먹잇감처럼 노려보았다. 간판에 불이 희미하게 켜진 게스트하우스를 발견하고 방이 있는지 물었다. 좁은 침대에 몸을 욱여넣었다. 땀에 절은 몸이 끈적거려서 잠들지 못할 줄 알았지만, 뜨끈한 바람이 윙윙 나오는 환풍기 소리를 듣다가 잠에 빠져들었다.

카오산 거리는 한적한 시골에만 있다 온 나에게는 문화 충격이었다. 젊은 태국 여자들을 양옆에 끼고 돌아다니는 늙수그레한 백인 할배들과, 여지없이 윙크를 날리던 톱 원피스를 입은, 키가 껑충한 체구의 여장 남자들과, 세계 각국에서 몰려온 각양각색의 피부색과 머리색의 여행자들이 바글거렸다. 눈이 휘둥그레진 채로 정신 사나운 인파에 휩쓸려 다녔다.

며칠 후, 저 멀리에서 그를 보았다.

베이지색 티셔츠와 손목에 찬 매듭 팔찌와 헝클어진 갈색 곱슬머리. 그쪽으로 걸어갔고 그가 내 쪽을 향해 시선을 돌리는 순간, 우린 눈이 마주쳤다. 시공간은 순식간에 며칠 전의 캄보디아로 돌아간 듯했다.

"헤이."

어제 만나 헤어진 듯 자연스럽게 인사했다. 으레 만날 줄 알았다는 듯이. 고작 3일 만이었다. 그는 태국엔 3주 있는다고 했다. 그 다음엔 라오스에 간다고 하는 것까지 들었던가. 일행과 함께이던 그는 같이 있던 사람이 자리를 뜨자 얼떨결에 인사하며 돌아섰다. 나는 어버버하다 속절없이 그를 놓쳐버렸다.

질긴 인연이 쉽게 끝날 리 없었다. 카오산 거리는 번잡하고 컸지만 여행객들은 이 거리를 하루에도 수번 씩 다니지 않을 도리가 없었다. 그러나 쇼를 만나지 못했다. 아침이면 괜히 한 번 메인거리를 걸었고 점심에도 걸었고 저녁에도 걸었지만 그는 없었다. 시간이 흘러버렸고 방콕을 떠나는 날이 왔다. 라오스로 가는 밤기차를 타야 했다.

저녁을 먹고 숙소로 돌아가던 길이었다. 기대를 완전히 내려놓을 때 비로소 바람은 이루어지는 걸까. 파인애플 꼬치를 팔던 노점상 앞에서 그와 마주쳤다. 우린 또 방금 전 헤어진 친구처럼 인사를 했다.

"아직 방콕에 있었구나."

"응. 그런데 오늘 밤 떠나."

"아, 그래?" 섭섭하다는 표정으로 그가 미간을 살짝 찡그렸다.

시끌벅적한 거리는 한 줌 여운도 허락하지 않았고 허겁지겁 그 시간을 마감하게 했다. 마치 내일 또 만날 것처럼, '시 유 레이터'. '레이터'라니. 이제는 정말 마지막이었다. 한 시간 후 기차역으로 가야 했다. 그러나 헤어지고 말았다.

◦ ◦ ◦

어스름이 깔려 있던 새벽, 라오스로 진입한다는 기차의 안내 방송에 어설프게 잠든 눈을 떴다. 아무렇지 않게 국경을 육로로 넘는 건, 분단된 한반도에서 온 나에겐 언제나 놀랍고 신기한 일이었다. 창에 바짝 붙어 바깥을 내다보았다.

베트남과 캄보디아를 거쳐 태국까지 왔고, 남은 여행지는 오지라고 불리는 라오스였다. 한국 여행자들에겐 미지의 세계. 창밖으로 국경을 가르며 흐르는 메콩 강이 보였고 물안개가 뭉게뭉게 피어나고 있었다. 밤새 뒤척이며 잠들지 못한 탓에 몽롱한 기분으로 풍경을 보며 눈을 비볐다.

시끌벅적한 향락의 장소 카오산 로드에서 순간 이동을 한 듯했다. 이 적막이 낯설었다. 어제 일이 생생하게 떠올랐다. 어쩌면 최선이었을 거라며, 더 나은 결말은 없었을 거라며, 새로운 나라에 도착했다는 설렘으로 아쉬움을 애써 눌렀다.

어젯밤.

허탈하게 돌아서 몇 발자국 걷다가 불현듯 뒤를 돌아봤다. 저 멀리 갈색 곱슬머리의 쇼가 혼자 등을 보이며 걸어가고 있었다. 그가 멀어져가는 걸 지켜보며 잠시 머뭇거리다 숨을 들이마신 다음, 뛰었다. 카오산 로드의 인파를 헤치고 어깨를 부딪치며 앞으로 나아갔다. 사람들 사이에 가려 언뜻언뜻 지워지는 실루엣을 필사적으로 붙잡았다. 그가 노점상 뒤로 사라졌다. 심장이 쿵 내려앉았다. 머리가 다시 보였다. 또 뛰었다. 손을 길게 뻗으면 닿을 위치까지 왔다. 팔을 붙잡았다. 그가 놀란 듯 뒤돌아섰다. 나는 숨을 헐떡이며 말했다.

"작별 인사하려고. 시간이 없잖아."

카오산 거리의 시간이 잠시 정지했다. 이곳이 앙코르였던 것처럼. 그의 얼굴을 바라보았다. 거뭇거뭇한 수염, 헝클어진 머리, 주근깨가 눈에 들어왔다. 그의 동공이 흔들리고 있었다. 내 눈에서 시선을 떼지 않고 입도 열지 못한 채, 내가 말하길 기다리고 있었다. 나는 내 머리칼을 넘기고 숨을 잠시 고른 다음 말했다.

"널 만나서 좋았어. 남은 여행 잘해."

또박또박 작별의 말을 건네며 손을 내밀었다.

이번만큼은 제대로 인사하고 싶었다. 스쳐 지나가듯이, 기다리지만 기다리지 않았다는 듯이, 궁금했지만 물어보고 싶지 않았다는 듯이 하고 싶진 않았다. 앙코르에서도 한 번쯤 정면으로 그를 볼 수 있었을 텐데.

그는 비로소 긴장했던 표정을 풀고 연한 미소를 지었다. 그리고 반달눈을 하고 내 손을 잡고 나직하게 말했다.

"사요나라."

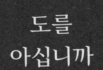

도를
아십니까

"이 팀장, 잠시 이리 좀 와 봐."

저녁 식사를 마치고 사무실로 들어와 믹스커피를 타며 야근할 채비를 하던 중이었다. 내 옆자리에 앉아 있던 이 대리는 가벼운 한숨을 내쉬고 엉덩이를 무겁게 일으키더니 사장실로 걸어 들어갔다. 문이 열린 사장실 쪽으로 귀를 쫑긋 세웠다.

"6천 원까지만 가능한데, 8천 원을 먹었잖아."

"요즘 지하 식당가에 6천 원짜리 거의 없어요."

"그래도 6천 원에 맞춰서 먹도록 해. "

이 팀장은 입술을 왼쪽으로 씩 올리며 어디를 째려보는지 모를 표정으로 또각또각 구두 소리를 내며 걸어 나왔다. 자리에 앉자마자 조 대리와 나에게 네이트온 메신저로 쪽지를 보냈다.

"앞으론 저녁도 마음대로 못 먹겠네요."

원래는 야근 식대조차 주지 않던 곳이었다. 국내 최대 생활용품 기업에서 패키지 디자이너로 근무하던 이 팀장이 이곳에 입사하며 건의했다. 아무리 작은 회사더라도 직원이 야근할 땐 저녁 식비를 줘야 한다며 사장에게 비용을 청구했다. 그러나 식비한도는 6천 원이었다. 사장은 저녁을 먹고 오면 영수증을 제출하라고 했고 꼼꼼히 금액을 확인했다. 7천 원짜리 철판 볶음밥까지도 별말이 없던 사장은 2주째 이어지는 철야에 가끔 보이는 8천 원짜리 베트남 쌀국수, 때론 9천 원짜리 갈비탕까지도 웬일로 용인하나 싶더니 기어이 이 팀장을 불러 6천 원짜리를 먹으라고 했다.

강남에서도 가장 땅값이 비싸다는 지역에 세워진 33층짜리 주상복합 빌딩, 이곳의 30층, 복도 맨 끝에 있는 28호가 내가 근무하는 직장이었다. 14평 남짓 되는 공간에 주방과 침실과 거실이 있던 평범한 오피스텔을 당시 유행하던 화이트와 그레이가 어우러진 모노톤 인테리어로 싹 개조한 곳. 네 명의 직원들에겐 각각 애플 파워맥 G5와 델의 30인치 모니터가 듀얼로 주어졌으며 의자는 120만 원이 넘는 허먼밀러였다. 40만 원 가까이 되는 은색 광택의 스테인리스 스탠드램프는 아르테미데의 것이었다.

월세를 250만 원이나 내야 하는 오피스텔 사무실치고는 과한 인테리어였지만 덕분에 사장이 이곳을 열었을 때, 디자이너들에게 최적화된 근무 환경을 제공하는 스튜디오라며 업계의 대대적인 주목을 받을 수 있었다. 사장은 영국에서 학비가 비싸기로 소문난 예술대학 출신이었다. 유학을 마치고 한국에 돌아오자마자 대기업의 프로젝트를 수월하게 완수하면서 작은 스튜디오를 각광 받는 브랜드 디자인 회사로 성장시켰다. 그는 내가 다녔던 대학에도 출강했다. 자신의 스타일을 학생들에게 주입하기보다 국내파 교수들이 하지 않던 신식 디자인 방법론을 도입하며 학생들의 아이디어를 발전시켜줬기에 인기도 좋았다.

이런 이유로 서울의 상위권 디자인 대학 졸업생들은 물론이고, 대기업을 멀쩡히 다니던 경력 디자이너들까지도 청운의 꿈을 안고 포트폴리오를 들고 이곳에 찾아왔다. 허먼밀러 의자에 앉아 있는 직원들은 영광스러운 선택을 받은 자들이고.

한강 변의 30평대 아파트에 사는 사장은, 이 팀장이 목격한 바에 따르면 어제는 벤츠를 탔고, 오늘은 아우디를 타고 출근했다. "차 타고 다니는 거 보면 몰라요? 몇천 원이 중요하겠어요?" 이 팀장의 말에 우리에게 허락된 저녁값 6천 원을 넘는 일탈을 저지르고 말았건만, 사장은 월세 250만 원을 낼망정 직원들의 저녁 식대만큼은 긴축했다.

저녁을 먹고 나면 새벽 두세 시까지 작업이 이어졌고, 세 시 반쯤 스튜디오를 빠져나와 텅 빈 거리에서 택시를 기다렸다. 내가 살던 서울의 최남단까지 택시를 타면 2만 원이 넘었다. 다음 날 택시비 영수증을 쥐고 옆자리의 조 대리에게 물어봤을 때, 조 대리는 가냘픈 목소리로 말했다. "글쎄요, 한 번도 얘기해보지 않았어요." 조 대리는 편도 택시비만 5~6만 원인 수원에서 통근하고 있었다. 저녁 식대를 요구했던 이 팀장이 초과 근무로 인한 교통비도 회사가 지급하는 거라며 한 달 치 영수증을 모아 청구했지만 다음 달 급여에 더해진 항목은 없었다.

○ ○ ○

석 달 동안 이어지던 프로젝트를 마감하고 입사 8개월 만에 처음으로 일곱 시 반에 퇴근하던 날이었다. 프로젝트를 끝내면 밤을 새운 직원들의 수고를 치하하며 삼겹살집에 데려가 소맥을 말아주는 것이 명문 예술대학 출신 사장이 해온 통 큰 보상이었지만, 오늘은 집안일이 있다며 직원들을 퇴근시켰다.

붐비는 거리를 걷는 건 꼬박 한 달 만이었다. 저녁 시간의 삼성역엔 새벽에 맞닥뜨리곤 했던 퀴퀴한 술 냄새, 군데군데 싸질러진 토에서 풍겨 나오는 역한 음식물 냄새와는 전혀 다른 생기와 활력이 넘실거렸다.

바쁘게 걸음을 옮기는 사람들의 인파에 휩쓸려 멍한 표정으로 버스 정류장까지 걸어갔다. 월세 250만 원의 오피스텔 스튜디오에서 담배 냄새가 배어 있는 월 40만 원짜리 자취방으로 가기 위해.

한두 방울 떨어지는 빗방울은 부슬부슬한 비로 바뀌었다. 우산은 없었다. 축축하고 쌀쌀하면서도 묘한 활력이 넘치던 영동대로의 한복판. 밤을 새운 탓에 술에 취한 듯 몽롱했고 비까지 맞아 몸에 한기가 들었는데, 이상하게 버스를 타기 싫었다.

내 마음을 하늘이 알아줬는지 20분을 기다려도 버스는 오지 않았다. 비가 내려 길이 막히는 것인지 아니면 원래 퇴근시간이라 지연이 되는 것인지, 이 시간에 집으로 간 적이 없었으므로 알 수 없었다. 저녁 여덟 시 무렵의 도로 정체는 낯설었다.

그때, 화장기 없는 얼굴에 머리카락을 깨끗하게 넘겨 묶고, 남청색 재킷에 검은색 긴 치마를 입은 젊은 여자 두 명이 다가와 내게 말을 걸었다.

"혹시 학생이세요? 고등학생?"

키가 작고 얼굴빛이 창백한 여자가 잔잔한 미소를 띠며 말했다. '고등학생'이라는 말에 헛웃음이 나와 얼떨결에 대답했다.

"아니요."

"그럼 대학생인가 봐요. 너무 어려 보여서."

좀 더 키가 크고 얼굴이 까무잡잡하고 안경을 낀 여자가 살짝 웃으며 말했다. 그들에게 비쳤을 내 모습을 떠올렸다. 화장하지 않은 얼굴에 눈알이 뱅글뱅글 도는 도수 높은 안경을 끼고, 떡진 머리카락은 오대오 가르마로 나뉘어 질끈 묶여 있고, 백팩까지 메고 있는 나. 그들은 나를 동류라고 여긴 걸까.

다만 그들과의 차이라면 눈 밑의 다크서클과 푸석한 피부, 낡은 운동화가 나를 영락없는 수험생처럼 보이게 한다는 점이었다. 고등학생처럼 보인다는 비위 좋은 칭찬은 단순히 어려 보여서가 아니라, 꾸미지 않아 추레하고 돈도 없어 보인다는 말이라는 것을 모르지 않았다. 그럼에도 그 말은 어쩔 수 없이 타인에 대한 경계를 늦추는 마력을 행사했는데, 그런 말을 들을 때면 빈말인지 뻔히 알면서도 고등학생처럼 싱그러워 보일지도 모른다는 일말의 가능성을 품게 되었다. 이날도 그 달콤한 거짓말에 넘어가고 말았다.

"직장 다녀요."

그들은 직장이 이 근처냐고 물었다. 자꾸만 대답이 하고 싶어졌다. 밤을 새워서 몽롱했기 때문일 수도 있고, 일찍 퇴근한 날 바로 집에 들어가고 싶지 않아서일 수도 있다. 그저 몸속으로 스미는 한기를 이겨내고자 아무 소리나 지껄이는 것일 수도 있다.

직장은 길 건너편이라고 답했고, 집은 여기에서 버스를 타고 가야 한다고 무심한 척 말했다. 그들은 내가 경계를 푼 표정을 눈치 챘는지, 미소를 잔잔하게 머금으며 회사만 다닐 분처럼 보이진 않는다고 조심스럽고 신중한 어조로 말했다.

"공부도 잘하셨을 거 같아요. 눈빛이 날카롭고 맑으신 걸 보면 일도 야무지게 잘한다는 소리 많이 듣지 않으셨어요? 그런데 지금 다니는 직장이 충분하진 않을 거 같은데요. 잠깐 시간이 되면 저희랑 이야기하실래요? 나쁜 사람 아니고요, 저희가 해드릴 이야기가 좀 있을 거 같아서요. 그것만 풀리면 더 좋은 일이 생길 거예요."

그들이 접근하는 방식은 낯설지 않았다. 어디를 가나 그들을 만나왔으니까. '저 잠시만요' 하면서 옷깃을 잡아끌고 '꼭 해드리고 싶은 이야기가 있다'며 눈을 마주치려고 했던 그들. 자칫 방심한 순간 끌려가 제사를 지내고 전 재산까지 바치게 한다는 그들. 평소라면 "바빠요!"를 외치며 필사적으로 벗어났겠지만 오늘은 왠지 그들과 말을 하고 싶었다.

"저기요, 나 당신들 누구인지 알아요. 개벽인지 뭔지 그거 말하려는 거죠? 저 성당 다녀요. 관심 없어요."

그들은 내 말에 활짝 웃으며 대답했다. "좀 아시는 분이군요. 저희 사이비 종교단체 아니에요. 종교 생활하시면 잘 아시겠지

165

만 천주교도 어려운 이웃 돕는 걸 중요하게 생각하지 않나요? 직장 일 힘들지 않으세요? 조상님들이 한이 많이 쌓여 있어서 그래요."

그만해야 한다고 마음으로 외치면서도 나는 자꾸만 시비를 걸고 싶었다.

"거기에선 뭘 하는데요? 수백 년 전 조상님들의 한을 어떻게 풀어주는데요?"

물어서는 안 되는 질문을 했다. 잠시 후, 그들과 지하철을 함께 탔다.

○ ○ ○

5호선으로 갈아타고 서울의 서쪽 끝으로 이동했다. 덜컹거리는 지하철 안, 그들은 나에게 한자리 남은 빈 좌석을 양보했다. 마다하지 않고 냉큼 앉았다. 자기들끼리 손으로 입을 가리고 속닥거리더니 잠시 나를 보며 인자하게 웃고, 40분만 가면 된다고 했다.

어린아이처럼 말랑하고 깨끗한 얼굴빛을 하고, 조곤조곤한 목소리로 다독거리며 말하던 그들에게 마음을 조금 열고 말았다. 업무 관련 대화 말고 무엇을 하며 사는지 한마디도 할 수 없었던 숨 막히던 사무실, 10분이 멀다 하고 전화기로 수정사항을 쏘아대며 갑질을 하던 고객들, 밤을 꼬박 새워서 만든 디자인 시안을 두고 처음부터 다시 하라는 가시 돋친 컨펌을 하던 사장에게서 벗어나 사회인이 된 이래 처음으로 극진히 받아보는 대접이었다.

덜컹거리는 지하철 안, 그들의 따사로운 눈빛에 나는 씁쓸하고 떨떠름하게 웃었다. 그리고 생각했다. 나는 왜 여기에 있는가. 대체 무엇을 하는가.

전공을 바꾸고 그림을 포기하지 않은 이유는 단 하나였다. 죽기 전에 이걸 해야만 후회하지 않을 것 같아서. 예술만이 내 운명이라고 믿었던 뜨거운 청춘의 시절. 순수미술이 아닌 디자인을 선택한 건 회화 전공보다 취업이 잘 된다는 현실적인 타협 때문이었지만 비겁하다고 생각하진 않았다. 무엇이 되었든 작품을 창작한다는 것이 중요했다.

교수가 과제를 내주면 도서관이나 서점의 예술 서적 코너에 가서 몇 시간이고 앉아 자료를 찾았다. 입시 미술을 오래 해온 학생들에 비해 실기 테크닉이 부족하다는 걸 알았기 때문에 아이디어와 컴퓨터 작업의 완성도로 과제를 채워야 했다. 디자인 시안을 한두 개가 아니라 다섯 개 이상씩 만들었다. 매일 밤을 새워 과제를 해도 힘들지 않았다. 1,2학년 때 구멍 난 학점도 부지런히 메꾸어 나갔다.

졸업을 한 달 앞두고 당시 유명한 스타 디자이너가 근무하고 있던 지금의 스튜디오에 입사했다. 도산대로를 걸으며 꿈꿨다. 언젠가는 나도 디자인 잡지에 포트폴리오가 실리고 메이저 에이전시에서 모셔가려는 디자이너가 될 수 있을 거라고. 그러나 내가 살아가야 할 생활은 주말 없는 7일 근무, 매일 새벽 두세 시까지 작업, 3개월의 인턴을 거쳐 받게 된 월급 103만 원이었다. 월세 40만 원에 식비와 교통비, 공과금까지 내고 나면 남는 돈이 거의 없었다.

누가 노동 착취라고 말하면 성냈다. '내가 좋아서 하는 거야!'라고 반박했다. '열정 페이'라는 말도 없던 2000년대 중반이었다. 나의 선택을 부정하고 싶지 않았다. 하지만 좋아하는 일이라면 새벽 두세 시까지 잠 안 자고 해도 되는지 감히 묻고 싶었다. 그러나 회의감이 자라나는 것이 두려웠다. 힘들다는 마음이 생긴다는 건 좋아하는 일에 대한 배신 같았다.

실무 경험이 쌓이자 학교에서 배운 디자인과 직업에서의 디자인 차이도 알게 되었다. 디자인은 직관과 영감에 의지하는 예술이 아니었다. 그러나 아무도 그걸 알려주지 않았다. 그저 닥치는 대로 수십 개의 시안을 만들었고 선택을 기다릴 뿐이었다. 수업시간에 배운 디자인, 유학파 디자이너들이 말하던 디자인 방법론은 실무에선 단 한 번도 쓰이지 않았다. 프로세스나 방법론은 기획서나 프레젠테이션에 끼워 맞추는 용도로만 이용되었다. 아이디어를 걸레 돌려 짜듯이 쥐어 짜내고, 하나의 작업물을 수십 번씩 수정하다 보면 야근과 밤샘은 기정 수순이었다. 그렇게 한다고 해도 클라이언트의 팀장, 본부장까지 보고가 올라가면 높은 분들의 취향에 따라 디자인의 운명이 갈렸다.

자신의 작업물을 작품이라고 고이 모시는 디자이너들도 있었지만, 실무 디자인에서 그 결과물은 나의 포트폴리오가 될망정 결코 작품으로 남을 수 없었다. 쓰고 나면 가차 없이 버려진다. 오로지 디자이너 자신만 기억한다. 디자인은 철저한 상업이었다. 디자인으로 이상적인 사회를 구현하려던 바우하우스 정신 같은 건 21세기 어디에도 없었다. 그러나 또한 '크리에이티브한 디자이너'가 되어야 했다. 결국 팔리는 디자인이 목적인데 영혼까지 넣으라니 혼란스러웠다.

좋아하는 마음이 끼어들어 있다면 일이 자신을 성장시키고 더 나은 인간으로 만들어줄 것만 같은 기대감이 더해진다. 영혼을 바쳐 뜨거운 열기를 불어넣으면 일을 통해 생의 충족감이 빵빵하게 차오를 것만 같다. 개인의 열정이 조직의 성과와 만나면 환상의 짝꿍이 되어 손을 맞잡은 채 정신없이 춤을 춘다. 그 끝에 빛나는 영광이 있어야 할진대 안타깝게도 그렇지 않다. 남는 건 탈탈 털리고 너덜너덜해져 어리벙벙해진 자신이다. 아무리 좋아하는 일이라도 하루 종일 그 일만 하면서 사는 건 불가능에 가깝다. 역사에 길이 남을 위인이 아닌, 그저 죽으면 잊힐 예정인 우리들은 주어진 한줌의 의욕과 능력을 무한대로 퍼 올릴 수 없다. 금세 소진되어 버린다.

나의 욕구와 타인의 인정 사이에서 화해는 불가능한가. 타협은 프로답지 못한 처신인가. 어디까지가 프로이고 어디까지가 아마추어인가. 무엇이 디자이너다운 행동이고 무엇이 아닌 건가. 잘하기 위해 자신을 갈아 넣는 일을 열정이라 할 수 있나. 끈기와 주인 의식 부족인가. 악착같이 버텨야 옳은가. 잠을 자지 말아야 하는가. 일만 바라보며 살아야 하는 삶은 마땅한가. 생각이 생각을 물고 이어졌다.

게다가 내 앞엔 졸업과 함께 2천 5백만 원의 학자금이 남아 있었다. 공무원 자녀에게 해당하는 무이자 대출이라는 은혜를 받아도 빚은 빚이었고, 내가 갚지 않으면 이 돈은 내년부터 아버지의 연금에서 차출될 예정이었다.

정신적 독립은 경제적 독립에서 온다는 모토로 살아왔건만, 끝내 부모의 정신적 그늘에서 벗어나지 못하게 될 수도 있었다. 자기 일은 알아서 한다며 간섭하지 말라고 큰 소리를 쳐대더니 꼴좋다는 비웃음이 어디선가 들려왔다.

사범대나 교대를 가거나 교직을 이수하라던 부모의 바람을 저버리고 멋대로 살아온 인생을 스스로 책임져야 했다. 학자금을 내 손으로 갚겠다는 투지 하나로 지난달부터 이직을 남몰래 준비하고 있었다. 새벽에 퇴근하고 오면 동틀 녘까지 포트폴리오를 새로 만들었다.

'다시는 에이전시에 들어가지 않을 거야. 잡지에 나온 회사 다니겠다고 학자금도 못 갚고 있어야 해?'

겉멋에 빠졌던 철없던 시절을 철저히 반성하며 매일 새벽까지 눈알이 시뻘게지도록 이력서를 고치고 자기소개서를 쓰고 포트폴리오를 정비했다. 목표는 오직 하나. 연봉 3천만 원 이상 주는 기업의 디자인실에 입사하는 것.

그런데 지금 대순진리교 신도들이나 따라가고 있는 거다. 월세 40만 원의 타지살이에 주 7일 근무의 노동 착취까지 겹친 인생살이 서러움이 북받쳐 코끝이 시큰거리고 눈이 따끔따끔 거릴 때쯤, 뱃속에서 꼬르륵 소리가 요란스럽게 났다. 흠칫 놀라 고개를 번쩍 들었다. 그들은 맑고 평온한 미소를 머금고 나를 내려다보며 조용히 말했다.

"다음 정거장에서 내려요."

　모르는 이를 무방비로 따라가도 되는 걸까. 실종된다면 누가 신고라도 해줄까. 온갖 의심이 올라왔지만 이상하게 발길이 돌아서질 않았다. 무언가에 홀린 듯이 그들을 따라갔으며 심지어 철석같이 믿고 있었다.

　나에겐 언제나 세상 몹쓸 호기심이 있었다. 배낭여행을 할 때도 현지인들을 유독 믿고 따라다니며 여행지에서 가이드를 받거나 밥을 얻어먹곤 했다. 여태까지 살아남아 강남에서 회사까지 다니고 있는 걸 보면 내 인생 자체가 버라이어티의 연속일지언정 무탈함이 디폴트값인지도 모르겠다. 지금도 대순진리교에 궁금증이 생겨 그저 탐사를 해보는 거라고 생각할 수도 있다.

　하지만 호기심뿐이었을까. 그들을 사이비라고 여기고 무시하더라도, 단지 이것이 경험일 뿐이라고 일축해 버린다 하더라도, 마음 깊숙이 있는 이 이상한 확신, 그들에 대한 무조건적인 신뢰는 대체 무엇일까. 나의 합리적 이성은 인정하지 않으려 하겠지만 솔직히 기대하고 있었다. 어쩌면 만에 하나 운이 있을지도 모른다고. 천운이라 부르는 것이 닥쳐와 내 인생을 역전시킬지도 모른다고.

　가로등 하나 없는 컴컴한 골목을 걸었다. 안경을 낀 쪽은 부

산스럽게 전화를 하고 있었다. 나를 데려가니 준비하고 있으라
는 말을 하는 것 같았다. 그들은 앞에서 천천히 걸어갔고 내가
잘 따라오는지 가끔 뒤돌아봤다. 핸드폰을 들어 시계를 보니 시
간은 아홉 시에 가까워졌다. 핸드폰 배터리는 한 칸도 남지 않
았다.

골목을 10분 정도 걸었을까. 그들은 상가도 주택도 아닌 연회
색 허름한 2층 건물의 계단으로 나를 인도했다. 가파른 계단을
따라 올라가 간판 없는 철문을 열었다. 어둡던 골목과 대조적으
로 밝고 정갈하며 깨끗한 가정집이 나왔다. 환한 빛에 눈이 부
셔 주춤했다.

"저희가 수도하는 곳이에요."

잘 데워진 온돌방에 감도는 훈풍이 콧구멍으로 싹 밀려들어
왔다. 어디선가 전을 부치는 고소하고 기름진 냄새가 풍겨왔고
격하게 배고픔이 밀려와 두통이 살짝 일어났다. 신발을 벗고 들
어서자 머리카락을 깨끗하게 쓸어 올려 한 갈래로 묶은 여자가
반갑게 웃으며 내 손을 잡아 이끌었다.

"선사님이세요."

"먼 길 오느라 고생 많았어요."

안으로 들어가니 다른 여자 두 명이 주방 싱크대 앞에 앉아
사과와 배, 대추를 깎고 있었다. 그들은 시간이 늦었으니 빨리

준비를 해야 한다고 말했다. 그리고 나에게 하얀색 상복을 가져다줬다. 옷을 갈아입으라고 했다.

"제사를 지내야지요."

요즘 장례식에서도 검은색 상복을 입지 흰색 옷은 안 입지 않던가. 사극에서나 보던 흰 소복을 보며 어리둥절해하는 나에게 그들은 겉옷은 벗고 티셔츠와 바지는 그대로 입어도 된다고 말했다.

피식, 웃음이 새어 나오는 것을 억지로 참았다. 옷을 주섬거리며 입고 있는데 치킨 냄새가 확 밀려왔다. 백숙을 할 시간이 없어 치킨을 주문했다는 것이었다. 입안 가득 침이 고였다. 저걸 먹으려면 빨리 옷을 입고 제사를 마쳐야 할 것 같아, 잠시 주저하던 마음을 고쳐먹고 부랴부랴 갈아입었다. 고름을 매지 못하고 묶어만 두었더니 안경 낀 여자가 옷고름을 반듯하게 여며줬다.

널찍한 거실 한쪽에 제사상이 차려졌다. 그들은 나를 거실로 손을 잡아 이끌며 입도치성을 들여야 한다고 했다. 조상님에게 절을 하며 간절히 바라는 바를 속으로 말하라고 했다. 그들은 제사의 절차를 간략하게 소개해 줬다. '배례'라고 부르는 의례였다. 구천상제와 옥황상제 그리고 시왕, 산왕, 용왕, 토왕 등 열다섯 신명에게 열다섯 번씩 총 세 세트의 절을 해야 했다.

연보랏빛 한복을 입은 사람이 다가왔다. 선각이라고 했다. 자신이 '배'라고 구령을 하면 절을 하고, '흥'이라고 말하면 일어나라고 했다.

"큰 절을 올리듯이 두 손을 바닥에 대고, 손등에 머리가 닿을 때까지 엎드리세요. 그다음 다시 구령에 맞춰 일어나세요. 무릎이 벌어지지 않게 하시고요, 공손하고 예의 바르게 내려가야 합니다. 오른쪽으로 한 걸음 걸으십시오. 배-. 흥. 왼쪽으로 두 걸음 더 가세요. 배- 흥. 다시 왼쪽으로 한 걸음 더, 배- 흥. 오른쪽으로 다섯 걸음 더…"

배가 고파 발이 후들거렸고 절을 할 때마다 제사상에 놓인 치킨에서 튀김 냄새가 올라와 어지럽기까지 했다. 지루하기 짝이 없는 배례를 하는 동안 머릿속으로 망상의 나래를 펼쳤다. 정신은 튀김 냄새에 마취되어 이미 진심인지 연기인지 구분이 안 되어버렸다. 배- 하는 구령에 바닥으로 무릎을 댈 때마다 '이직 성공하게 해주세요'라고 속으로 되뇌고, 흥- 하는 구령에 일어설 때마다 '연봉 3천만 원!'이라고 외쳤다.

절을 마치고 나자 그들은 '녹명지'라고 부르는 종이를 태웠다. 붓글씨로 쓴 한지에 불이 붙어 타들어갔다. 매캐한 냄새를 맡으며 내가 누구이며 여긴 어디인지 혼미해졌다. 어쩌다 이 지경이 되어 흰 소복을 입고 종이가 타들어가는 것을 보아야 하는지 알 수 없었다.

모든 절차를 마치자 음복을 하라며 손에 젓가락을 쥐어줬다. 그들은 닭다리의 살을 잘 발라내어 내 앞에 한 접시를 내놨다. 배고픔에 모든 체면을 내려놓고 닭다리 살점을 두세 개씩 포개 입안으로 밀어 넣었다. 선각이라는 사람은 허겁지겁 먹는 나를 보며 열 시가 다 되어가니 배가 많이 고팠을 거라며, 사주를 봐줄 테니 천천히 잡수시면서 들으라고 말했다.

　　선각은 나에게 관이 없어 직장 생활이 힘들 거라고 했다. 얼굴빛이 노란 건 조상님의 한이 많이 쌓여 있어서라고, 그게 풀리지 못해 능력까지 막혀 있다고 했다. 그냥 직장만 다닐 그릇은 아니라고, 앞으로 수도를 통해 조상님들의 업보를 씻어내자고 했다. 나의 수도로 가족뿐만 아니라 일가친척들의 업과 척을 씻어낼 수 있다고 했다. 다음번에 오면 같이 여주에 있는 본부도장에 가자고도 말했다. 내가 어떻게 하느냐에 따라 개벽을 맞이할 때 후천 세계로 모두 갈 수 있을 거라고.

　　그의 말을 건성으로 들으며 혼자서 치킨 반 마리를 먹어치웠다. 선각은 비워진 그릇을 보며 사주에 식복이 많아 이런 곳에 와도 복스럽게 잘 먹는다며, 앞으로 꾸준히 치성을 드리고 수도를 하여 마음을 맑게 하는 데 힘쓰라고 말했다.

내가 젓가락을 내려놓자 쪽진 머리의 선사는 조심스럽고 신중해 보이는 태도로 영혼이 맑아져 있으니 탁해지면 안 된다면서 내게 연락처를 달라고 했다. 앞으로 나를 위해 수도를 해줄 테니 꾸준히 연락하면서 지내자고 했다. 그가 내민 포스트잇을 받으며 1초의 고민도 없이 전화번호 뒤 두 자리를 바꿔 적었다.

"잘 먹었습니다. 이런 고마운 분들을 만나게 되었네요."

내가 일어나려고 하자 선사는 약간 당황해하더니 조상님들에게 치성을 드렸으니 정성금을 내야 한다고 말했다. 진심으로 나를 위해 제사를 지내준 줄로만 알아서, 눈을 크게 뜨고 그들을 쳐다봤다.

선사는 내가 말을 못 알아듣는다고 생각했는지 숨을 한 번 들이마시고 차분한 목소리로 말했다.

"제사를 지내기 위해 치킨도 주문했고요. 장도 새로 봐왔어요. 이 돈은 직접 내주셔야 해요." 또박또박하고 냉정한 목소리였다. 내가 눈치가 없었구나.

"얼마인가요?"

다짜고짜 가격을 묻는 태도가 불순해 보였던 걸까? 옆에 있던 선각이 마음에 달려 있다고 정색하며 답했다. 조상에게 정성을 지내는 마음이 중요하다며 비용은 중요하지 않다고 했다. 감을 잡을 수 없었다. 정성만큼 돈을 내야 한다면 대체 얼마인 걸까?

"성의만큼 내면 됩니다. 액수가 중요한 건 아니잖아요."

냉큼 가방 안에서 지갑을 꺼내서 확인해 봤다. 2만 3천 원이 들어 있었다. 그들에게 망설이며 말했다.

"제가 지금 2만 원이 있어요."

선사가 찌푸려지는 인상을 애써 꾹꾹 누르는 것이 보였다. 그는 보통 제사를 지낸 뒤 40만 원을 낸다고, 다시금 공손하고 흔들림 없는 목소리로 말했다.

"40만 원이요?"

자본주의적 두뇌를 부리나케 굴리며 이 제사상의 교환 가치에 대해 환산해 보았다. 준비된 재료만 봐도 사과 다섯 개, 배 다섯 개, 수육, 치킨, 대추, 완자전과 꼬치전까지 최소 6~7만 원어치는 되어 보였다. 동원된 신도들은 총 여섯 명, 인건비만 계산해도…. 40만 원까지는 아니어도 30만 원은 내야만 할 것 같았다.

그 돈은 없었다. 아니, 생활비를 아끼고 아껴 한 달에 10만 원씩 넣고 있는 적금 통장, 그리고 100만 원 정도 따로 들어가 있는 비상금 통장까지 생각한다면 40만 원을 못 낼 이유는 없었다. 하지만 낼 수 없었다. 정확히는 내고 싶지 않았다.

돈 이야기가 나오고서야 몽롱하던 정신에서 화들짝 깨어났다. 이들의 소굴에서 빠져나가야만 한다는 생각에 온몸이 바짝 긴장했고 카페인이 들어간 듯 찌릿하게 각성이 되었다.

'두 달 동안 배낭여행도 혼자 해봤어. 펑크 났던 학점도 재수 강으로 만회해서 4.3에 졸업했고. 졸업하기도 전에 지금 회사에 입사했잖아? 여기에서도 빠져나갈 수 있어.'

생존 본능이 되살아났다.

"있잖아요. 엄마가 많이 아프세요. 월급은 엄마 병원비로 나 가고 있어요. 얼마 전 수술도 하셨고요."

동정심을 자극하는 것이 가장 좋은 방법이었다. 조상님에게 절을 올리고 영혼이 맑아진 상태가 되어서인지 에너지가 상승 해서 거짓말이 술술 나왔다. 그들은 그런 불운이야말로 조상의 한이 맺혀 업이 많이 쌓여서라고 했다. 자신들을 만난 걸 천운 이라고 생각하고 더욱 정성을 들여야 한다고 했다. 울먹거리는 목소리를 내려고 복근에 힘을 주고 콧물을 들이마셨다.

"정말 힘들어요. 엄마한테 한 달에 60만 원씩 부쳐드리는 데… 아흐흐흑."

지나치게 연기에 몰입한 나머지 눈물이 맺혔다. 어제 전화 통 화한 엄마 생각을 하니까 눈시울이 절로 뜨거워졌다. 엄마는 내 가 이러고 사는 걸 알까.

"죄송해요. 제사를 지내는 데 돈 내야 하는지 진짜 몰랐어요.

저를 위해 기도해주실 수 있다는 말에 그만 혹했나 봐요. 저처럼 돈이 없는 사람들은… 안 되는 거죠."

돈이 넉넉하지 않은 건 사실이지만 나를 가난하고 기구한 사람이라고 한 번도 생각하지 않았다. 그러나 이 순간만큼은 필사적으로 불우한 연기를 해야 했고, 이 방면에 꽤 소질이 있었다.

그들은 귓속말로 무어라 속닥거리더니 가진 돈만큼만 달라고 했다.

"2만 원도 괜찮아요? 죄송해서 어쩌죠?"

선사는 그거라도 주고 다음번에 좀 더 달라고 말했다. 구겨진 만 원짜리 두 장을 꺼내 손바닥에 올리고 여러 번 문질러 피면서 선사에게 건넸다. 선각은 앞으로도 연락을 자주 주고받길 바랐다. 내일 전화를 할 테니 이번 주말에도 찾아오라고, 그래야 어머님이 회복이 되실 거라고. 어머님의 건강과 나의 미래는 수도에 달려 있으며 정성을 들이는 만큼 어머님에게 씌워진 신이 빠져나가게 될 거라고 했다. 틀리게 적은 핸드폰 번호의 두 자리를 떠올리며 그들이 집요하게 모든 경우의 수를 눌러대지 않기만을 바랐다. 문을 나서며 고개를 여러 번 숙여 인사했다. "감사합니다. 감사합니다."

미안하면서도 고마움에 어쩔 줄 몰라 하는 표정을 지으며 마지막까지 동정심을 잃지 않으려 노력했다. 문밖까지 따라나선 안경 낀 여자는 지하철역까지 끝끝내 데려다주겠다고 했다. 나는 괜찮다면서 핸드폰을 들고 전화 거는 시늉을 하며 뒷걸음질 쳤다. 휴대폰의 배터리는 5퍼센트 남아 있었다.

○ ○ ○

어둑어둑한 골목길을 쫓기듯이 정처 없이 뛰었다. 여기가 맞는 길인가. 제대로 가고 있는 걸까. 핸드폰을 주머니에서 꺼내 다시 열어 보았다. 시간은 열 시 45분. 사장에게 부재중 전화가 두 통 걸려와 있었다. 주문에서 깨어난 듯 정신이 들었다. 모처럼 일찍 퇴근한 저녁. 대순진리교 신도들을 따라온 나. 실낱같은 운에 인생을 한번 떠넘겨보려 했던 나.

사장이 걸어온 전화에 현실이 엄습했다. 아까 먹은 치킨의 느끼함이 위장에서 올라오며 명치가 콱 막혔다. 가슴이 쿵쾅거렸다. 무슨 일로 전화했지. 이 와중에도 퇴근하고 걸려온 사장의 전화를 무시하지 못했다. 고작 이 정도면서, 회사에서 빠져나갈 수 있을까. 빠져나가려고 한 곳이 고작 사이비교가 될 뻔한 건 아니었을까.

방향 감각을 상실해 버렸다. 고개를 세차게 흔들고 나서야 지나가던 사람을 붙잡을 정신이 났고, 지하철역이 어느 쪽이냐고 물었다. 그 사람은 손가락을 들어 불빛이 환한 큰 대로변을 가리켰다. 나는 건성으로 고개를 꾸벅 한 다음 가로등이 보이는 곳으로 뛰었다. 길은 끝나지 않을 것처럼 길었다. 누군가 쫓아올까 봐 온 힘을 다해 뛰었지만 발이 쇠고랑을 찬 듯 무거웠다. 겨우 지하철역까지 도달했고, 도착한 5호선의 빈자리를 찾아 앉고 나서야 긴장이 쭉 풀렸다. 탈출 성공. 떨리는 마음으로 숨을 크게 들이쉬었다. 시간을 보려고 핸드폰을 다시 열었다. 부재중 통화가 시선을 붙잡았다. 아랫입술을 잘근 깨물었다. '무시해, 무시하라고. 아니야, 정말 일이 있으면 어떻게 해? 지금 와서 일 하라고 하면 회사로 돌아갈 거야?' 핸드폰을 쥐고 오만가지 상황을 떠올렸다. 퇴근한 늦은 밤에도 사장의 전화에 급하게 해야 할 일이 있는 건 아닌지 상상하는 내가 비참했다. 심호흡 한번 하고 사장에게 전화를 걸었다. 그런데 신호가 채 가기도 전에 핸드폰이 꺼져버렸다. 안도의 한숨을 깊게 깊게 내쉬었다. 전화를 걸지 않은 건 내 탓이 아니다. 배터리가 없었을 뿐이다. 전화를 씹어버렸다는 통쾌함에 막혔던 가슴 어딘가에서 긴장이 풀리며, 푸르르 바람 새는 소리가 났다.

그제야 치킨으로 채운 위장의 포만감이 올라왔다. 지갑을 열어 보니 남은 3천 원이 들어 있었다. 내가 먹은 저녁 값으로 2만 원은 아무래도 너무 적었다는 생각이 들었다.

나를 끌고 갔던 신도들은 오늘 제사에 들어간 비용을 직접 냈을까. 선사라는 사람, 호락호락해 보이지 않던데. 자신들의 믿음에 일말의 의심 없이 확고하던, 단정하고 앳된 얼굴들이 떠올랐다. 그들이 오늘 전도에 실패한 자신을 탓하지 않았으면 좋겠다고 생각하다가 눈을 질끈 감아버렸다. 이제, 회사로부터의 탈출이 남았다.

모래가
우는 소리

8월 1일, 한낮이었다. 세상 전체에 큰 그림자가 드리운 듯 삽시간에 어둠이 깔렸다. 해가 지는 줄 알았는데 시간은 겨우 오후 네 시였다. 그제야 칭기즈칸 광장 군데군데 모여 있던 사람들을 둘러봤다. 검은색 셀로판지를 들거나 검은 안경을 돌려쓰면서 하늘을 올려다보고 있었다.

학생들을 인솔하는 교사로 보이는 사람에게 다가가 무슨 일이냐고 물어보니 유인물을 펼쳐 보이며 말했다. "솔라 이클립스. 룩 앳 더 링."

종이엔 러시아, 중국, 몽골에 걸친 금세기 최대 개기일식을 홍보하는 문구가 큼직하게 적혀 있었다. 지금은 달이 태양을 완전히 가려 링을 만드는 '코로나'를 목도하는 순간이었다. 눈을 보호해 주는 검은색 안경을 빌려 하늘을 올려다봤다. 달에 완전히 먹혀버린 태양이 있었다.

몽골의 수도, 울란바토르.

오늘은 여행의 마지막 날이었다. 공항으로 이동하기 전 숙소와 가까운 칭기즈칸 광장으로 가 마지막 아쉬움을 달래며 기념사진을 찍던 중이었다.

"이번 여행은 마지막까지 완벽해." 지나가 말했다. "언니, 일식하는 것도 미리 알고 여행 날짜를 일부러 맞춘 거야?"

"나에겐 다 계획이 있지."

일식까진 미처 생각하지 못했다. 모든 일정이 기가 막히게 맞아떨어졌을 뿐이었지만 지나의 말에 어깨를 으쓱하며 우쭐거렸다. 우리 네 명은 성공적인 몽골 여행을 자찬했다.

"은하수도 보고 일식도 보고, 남들은 평생 한 번 볼까 말까한 걸 다 봤네! 우리 운 여기서 다 쓴 거 아니야?" 쏭이 말했다.

게스트하우스로 돌아가 짐을 챙겼다. 건물 밖의 벤치로 짐을 하나씩 옮기는 와중에 다른 한국인 일행을 만났다. 바이칼 호수 투어를 떠난다고 했다. 개기일식 관측에 마음이 들뜨고, 여행 막바지에 긴장감까지 풀려서인지 갑자기 오지랖이 발동했다.

"고추장 남은 게 있는데 드릴까요?"

"어머나, 너무 좋죠!"

"라면이랑 햇반도 남았는데 필요하세요? 아까 방에 다 두고 왔는데…."

20분 후에 몽골 공항으로 가는 택시를 타기로 예약해둔 상태였다. 게스트하우스 직원에게 방에 남겨둔 식량을 전달해달라고 말했지만, 영어가 서툰 직원은 내 말을 이해하지 못했다.

"내가 그냥 갔다 오지 뭐."

지나는 공항 가기 직전에 내가 자리를 비우는 것이 마뜩찮은 표정이었지만 짐을 잘 봐달라고 부탁하고 일어났다. 머물렀던 아파트에 들어가 남아 있던 컵라면 두 개, 햇반 세 개, 맥주 한 병, 고추장, 과자 등을 싹싹 모아 바이칼 호수로 가는 이들에게 전하고 친구들이 기다리던 벤치로 돌아왔다.

"숙소 앞에서 마지막으로 사진 한 번 찍을까?" 디지털카메라를 꺼내려고 벤치에 뒀던 작은 가방을 손으로 더듬었다. 늘 한 몸처럼 붙이고 다녔던 가방이었다. 잠시 지나에게 맡기고 내 큰 배낭 옆에 두었는데, 손으로 더듬어보니 차가운 벤치의 재질만 만져졌다.

"어? 내 가방 어디 있지? 아까 여기 두고 갔는데?"

"그게 없긴 왜 없어? 밑에 떨어진 거 아냐?"

지나가 주변을 둘러보며 말했다.

"분명히 언니가 다녀오는 동안 내 옆에 두고 있었…."

가방이 없어졌다. 우리 네 명은 벌떡 일어나 벤치 주변을 고개를 숙이며 찾았다. 그 가방 안엔 코닥에서 나온 더블렌즈 디지털카메라와 필름카메라인 보이그랜더 베사L, 일기장과 100달러가 들어 있었다. 필름 카메라에 장착한 14mm 광각렌즈는 이번 여행을 위해 몇 달 전에 특별히 구매한 것이었다. 그리고 무엇보다 가방 안에는 여권이 있었다.

"가방이 없어질 리가 없잖아. 내가 아까 전까지 손으로 가방 끈 잡고 있었단 말이야. 그리고 잠깐 뒤돌아서서 현이 언니 짐 싸는 거 도와줬는데 그거, 1분도 안 되는 사이였는데?" 지나가 소리쳤다.

"소매치기당한 거 아냐?" 현이가 목소리를 떨며 말했다. 우린 아무 말도 하지 못한 채 서로를 바라봤다.

심장 박동이 세 배로 빨라지며 쿵쿵거렸다. 게스트하우스 주인인 데기와 직원들도 모두 건물 밖으로 나왔다. 다 함께 게스트하우스 주변 골목부터 벤치 옆의 풀숲, 나무 뒤, 사무실까지 뒤졌지만 가방은 나오지 않았다. 돈도 카메라도 중요하지 않았다. 단 하나, 나의 신원을 보증할 수 있는 것. 여권만은 찾아야 했다. 큰 배낭을 거꾸로 들어 탈탈 털었다. 옷의 모든 주머니를 뒤집어 열었다. 그 어디에도 여권은 없었다.

"여권, 여권, 내 여권 어떡해!"

겨드랑이에서 옆구리까지 식은땀이 주르륵 흘렀다. 비행기 출발 시간인 여섯 시까지는 두 시간도 남지 않았다. 공항으로 가는 택시가 도착했다.

∘ ∘ ∘

2008년 7월 말. 지나, 현이, 쏭 그리고 나. 대학 친구이자 선후배 사이였던 우리들은 여름휴가로 몽골에 왔다. 6박 7일 동안 고비사막 투어를 하기 위해 나는 봄부터 항공권과 숙소를 예약하며 여행을 주도적으로 준비했다.

몽골의 수도, 울란바토르 시내에 있던 게스트하우스에 몇 달 전부터 투어를 신청했고 실력 좋은 가이드와 기사를 소개받았다. 도착 다음 날, 바로 '러시안 푸르공'에 짐을 실었다. 러시아 군용 승합차인 이 봉고엔 에어컨이나 안전벨트 따위는 없지만 오프로드를 가로질러도 빠지지 않을 튼튼한 바퀴, 넉넉하고 딱딱한 좌석이 구비되어 있었다.

시내를 벗어나자마자 광활하다는 표현으로도 부족한 초원이 끝없이 펼쳐졌다. 발목까지 오던 싱그러운 초록 풀이 자라던 초원은 남쪽으로 갈수록 자갈과 푸석푸석한 흙, 빳빳하고 짧은 풀들이 있는 반사막으로 변했다. 수백 마리의 양 떼가 지나가고 야생마가 갈기를 휘날리며 푸르공의 앞을 가로질러 뛰어가고 소 떼가 길을 막으면, 우린 호들갑을 떨며 카메라를 꺼냈다. 그러나 세 시간이 넘도록 하늘과 땅만 이어지는 풍경이 반복될 즘엔 모두 목뼈에 나사가 풀린 듯 헤드뱅잉을 하며 졸았다.

몽골인 운전기사 바기는 지도도 나침반도, 심지어는 도로도 없는 험한 길을 오로지 태양의 움직임만 보며 용케도 찾아갔다. 그 옆에 앉은 가이드 허기는 울란바토르 대학에 다니는 여학생 이었다. 방학 때마다 아르바이트로 투어 가이드를 한다고 했다. 그는 한두 시간에 한 번씩 뒤를 돌아보며 화장실을 가고 싶은 지 물어보고, 끼니때가 되면 단출한 주방 식기들과 버너를 꺼내 양, 말, 소, 돼지, 닭고기… 심지어 낙타 고기까지, 몽골에서 맛 볼 수 있는 모든 동물의 고기로 요리를 선보였다.

그는 취미가 요리라고 했다. 한국인들의 입맛에 맞는 요리법 을 용케도 알고 있었다. 야채 값이 비싼 몽골이건만 매 끼니 양 파나 마늘을 빠지지 않고 넣어줬다. 먹성 좋은 한국인 여행자 네 명은 그가 실력 발휘를 제대로 할 수 있도록 '맛있다'를 연발 하며 엄지손가락을 추켜세웠다. 솔직히 아주 맛있진 않았다. 우 린 비상용으로 챙긴 양념고추장을 발라가며 먹은 흔적을 남기 지 않기 위해 그릇을 싹싹 핥았다.

덜컹거리는 오프로드의 반복적인 진동은 안마기 같아 잠에 빠져들기에 좋았다. 그러다 한 번씩 덜컹하며 엉덩이가 허공으로 들썩거려질 때면 우린 화들짝 놀라는 얼굴로 침을 닦아내며 깨어났다. "허기, 다 온 거야?" 우리의 물음에 허기는 난처한 얼굴로 "노, 두세 시간 더 가야 해"라고 말했다.

지루한 투어 분위기를 그나마 활기차게 바꿔준 건 음악이었다. 현이는 준비해온 휴대용 스피커와 MP3 플레이어를 연결해 김동률의 '출발'을 자주 틀었다.

"아주 멀리까지 가보고 싶어, 그곳에선 누구를 만날 수가 있을지. 작은 물병 하나 먼지 긴 카메라, 때 묻은 지도, 가방 안에 넣고서 언덕을 넘어 숲길을 헤치고 가벼운 발걸음 닿는 대로."

끝없이 펼쳐진 고비의 초원에서 듣는 김동률의 노래는 있는 그대로 우리의 모습이었다. 누구를 만날지 알 수 없었고, 오로지 태양의 방향을 따라 달리고 또 달렸다. 무엇이 있을지는 "이 길이 곧 나에게 가르쳐 줄 테니까" 무섭지 않았고, "새로운 풍경에 가슴이 뛰고 별것 아닌 일에도 호들갑을 떨면서" 하루 일곱, 여덟 시간 동안 차 안에 있었다.

푸르공이 잠시 멈출 땐 디지털카메라와 필름카메라를 번갈아 꺼냈다. 여행을 위해 14mm 광각렌즈와 후지에서 나오는 롤당 9천 원짜리 슬라이드 필름을 준비했다. 저감도의 필름은 초원에서 시시각각 달라지는 하늘과 땅의 온도를 섬세하게 담아냈다. 노출을 한 단계씩 조절하며, 빛이 날리거나 묻히는 풍경이 없도록 찍었다. 매번 지평선과 하늘만 찍는 나에게 쏭이는 묻곤 했다. "네 눈엔 저 풍경이 다 달라 보이는 거야?"

요약하자면 고비사막 투어라는 건 종일 차 안에서 졸다가 초원의 마을에 들려 식사를 하고, 몽골인들과 스쳐 지나가고, 황량한 돌무더기 위에서 동물의 뼈를 만나고, 동물 무리가 지나갈 때 호들갑을 떨며 사진을 찍고, 다시 달리는 여정의 반복이었다.

○ ○ ○

숙소는 매일 즉흥적으로 정해졌다. 해가 지평선으로 꼬르르 빨려 들어가고 노을이 질 때쯤 운전기사 바기는 근처에서 양을 치는 유목민들에게 빈 게르가 있는지 물어봤다. 게르가 있으면 거기에서 자고 없으면 떠났다. 여행자용으로 깔끔하게 지어둔 게르도 있었지만 보통은 유목민 가족들이 쓰던 방을 내어주곤 했다. 우린 게르의 오각형 변마다 하나씩 있던 침대를 차지하고 침낭을 폈다.

저녁을 먹고 나면 준비했던 생수병의 물을 각자 컵에 따랐다. 딱 이만큼으로 양치를 해결해야 했다. 구석구석 이를 닦고 야무지게 입안을 가글했다. 물티슈엔 물을 더 묻혀 흥건하게 만들었다. 얼굴과 손에 비누칠을 할 여유 같은 건 없었다. 각자에게 주어진 두세 장의 물티슈로 얼굴과 목덜미, 겨드랑이, 발가락 사이사이, 가랑이를 닦았다.

피부에 들러붙은 흙먼지나 모래는 쉽게 떨어지지 않았다. 그러나 점차 우린 미세한 오염에 둔감해졌다. 쏭이는 자신의 긴 머리카락이나 옷 속에 코를 들이밀고 자주 킁킁대곤 했는데, "생각보다 냄새가 안 나네? 신기해. 몽골이 공기가 좋아서 그런가봐"라고 말했다.

사막투어에서 가장 큰 난관은 화장실이었다. 가끔 마을을 들릴 때 공중변소를 이용할 수도 있었지만, 수북이 쌓인 오물과 수백 마리 파리 떼와 만나야만 했다. 질식할 것 같은 악취에 생리 현상을 참아야만 했다. 하지만 점차 투어 생활에 익숙해지면서 '자연 화장실'을 부끄러움 없이 이용하는 방법을 찾아냈다.

비포장도로를 타고 가다 쉬어갈 즈음, 아랫배에서 신호가 오면 우린 등을 돌리고 고독하게 자기의 자리를 찾아갔다. 아주 멀리, 갈 수 있는 한 최대한 멀리. 하나의 점으로 보일 때까지. 그리고 풀 둔치에 몸을 가리고 쭈그려 앉았다. 아주 멀리에서라도 서로의 정수리는 확인할 수 있었으므로 하나로 연결되어 있다는 감각을 유지하며 바지를 내렸다. 엉덩이를 까면 시원하고 고슬고슬한 바람이 맨살을 부드럽게 스쳐갔다. 시간이 걸리는 일을 치를 땐 푸르고 환한 하늘과 땅을 바라보며 느긋하게 명상에 잠겼다.

자연 화장실엔 각종 돌발 사태가 있었다. 바람이 짓궂게도 내 쪽으로 불어올 때면 가뜩이나 며칠째 씻지도 않은 몸에 불쾌함을 더하는 사태가 벌어진다. 다리를 쩌억 벌려보지만 가랑이만 아플 뿐이었다. 그러나 인간은 진화하는 존재가 아니던가. 소변이 양말과 신발을 적시는 시행착오를 반복하다가 땅을 파기 시작했다. 운동화의 앞코를 바짝 세우면 마른 흙은 금세 파졌다. 자그마한 웅덩이를 만들고 볼일을 보면 깔끔하고 상쾌하게 일을 끝낼 수 있었다.

샤워는 5일째 되는 날 처음으로 할 수 있었다. 머리카락의 기름기가 산화작용을 일으켜 엉키고 눌어붙어 잘 빗기지 않을 때쯤, 그럼에도 신기하게 몸에서 냄새가 나지 않아 고비의 맑은 공기를 실감할 때쯤, 물탱크가 준비된 게르를 만났다. 찔끔씩 나오는 물줄기에 의지해 한 명씩 씻고 나올 때마다 말개진 얼굴로 환호했다.

드디어 내 차례가 되었다. 머리에 풍성하게 샴푸를 묻히고 몸에 비누칠을 한 다음 수도꼭지를 틀었다. 그런데 물이 나오지 않았다. 수도꼭지를 여러 방향으로 돌려보았지만 한두 방울 떨어지더니 멈췄다. 문을 빠끔히 열어 밖을 내다보았다.

물탱크와 게르까지 20미터 넘게 떨어져 있었다. 친구들 이름을 한 명씩 불렀다. 개운하게 씻은 아이들은 게르 안에 콕 박혀 도무지 밖으로 나오지 않았다.

"얘들아, 이리 나와 봐!"

"헬로우! 헬프 미! 곤니치와! 니하오! 구텐 탁!"

아는 외국어 인사말을 다 동원해 수십 번을 외쳤지만 아무도 오지 않았다. 목에서 쉰 소리가 날 때까지 소리를 질렀다.

"도와줘요! 도와줘! 물이 끊겼다고요!" 투어 최대 위기였다.

∘ ∘ ∘

당황함을 넘어 앞이 캄캄했고 머릿속이 새하얘졌다. 달러를 소비하러 온 대접 받는 여행자에서 한순간에 국적 없는 이방인으로 전락해 버렸다. 어디에 도움을 청해야 하는지 알 수 없었다. 다리에 힘이 풀려 게스트하우스 앞에 주저앉아 버렸다. '도와주세요… 제발.' 속으로 수없이 외치는 말이 이상하게 입 밖으론 나오지 않았다.

왜 내 인생에 이런 위기가 찾아오는지. 머리를 감싸고 앉아 있는 나에게 게스트하우스 사장인 데기가 침착한 목소리로 캄다

운하고 방법을 찾아보자고 말했다. 그는 몽골 주재 한국대사관 번호를 알려줬다. 덜덜 떨리는 손으로 수화기를 들고 번호를 눌렀다.

"몽골대사콴임니타, 오늘은 주몰이라 군무를 하쥐 안싸오니 급하쉰 용껀운 다움 번호로 연락케추십시오. 쥐역번후 쿠일일 사…"

전혀 알아들을 수 없었다. 다시 다이얼을 돌리고 차근차근 리스닝을 하며 쪽지에 번호를 받아 적었다. '구일일사… 안 들려, 안 들려.' 게스트하우스 사무실은 가방 도난 사건으로 시끄러웠다. "하나도 들을 수 없잖아. 비 콰이어트!" 수화기를 콰 내려놓으며 소리쳤다. 그러자 데기가 황당하다는 표정으로 나에게 말했다. "노, 위 아 콰이어트."

대사관으로 전화 거는 걸 포기하고 숙소 밖으로 털레털레 걸어 나왔다. 보딩 시간은 한 시간 35분 남아 있었다. 마침 현이가 뛰어오더니 밖에 한국인 가이드가 있다면서 물어보라고 했다. 그에게 우리 상황을 전하자 그는 흔히 일어나는 일이라는 듯 대수롭지 않게 경찰서에 가서 신고 먼저 하고 대사관에 전화를 하라고 했다. 한국 영사 직통 번호를 알려줬다.

한국 대사관 영사에게 전화를 걸었다. 느릿한 목소리의 중년 남자가 받았다. 제정신이 아닌 듯 격앙되고 떨리는 목소리로 여권이 든 가방을 도난당했고, 비행기는 오늘 저녁 여섯 시라고 숨도 안 쉬고 내뱉었다. 중년 남자는 느긋하면서도 다소 지루한 중저음의 목소리로 또박또박 설명을 해줬다.

"여섯 시 비행기는 못 타시고요. 첫 번째로 하실 일은 몽골 항공에 연락해서 비행기 연기하세요. 오늘 가는 건 포기하셔야 합니다. 내일 오전엔 관할 경찰서에 가셔서 도난 확인증 받으세요. 확인증이랑 여권 사진 두 매 들고 한국 대사관으로 오세요. 그리고 여행자 증명서를 만드시면 됩니다."

"사진이 없으면요?"

"찍으셔야죠. 몽골에 도움 청할 가이드는 있으세요."

"여자 네 명이서 왔어요."

"어디에 계세요?"

"게스트하우스요."

작은 한숨 소리가 들렸다.

"내일 다니실 때 꼭 콜택시 불러달라고 하세요. 아무 택시나 타지 마세요. 꼬옥 콜택시 부르세요."

앞으로 할 일이 정리되자 주먹에 힘이 들어갔다. 어금니를 깨물고 비행기 시간이 임박했음을 상기하며 아이들을 보며 물었다. "우리 어떻게 해야 하지?"

그때 지나가 말했다. "우리 넷, 다 남자."

나는 대답하지 못했다. 혼자 남아서 할 일을 생각하면 무서웠지만 나 때문에 모두 남을 순 없었다. 다른 아이들이 섣불리 답을 하지 못하자 지나가 "내가 남을게. 언니들은 가. 내가 가방 지켜야 했는데 못한 거잖아. 내 책임이야"라고 말했다. 함께 몽골에 남겠다고 비장하고 단호하게 말하는 지나를 말리지 못하고 속으로 가슴을 쓸어내렸다. 사장 데기는 자기 게스트하우스 앞에서 일어난 도난 사고이니 숙박부터 택시비까지 모두 대주겠다고 걱정하지 말라고 말했다.

　데기가 불러준 택시를 타고 몽골 항공 본사에 가서 항공권을 다음 날로 미뤘다. 영업시간이 끝나버려 굳게 닫힌 철문을 잡고 고래고래 소리를 지르면서 두드린 끝에야 직원이 나왔고, 수수료를 100달러나 물으라는 것을 택시 기사가 버럭버럭 싸워줘 무료로 날짜를 바꿀 수 있었다.

　가장 시급한 일을 마치고 다 같이 공항으로 이동했다. 사장 데기가 소개해준 단단하고 날카로운 눈빛의 택시 기사는 시내로 들어올 때 한 시간 반이 걸렸던 거리를 30분 만에 달려 국제공항에 도착했다. 한국으로 출국하는 몽골 항공의 보딩은 이미 시작되고 있었다.

　쏭은 보딩하는 줄에 서 있다가 가방을 뒤적거리더니 물건들을 주섬주섬 챙기며 전해줬다.

"여기에 클렌징폼이랑 물티슈랑 챙겨 넣었어. 여기, 100달러 야. 더 줄까?"

"고마워. 이 정도면 괜찮아."

"내일 밤 열 시랬지? 그럼 몇 시에 공항 도착이야?"

"한국 시간으론 아마 새벽 세 시쯤일 걸?"

"내가 픽업 나갈게."

"정말? 안 그래도 되는데…."

이 모든 과정이 소리 없는 슬로모션처럼 눈앞에서 펼쳐졌다. 우리 네 명은 손을 꼭 잡았다.

"인천으로 가는 KE877편 승객 여러분은 모두 탑승해 주시기 바랍니다." 안내 방송이 나왔다.

"인터넷 가능하면 쪽지 보내주고. 나는 보험 알아보고 메일로 보내줄게! 참 면세점에 뭐 있는지도 볼게. 꼭 한국으로 돌아와 야 해!"

○ ○ ○

모처럼 비가 내리지 않는 청명한 밤이었다. 게르 밖에서 우리 네 명은 돗자리를 펴고 어깨와 등을 맞대고 앉았다. 바짝 붙어 팔짱을 꼈다. 일제히 고개를 하늘로 올려다보았다.

까만 하늘 전체에 수많은 별이 쏟아질 듯 박혀 있었다. 별들로 꽉 차 눈부신 하늘은 텅 비고 어두운 초원과 대조를 이루며 새로운 세계를 펼쳐 보이고 있었다.

생전 별구경을 처음 한 사람들처럼 눈을 떼지 못하고 아무 말도 하지 못하며 그저 입을 헤 벌렸다. 처음엔 목 디스크의 압박을 견디고 뒷목을 주무르면서 하늘을 올려다보았지만 이내 그럴 필요가 없음을 알았다.

세상이 반구일지도 모른다고 예측했던 고대인들의 상상은 옳았다. 저 멀리 지평선과 맞닿아 있는 하늘에서부터 별이 시작되었고 서쪽을 봐도 그랬고 동쪽을 봐도 그랬다. 하늘을 위로 올려다볼 필요도 없이 시선이 닿는 지평선부터 별 잔치는 시작되었다. 시야를 가로막던 산도 나무도 건물도 없었고, 달도 보이지 않던 시공간.

일정을 일부러 그믐으로 고르길 잘했다. 여행 날짜를 정할 때 고등학교 지구과학 시간에 배운 달의 움직임을 다시 공부했다. 그 시간은 충분히 가치 있었다. 보름이 15일쯤 지난 후부터 시작되는 그믐은 새벽에 달이 떴고, 달이 없는 한밤중의 하늘은 별로 가득히 빛났다.

"그런데 저건 구름이야? 하늘에 쭉 이어진 저거 말이야."

현이가 손가락으로 가리켰다.

동쪽의 지평선부터 서쪽의 지평선까지 강처럼 흐르는 것. 보라색부터 푸른색, 은색, 금색까지 형형색색 빛을 뭉게뭉게 머금으면서도 희뿌옇게 뭉쳐진 긴 형체를 쳐댜보았다. 구름이라고 하기엔 어딘가로 빨려 들어갈 듯 아득한 깊이가 느껴졌고, 바람에도 흔들리지 않았으며, 일정하게 긴 형태를 유지하고 있었다.

"구름? 구름 같기도 하네."

"아냐, 구름 아니야. 구름이라면 바람에 움직여야 하잖아. 저건, 저건, 저건… 은하수야!"

어린 시절, 시골에 살 때 학교 운동장에서도 은하수를 보긴 보았다. 지리산에서 야영을 할 때도 보긴 보았다. 하늘에서 별이 촘촘하게 이어진 구간 말이다. 그런데 몽골에서 본 은하수는 전혀 달랐다.

은하수의 거대한 흐름을 쫓았다. 동쪽에서 서쪽으로 고개를 돌리며 쭉 따라가 보았다. 지평선에서부터 시작된 은하수는 반대편 지평선으로 둥글게 이어지며 마치 반구를 엎어둔 것처럼 몽골 하늘 전체를 두르고 있었다. 온 세상을 빨아들일 듯 장엄하고 유구했다. 수 광년 떨어진 곳에서 탄생하고 몰락하는 별들이 보내는 찬란한 빛 천지 속에 있다 보니 마치 우주인이 된 것 같았다.

"앗. 별똥별이다!"

"어디 어디? 나 못 봤는데!"

"뭔가 앞에서 깜박하긴 했는데 그게 별똥별이야?"

"… 그건 나방이야."

"봤다, 봤어! 저기 별똥별!"

촘촘히 박힌 별들 사이로 어떤 별 하나가 타들어가듯이 강렬한 빛을 발산하다가 지평선으로 긴 선을 그리며 추락하고 사라졌다. 한 번 눈에 들어오기 시작한 별똥별은 계속 잡혔다. 우린 등을 맞대고 각자 방위를 잡고 하늘을 바라보았다.

시간 가는 줄 모르고 밤하늘에 빠져들었다. 땅 위에 보이는 거라곤 우리 일행과 저만치 떨어진 텐트에 있던 외국인 몇 명이 전부였다. 압도적인 자연을 만나는 건 이걸 알기 위해서가 아닐까. 한 점으로 작아지기 위해, 내가 고작 미물임을 알기 위해. 나를 찾기 위해 여행을 간다는 말은 틀렸다. 찾기 위해서가 아니라 잃기 위해 가는 것이다.

이 우주 속에서 나는 아무것도 아니었다. 떨어지는 별똥별의 존재감보다도 못하고, 거대한 은하계에서도 한 점에 불과한 지구별의 작디작은 생명체일 뿐이었다. 내가 사라져도 이 세계는 여전히 아름다울 것이라는 진실, 이 진실은 나를 쪼그라들게 하지 않았다. 내가 우주의 티끌만도 못하다는 자각이 추상이나 관념이 아니라 생생하게 안구로 인식되고, 허파로 들이마셔졌

고, 피부의 각질로 와 닿았다. 동공의 가운데로 은하수가 통과
하자 가슴속이 별빛으로 차올랐다.

우주 어딘가에서 보내는 별들의 신호와 조우하는 사이, 밤은
자정에 가까워지고 있었다. 오늘이 별을 볼 수 있는 마지막 밤
이 아니길 바랐다.

∘ ∘ ∘

자정에 다다른 시간. 게스트하우스 주인 데기가 무료로 마련
해준 방에서 지나와 나는 식어버린 맥주를 마시며 훌쩍거렸다.
하루 더 있을 줄 꿈에도 상상하지 않았다. 오후엔 상황을 파악
할 겨를조차 없어 실감나지 않았던 여권 분실이라는 초유의 사
태가 비로소 현실로 다가왔다. 가방이 사라진 시점부터 공항까
지 가는 길이 영상처럼 재생되었고, 그때의 긴장감이 다시금 목
을 조이는 듯했다.

저녁에 가족들에게 '비행기가 결항'되어서 출국을 하지 못했
다고 거짓말을 할 때도 의연했다. 팀장에게 '몽골의 기상 악화'
로 비행기가 뜨지 못해 휴가를 하루 더 내야 한다고 할 때도 떨리
지 않았다. 쏭이 주고 간 100달러로 비싼 한식집에 가서 제육볶
음을 시키고 배부르게 먹을 때도, 속이 전혀 부대끼지 않았다.

하지만 술기운이 돌아서였을까. 나에 대한 한심함에 눈물이 비어져 나왔다. 디지털카메라에 담은 수백 장의 초원과 하늘 사진이 떠올랐다. 카메라 동호회 홈페이지에서 몇 개월을 상주하며 구했던 렌즈가 떠올라 속이 아렸다. 카메라까지는 참을 수 있었다. 여권이라니, 여권이라니. 자책, 후회, 분노, 슬픔의 감정이 짜장소스에 짜장 면발에 섞이듯 뒤범벅되면서 눈물 콧물이 질질 나왔다. 피곤해서 그만 자야겠다며 지나에게 인사하고 베개에 얼굴을 파묻었다. 등을 돌리고 누워 남은 베개 하나를 꼭 끌어안았다. 우주에서 미아가 되어버린 듯한 외로움을 견디며 커버를 잘근잘근 물어뜯었다. 눈물이 줄줄 흘러내리는 걸 지나에게 들키지 않으려고 이불을 코 위까지 끌어당겨 덮었다. 눈을 뜨니 아침이 되었다.

"언니, 어제 진짜 잘 자더라. 내가 두 시까지 일기 쓰면서 불 켜놨는데 한 번도 안 움직이고 자던걸?"

국제 미아가 될 지경에 청승 떨며 울던 일이 무안해질 정도로 아무 걱정 없는 아이처럼 새근새근 잘 자버렸다.

아침 아홉 시, 소개받은 택시 기사 겸 가이드와 함께 경찰서부터 찾았다. 첫 번째 경찰서는 문을 닫았다. 기사는 경찰서 여러 군데를 돌더니 족집게처럼 문 연 곳을 찾아냈다. 기사가 몽골어로 이야기하면 경찰관이 이야기하고 다시 기사 아저씨가 짧은 영어로 번역하면서 도난 신고서를 겨우 작성했다.

그 와중에 분실한 소지품들을 조금씩 확대했다. 20만 원짜리 코닥 카메라는 100만 원짜리 소니 DSLR로, 현금은 1000달러로, 5만 원짜리 선글라스는 20만 원짜리 캘빈클라인으로, 그리고 분실한 가방은 200달러짜리 라코스테 호보백으로. 이제야 제정신으로 돌아온 것 같았다.

도난 신고서 작성을 마친 다음 사진관을 찾았다. 떡진 머리를 잘 빗고 머리띠로 넘긴 다음, 빨간색 립글로스를 발랐다. 귓바퀴가 유난히 도드라지게 찍힌 여권용 사진 속의 나는, 여권 분실의 시련 따위 겪어보지 않은 해맑은 관광객이었다. 두 번째 미션을 위해 한국대사관으로 향했다. 우리나라로 치면 한남동쯤 되는 그곳엔 각국의 대사관저들이 줄지어 있었다. 한국대사관 앞엔 열 시도 안 된 이른 시간임에도 비자를 받기 위해 줄을 선 사람들이 30미터 넘게 이어졌다.

한국에 오려는 몽골인들이 이토록 많다는 사실에 놀랐다. 두 번째로 그들이 들고 있는 두께 6~7cm, 수십 개의 서류 뭉치에 두 번 놀랐다. 내가 몽골 비자를 신청할 땐 사진과 몇 만 원만 있으면 되었다. 국력의 차이는 비자 신청 서류의 차이인가. 국적을 몰랐다면 영락없이 한국인으로 보였을, 일본인과도 중국인과도 확연히 구분되는 우리와 똑같은 생김새의 몽골인들을 쳐다

보았다.

한국인인 나는 줄을 서지 않고 바로 사무실로 들어갔지만, 한 시간 남짓을 기다려 담당자를 겨우 만날 수 있었다. 담당자가 건네준 문서에 여권 분실 사유를 육하원칙에 따라 정확하게 작성해야만 했는데 손이 덜덜 떨려 '5'자나 'ㄹ'자가 자꾸 어긋났다. 지켜보던 지나가 펜을 냉큼 빼앗아 또박또박한 글씨체로 깔끔하게 써줬다. 사유서와 신고서를 들고 건물 옆에 위치한 몽골어 번역 공증서를 찾아갔다. 이곳에선 각종 몽골어 공문서를 외국어로 번역해 주고 있었다. 좁은 사무실에 사람들이 버글거렸고 최소 두 시간을 기다려야 한다고 했다. 돈을 '따블'로 주겠다고 외쳤다. 바로 통과됐다.

한국어 스피킹은 전혀 되지 않지만 라이팅만큼은 일품인 번역자가 서류를 받고 워드 프로그램을 열더니, 한자어 투성인 공증서의 직독 직역을 3분 만에 마치고 확인 도장을 쾅 찍어줬다. 지나와 나는 경이로운 표정으로 서류를 받아들고 외쳤다.

"와우!"

대사관에 서류를 제출하니 여행자 증명서로 단수여권을 발급해줬다. 드디어 신분이 증명됐다. 대한민국 국민이며 합법적으로 여행하고 있다는 증거.

"다 됐어! 됐다고!"

오늘 밤 공항까지만 가면 드디어 집으로 돌아갈 수 있다. 지나와 감격에 겨워 얼싸안고 방방 뛰었다. 대한민국 여권을 들고 대사관 앞에서 기념사진을 자랑스럽게 찍었다.

숨을 크게 들이마시고 안도의 호흡을 했다. 어제 오후 네 시부터 스물네 시간 동안 이어진 긴박한 일정이 일단락되던 순간이었다. 고비를 넘고 넘어 여기까지 왔다.

○ ○ ○

"다 온 거야? 다 왔지?"

"아니야, 저기까지 올라가야 해! 더 남았어!"

언덕이라고 얕보았다. 무릎까지 발이 푹푹 빠졌다. 가까이 보였던 언덕의 능선은 아무리 앞으로 앞으로 걸어가도 자꾸만 멀어졌다.

이곳은 콩고르 샌드 듄. 고비 여행의 하이라이트이다.

초원에 서서 볼 때만 해도 이 정도로 높은 줄 몰랐다. 게다가 개미지옥일 줄이야. 직장에서도 생기지 않던 승부욕이 발동하여 가장 먼저 올라가겠다며 전투적으로 속력을 냈는데, 발이 모래 속으로 푹푹 빨려 들어갔다. 뒤돌아보니 쏭과 현이는 포기하고 둔덕에 철푸덕 주저앉아 있었다. 지나는 천천히 올라왔다.

"인생의 고비라는 말은 고비에서 왔나 봐. 임용고시 준비할 때보다 힘들어!" 숨을 헐떡거리며 지나가 말했다.

지옥 같은 능선을 따라 맨 위까지 올라가자 입을 다물 수 없었다. 풍경이 믿기지 않아 모래가 묻은 손으로 눈을 씻었다. 사막이 바다처럼 이어져 있었다.

언덕 위로 올라가면 다른 풍경이 아래로 내려다보일 줄 알았다. 아니었다. 언덕의 위부터 새로운 땅이 시작되고 있었다. 그 끝을 알 수 없는 사막이 바다의 생김새로 펼쳐졌다. 하늘과 경계가 분명하지 않은 곳에서 태양이 지글거리며 하늘을 붉게 물들이고 있었다. 능선을 경계로 하여 완전히 다른 세상으로 나뉘었다.

"얘들아! 여기 와 봐, 끝내줘! 너희 안 올라온 거 후회할지도 몰라!" 멀리 보이는 쏭과 현이에게 고래고래 소리 질렀다. 아이들은 입에 손을 모으고 "안·봐·도· 괜·찮·아!"라고 합창했다. 능선 꼭대기에서 지나와 자랑스럽게 사진을 찍었다. 숱한 고비를 지나 고비사막의 정점에 올라왔다며.

어두워지기 전에 내려가야 했다. 지나는 끝없이 펼쳐진 사막을 향해 손을 흔들며 외쳤다.

"고비사막아, 우리 황사가 되어 다시 만나자!"

한 발 한 발 내디딜 필요도 없었다. 엉덩이를 모래에 대기가 무섭게 미끄러졌다. 그런데 이상한 소리가 들렸다.

"우우우우웅, 우우우우우웅."

"이거 무슨 소리야?"

"우우우우우웅."

고개를 두리번거리며 소리의 출처를 찾으려 했다. 그러나 소리는 멀리서 누군가 부르는 소리도 아니었고, 낙타의 소리는 더욱 아니었으며, 사이렌 소리도 아니었다. 엉덩이 밑에서 나는 소리였다. 모래 언덕 깊은 곳에 잠자고 있던 거대한 동물이 잠에서 깨어나듯이 우웅거리는 소리였다. 그 소리는 엉덩이가 미끄러질 때마다 땅속 아주 깊은 곳에서부터 울려 모래 언덕 전체를 뒤흔들었다.

신나게 슬라이딩을 했다. 미끄럼으로 내려오기가 지겨워질 땐 온몸을 굴려버렸다. 몸과 모래가 마찰을 일으킬 때마다 소리는 발을 대고 있는 모래에서 능선으로 퍼져 나갔고, 다시 어딘가에서 메아리를 치고 돌아왔다. 웅~~ 웅~~~ 웅~~~~. 잠자는 용이 깨어 울부짖듯이 천지가 진동했다.

○ ○ ○

"우우우웅. 우우우웅."

211

비행기들이 이착륙하는 소리가 들렸다. 저녁 여덟 시. 몽골 공항에 도착했다. 어제는 다급하던 공항 가는 길이 오늘은 한가하고 평화로웠다. 질주할 땐 전혀 보이지 않던 몽골의 풍경도 하나씩 눈에 들어왔다. 도로 한복판을 천천히 가로질러가는 소떼들… 차도 옆에서 느긋하게 풀을 뜯던 양 떼들….

'몽골, 안녕이야. 아마… 다시… 오진 않을 거 같아.'

출국 심사대에 여행자 증명서와 도난 확인서를 제출했다. 지나는 바로 통과했다. 직원은 나보고 여권이 어디 있냐고 물었고 여권을 도난당했다고, 몽골어로 쓰인 도난 확인서를 보라고 했다. 모든 서류가 준비되어 있었기에 당당했다.

출국 심사대 직원은 찬찬히 읽어보더니, "쌈쏭… 오호… 쏘니… 쯧쯧… 패스포트…" 하며 고개를 절레절레 흔들며 나를 측은하게 바라봐줬다. 나는 어깨를 으쓱했다.

보내줄 줄 알았는데 직원은 '웨이트'라고 했다. 다른 직원들을 불렀다. 여행자 증명서와 도난 확인서를 보더니 고개를 절레절레 저었다. "노 비자." 비자가 없다니? 한국에서 받아온 비자가 여기 있는데? 나는 영문을 모르겠다는 표정을 지었다. 한국어를 할 줄 아는 직원이 왔다.

"비자 없어요? 몽골 비자요."

"비자, 여기 있잖아요. 오면서 받아왔어요."

"이 비자 말고요. 출국비자가 없으면 출국할 수 없어요."

눈앞이 캄캄해졌다. 다 끝난 줄로만 알았는데. 직원들과 실랑이를 벌이는 사이 보딩 시간까지 불과 30분이 남았다.

"비자 값은 43달러예요."

"43달러요? 돈이 없으면요?"

"내일 이민국에서 받아오세요. 사진도 필요합니다."

돈과 사진을 당장 찾아야 했다. 저녁에 남은 돈을 다 쓰고 간다며 일부러 비싼 한식집에서 제육볶음을 먹어버린 것이 후회됐다. 지갑을 열어 검색대 위에 탈탈 털었다.

"사진도 없는 거 같아! 짐이랑 부쳐버렸어!" 목이 타들어갔고 손이 덜덜 떨렸다. 옆의 직원은 "노 포토? 노 에어플레인"이라고 빈정거리면서 말했다.

지나가 말했다. "아까 사진 찍고 내가 한 장 받았잖아!" 작은 가방을 뒤져보았지만 사진은 나오지 않았다. "아냐, 있어, 반드시 있을 거야." 가방을 뒤집고 탈탈 털었다. 휴지 조각, 엽서, 핸드폰, 손수건, 핸드크림, 머리끈 등이 쏟아져 나왔다. 그리고 작은 증명사진이 똑, 하고 바닥으로 떨어졌다.

달러는 15달러가 부족했다. 두 사람의 남은 투그릭(몽골 화폐) 지폐와 동전까지 긁어모았다. 필요 없다며 버리고 가려고 했던 동전 하나하나가 소중했다. 겨우 43달러가 마련됐다. 친구들이 주고 간 돈이 아니었다면 공항에서 억류당할 뻔했다.

출국비자를 받고 검색대를 통과하고 비행기에 올라타는 순간, 또 다른 것이 남아 있기라도 할까 봐 마음을 졸였다.

"들어갔더니 우리 자리 없는 거 아니겠지?"

"설마 그럴 리가."

좌석을 찾아 털썩 앉았다. 어제와 오늘 일이 한 달처럼 휘리릭 지나갔다. 일식을 보았고, 가방을 소매치기당했고, 지나가 남아주었고, 게스트하우스 사장과 운전기사가 도와주었다. 이들이 없었더라면 비행기를 탈 수 있었을까. 긴장이 훅 풀렸다. 비행기가 이륙 준비를 했다. '우우우우웅' 하며 시동이 걸렸고 기체가 움직였다. 눈을 감고 의자 안으로 깊숙이 몸을 넣었다. 언제 잠들었을지 모를 정도로 뒤척임 없이 꼬박 네 시간을 잤다.

인천에 도착한다는 안내 방송도 듣지 못하고 비행기가 착륙하며 심하게 흔들릴 때, 눈을 떴다. 돌아왔다는 사실이 실감나지 않았고 짐을 찾고 나오는 마지막까지도 안심할 수 없었다. 아니나 다를까, 출입국 심사대에서 또 한 번 붙잡혔다. 직원 세 명이 총출동하여 나의 신고서와 여행자 증명서를 훑어보고 고개를 여러 번 갸우뚱했다. 하지만 여긴 한국이었다. "앞으론 조심하세요." 그들은 선심을 쓰며 나를 통과시켜 줬다.

입국장의 게이트를 지나서야 모든 것이 제자리로 돌아왔음을 알았다. 웃음이 피식 새어 나왔다. 저 멀리에서 쏭이가 방방 뛰며 손을 높이 흔들고 있었다.

오늘의
BGM

새벽 두 시. 화장실에 앉아 있다 나왔다. 언젠가부터 혼자만의
시간이 필요할 때면, 사무실 가장 끝에 있던 화장실에 들어가
변기뚜껑을 닫고 앉아 앞문을 뚫어져라 보다가 나오는 버릇이
생겼다. 회사에서 아무것도 하지 않는 나를 아무에게도 보이지
않을 유일한 장소였다. 회사 건물에서 잠깐이나마 숨을 고를 수
있던 곳은 믹스커피 자판기가 있던 탕비실과 어둡던 계단실이
었는데, 두 곳에 가면 전화통화를 하고 있던 누군가와 어김없이
마주치곤 했다. 가장 안전한 장소, 5분에서 10분 정도 숨을 수
있는 곳은 화장실이었다.

작업한 시안이 또 쓰레기통에 처박혔다. 일을 일로만 해야 하

는데 여전히 그게 되지 않았다. 일에 영혼도 감정도 넣지 않고 싶지만 스스로에 대한 실망감과 괴로움이 자꾸만 올라왔다. 이번에도 처음부터 다시 해야 한다니. 울분을 삭힐 시간이 필요했다.

팀 사람들은 새벽에도 여전히 자리를 지키고 있었다. 디자이너들의 본격적인 근무 시간은 저녁을 먹고 나서부터다. 오후 내내 회의에 불려 다니고 메신저에 응답하다 보면, 작업에 온전히 집중할 시간은 협업 부서들과의 연락이 끊어지는 밤. 몇 년간 이 생활에 익숙해지다 보니 오전엔 아메리카노를 두 잔 연속 때려 마셔도 잠이 깨지 않았고, 점심이 지나면 노곤함에 휩싸여 단순 업무만 겨우 처리할 수 있었다. 저녁을 먹고 나서야 정신이 돌아와 일에 집중할 에너지가 생겼다.

새벽 세 시에 가까워지는 시간은 마지노선이었다. 온몸이 뒤틀려 짜였고 아무리 짜도 물기 한 방울 나오지 않을 것 같은 상태가 될 때쯤, 주섬주섬 가방을 쌌고 자리에서 일어났다.

"내일 뵐게요."

"오전에 시안 보고 해야 하는 거 알죠?"

오늘은 이만 퇴근하기로 한다.

∘ ∘ ∘

입사 5년차. 내가 일하던 곳은 국내 2천 5백만 회원을 보유
한 소셜네트워크서비스인 '싸이월드'를 운영하던 인터넷 기업
S사였다. 나는 다른 포털 본부에 있다가 최근 싸이월드를 포함
한 자사 브랜드 전체를 관리하는 팀으로 이동했다.

국내 1위 소셜네트워크서비스라는 화려한 수식어 뒤엔 수백
명 운영 인력들의 피와 땀이 새겨져 있다. 디자이너들도 이 서
비스를 만드는 일개미에 속하는데, 웹사이트의 한 페이지에서
'취소'와 '확인' 버튼을 어디에 넣느냐, 1픽셀 라인을 어디에 긋느
냐, 글자 색상을 #333로 하느냐 #555로 하느냐를 두고 끝도 없
이 수정을 한다. 1년 내내 웹사이트 하나를 운영한다는 건 디자
이너에겐 밥줄인 포트폴리오를 포기하는 것과 다름없어서, 디
자인 업계에서 포털 회사는 디자이너들의 종착지이자 무덤으로
여겨진다.

웹서비스 운영 디자인에 비해 브랜드 디자인은 커리어에 욕심
내는 디자이너라면 탐낼 만한 일이었다. 잘하고 싶었고 기회라
고 생각했다. 그러나 작업의 퀄리티는 의욕만큼 나오지 않았고
조바심이 났고 그만큼 도망치고 싶었다. 쓰레기통에 잔뜩 쌓인
프린트를 바라보았다. 다음번 조직개편에서 무사히 이곳에 붙

어 있으려면 성과를 보여야만 하는 법인데, 끝이 보이지 않는 밤샘 작업에 마음이 계속 삐뚤어졌다.

나는 행사 디자인을 담당했다. 싸이월드에서는 미니홈피 배경음악으로 선정된 디지털 음원 중에서, 차트 상위권을 차지한 뮤지션들을 모아 콘서트를 열어왔다. 이번엔 한 해 동안 가장 흥행했던 곡과 뮤지션을 초대한 대형 콘서트를 준비 중이었다. 막대한 자본과 인력이 투입되는 행사였고, 타이틀디자인부터 포토월, 현수막, 트로피, 초대권 등을 디자인해야 했다.

마땅한 아이디어가 나오지 않고 작업하는 시안 족족 컨펌에서 탈락될 때면, 단순 작업인 사진 외곽선 따기로 돌아가 마음의 평정을 되찾는다. 일종의 직업적 명상이랄까. 이번 행사에 출연하는 투애니원의 사진을 선택하고 박봄의 얼굴을 1600퍼센트 확대했다. 오늘의 노동요는 '파이어'다. 이어폰을 끼고 작업에 몰입한다. 빠른 비트와 리듬에 맞춰 멤버 한 명 한 명의 얼굴 윤곽선을 따라 펜툴을 미세한 각도로 조절하며 찍는다.

"나 미-미-미-미-미-미-미-미치고 싶어. 저 높은 빌딩 위로, 저 푸른 하늘 위로, 크게 소-리-리-리-리-리-리-리- 치고 싶어."

대신 질러주는 비명에 머리끝까지 치솟았던 스트레스를 잠재운다.

○ ○ ○

"씨드 2.0 팀에서 제안하는 비즈니스 모델은 서비스간 연결성을 강화하기 위한 툴, 마이포켓입니다. 유저가 검색한 키워드와 아이템의 기록은 자동으로 저장됩니다. 검색한 키워드나 아이템을 에이잭스 기술인 드래그앤드롭 방식으로 포켓에 담으면 관련 키워드와 아이템 목록 그리고 일촌들이 검색한 서비스도 같이 노출됩니다. 홈피 오른쪽에 배치된 마이포켓으로 유저는 서비스 이용 도중 언제라도 키워드나 아이템을 검색하고 구매할 수 있습니다."

신입사원 연수에서 발표했던 상상의 서비스다. 아마추어의 풋풋함이 잔뜩 배인 신입들의 프로젝트가 현실화될 가능성은 애초에 희박했지만 우리들은 진지했다. 어떻게 하면 '미니홈피'와 사이버머니인 '도토리'에 편중된 사용률을 확장시키고, 새로운 비즈니스 모델을 만들 것인가에 싸이월드를 비롯한 S사의 생존이 달려 있다는 건 기업의 비전을 진지하게 고민하지 않아도 직원이라면 누구나 알고 있었다. 현재 독점적이며 독보적인 위치를 차지하고 있다고 해도 언제라도 판세는 뒤집힐 수 있는 것이 인터넷 업계였다. 하지만 폭죽이 터지는 한복판에 있다 보면 눈부심에 위기가 보이지 않는다. 그리고 믿는다. 계속 승승장구

할 거라고. 설마 추락하겠느냐고.

바야흐로 웹 2.0시대였다. 야후, 다음, 엠파스, 구글, 네이버, 네이트가 각축을 벌이던 포털의 춘추전국시대. 이메일로 야후닷컴이나 핫메일닷컴을 쓰는 사람들이 많았고, 구글은 한국시장 점유율 3퍼센트 정도로, 세계적인 검색엔진이지만 국내에선 실패했다는 진단이 나왔다.

"웹 2.0은 하이퍼링크로 연결되었던 콘텐츠들이 스스로 연결되며 나타나는 웹의 새로운 상태입니다. 콘텐츠 제공자라는 주종관계가 사라지고 존재하는 어떤 것이라도 스스로 찾아내 연결하려는 웹의 시대입니다."

포털 사업부 본부장이 연수 교육에서 했던 강연은 청사진을 보여줬다. 우린 그 전망을 굳게 믿었다.

디자이너들에게 낯설지만 최첨단의 영역이 웹이었다. 초고속 인터넷 가입자 비율이 OECD 국가 중 가장 높았던 한국. 국내 기업과 기관들은 자사 웹사이트를 제작하는데 열을 올렸고, 그에 따라 웹디자인 에이전시들도 우후죽순 생기고 있었다. 한마디로 돈이 몰리던 업계였다.

한편, 포털사이트에선 웹디자인이라는 말을 쓰지 않고 UI디자인이라고 했다. 유저 인터페이스User Interface의 약자인 UI디자인이라는 말엔 디자인에서 전부처럼 여겨지던 예술적 감각과 스타일이 배제되고, 어딘지 모르게 과학처럼 느껴지는 정확성과 구조의 미학이 배어 있었다. 에이전시 생활을 1년 정도 하면서 크리에이티브를 쥐어짜내는 그래픽디자인에 물려 있었다. 수백 개의 아이디어 중 하나가 얻어걸리기를 바라며 무작정 시안을 만들어내는 것보다 '유저가 시스템이나 서비스를 이용하며 느끼는 총체적 경험'을 설계하고 구축한다는 UI디자인에 걷잡을 수 없는 흥미와 의욕을 느꼈다.

거짓말이다.

솔직히 웹 2.0이든지 시멘틱웹이라든지 알 바 아니었다. UI디자인이 최첨단이고 뭐고 따질 여유 같은 건 없었다. 내가 이 회사에 입사한 건 순전히 학자금을 갚을 연봉이 필요해서였다. 에이전시에서 받던 100만 원 남짓한 월급으로는 서울에서 월세를 내며 살 수 없었다. 그러나 S전자, L전자, L생활건강, 다 떨어졌다. 공모전 수상, 해외 연수, 대기업의 인턴 경험 전혀 없음. 어쩌다 서류에서 통과해도 인적성시험에서 탈락했다. 기업들이 원하는 뇌구조가 나에겐 없었다.

그러다 당시로서는 파격적으로 스펙보다 실력을 보겠다고 선언한 지금의 S사에 증명사진을 누락해버렸는데도, 서류접수에서 통과됐다. 3천 자를 꼭꼭 채워야만 했던 자기소개서, 아니 자기소설서 쓰기에서 만 24년 인생 경험을 박박 긁어 인사 담당자의 가슴을 울컥이게 할 스토리를 만들어냈다. 실무진과 임원면접에서는 회사의 인재상과 언론 보도 자료를 달달 외워, 마치 이 회사에서 일하기 위해 태어난 사람인 듯 흡족한 답변을 들려주었다.

입사하고 보니 직원의 70퍼센트 이상이 'SKY' 출신이었다. 그들은 흠잡을 데 없이 매끈하고 정확한 오리지널 한국어 표준 발음을 구사하는 교양 있는 서울 토박이들이기도 했다. 살면서 접해보지 못한 밝고 긍정적이며 자신감 넘치는 인성을 보유한 (것처럼 보이는) 사람들이 그곳에 있었다. 대학에서도 서울 중산층 출신을 많이 접했지만 이토록 균질적이진 않았다. 끼리끼리 논다고 했던가. 그쪽 부류와 섞일 일이 없었다. 학생 식당의 3천 5백 원짜리 식권도 벌벌 떨면서 사고, 친구들과는 허구한 날 사회에 대한 불평불만을 토로했으며, 지금도 독립문 근처 재개발 구역의 허름한 빌라에 세 들어 살고 있는 나. 그러나 마침내 내 계급이 확 바뀌게 되었음을 실감했다.

"싸이월드, S사 신입 공채 경쟁률이 6백 대 1이었다던데, 네가 거기에 들어갔다고?" 한 친구가 의아하게 물었을 때 나도 화들짝 놀랐다. 어떻게 내가 합격할 수 있었는지 알 수 없었다.

회사에서는 축하 꽃바구니를 부모님 집에 보냈고, 부모님은 꽃이 말라비틀어질 때까지 거실 한복판에 놓았다가, 마지막 꽃

잎마저 떨어지자 "축 입사"라는 글자가 궁서체로 써 있던 리본만을 따로 거실 벽에 압정으로 고정했다.

∘ ∘ ∘

"사장님, 사랑해요!"

대표이사에게 비위 좋게 낯간지러운 말을 할 수 있는 건 오로지 신입사원 연수 때뿐이다. 애사심으로 가슴이 꽉 차오르던 4주간의 연수 마지막 날, 동기들 모두 정장을 차려입고 워커힐 호텔로 갔다. 식탁 위의 그토록 많은 포크와 나이프는 태어나서 처음 보았다. 나같이 고급 호텔 한번 가보지 못하고 자란 출신들을 계몽시켜 주기라도 하겠다는 듯이 연수 과정엔 에티켓 교육이 별도로 있었다. 그날 배운 스테이크 써는 법은 이후 몇 차례 갔던 동기들의 결혼식에서 잘 써먹었다.

S사는 구성원의 행복을 경영활동의 목적으로 한다고 했다. 경제적 가치와 사회적 가치와 구성원의 행복이 조화가 되어 궁극의 '수펙스SUPEX'를 추구하는 것! 엑설런트도 아니고 슈퍼 엑설런트! 구성원의 행복과 기업의 이익이 공존할 수 있는 것인지 의심스럽기 짝이 없었으나, 4주 내내 연수원에서 먹고 자며 세뇌 교육을 받다 보면 그런 환상적인 비전을 믿고 싶어진다. 직원

을 노예처럼 부려 먹으면서도, 회장님에게 충성맹세를 하게 하는 여느 기업과 다른 문화를 가진 곳에서 근무하는 건 뿌듯함이요, 자랑이다. 그래서 뽕이 덜 빠진 신입 기간엔 사원증을 목에 걸고 부끄러움 없이 지하철 출구로 내려가게 된다.

S사는 그룹의 계열사 중에서도 유독 젊고 활기차며 독창적인 조직문화를 뽐냈다. '놀이터 같은 일터'를 캐치프레이즈로 내세웠다. 처음 그 말을 들었을 때 일터가 어떻게 놀이터가 되느냐고 고개를 갸우뚱했지만 완전히 부인할 수도 없었다. 야근이 계속되는 일터이면서 노는 곳이기도 했으니까.

사내 동아리를 지원하고, 점심시간은 한 시간 반에서 두 시간에 가까웠다. 분기별 단체 영화 관람을 했고, 각종 자기계발 교육에 돈을 아끼지 않았다. 노조가 없는 대신 직원들이 의견을 수렴하던 복지 전담 부서까지 있었다. 인터넷 기업들은 실리콘밸리의 구글을 따라하며 기존의 고리타분한 조직문화에서 벗어나 자유롭고 유연한 문화를 가지고 있음을 대대적으로 홍보했다. S사도 지지 않을 새라 각종 복지 혜택을 도입했다. S사는 한 주간지의 설문조사에서 대학생이 가고 싶은 기업 10위 안에 들었다.

"정말 놀이터인 줄 아는 사람들이 있다니까? 일을 하는 거야, 마는 거야"라며 비아냥거리던 이들도 있었지만, '놀이터 같은 일터'란 일을 놀이처럼 즐기며 한다는 의미가 아니라 취미와 여가도 일터에서 하는 걸로, 일과 삶의 균형조차 필요 없는 완전한 통합의 상태였다. 노는 사람, 일하는 사람이 따로 있기보다 한 사람의 시간 안에 과로와 놀이가 뒤섞여 있었다.

KPI를 달성하기 위해 P/V°를 끌어올리려고, 의미 없는 자동 새로고침 스크립트를 넣고, 하나의 서비스를 장기적으로 발전시키기보다 1년 단위로 신규 서비스를 런칭하라는 지시에 맞춰 기획하고 개발하는 일에 회의와 환멸을 느꼈다. 그러면서도 우리가 만든 서비스를 유저들이 애용해준다는 건 마치 내가 사랑받는 것만 같던 자부심이 간질간질 생겨나던 곳. 이곳이 그랬다.

○ ○ ○

일과 삶이 분리되지 않던 만큼 사적인 소셜네트워크인 미니홈피도 동료들과 연결되었다. 동료들과 일촌을 맺었다. 숨기고 싶었지만 공채 서류에서부터 미니홈피를 공개해야 했다. 이 회사에 다니려면 해야만 하는 생활이었고 일이었고 놀이였다. S사는 직원들에게 파격적인 사내 복지의 일환으로 매달 도토리를

○ 웹서비스의 일일 페이지뷰.

228

100개씩(1만 원 상당) 주었고, 친구들은 "거기 다니면 직원들에게도 도토리를 주냐"고 꼭 물어보았으며 부러워했다. 나는 실컷 생색을 내며 매달 남은 도토리를 친구들에게 10개, 20개, 생일이라면 50개씩 선물했다.

입사 전 나의 온라인 자아는 '얼음집'이라고 불리던 '이글루스'라는 블로그 서비스에 둥지를 틀고 있었는데, 입사와 함께 부득이하게 이중생활을 시작해야 했다. 조심스럽게 홈피를 공개했다. 입사 이전의 기록 중 급진적인 정치적 성향이나 비주류적 취향으로 보이는 건 모조리 비공개로 돌렸고, 홈피엔 밝고 유쾌한 신입사원의 모습만 남아 있게 만들었다.

문제는 속수무책으로 들어오는 일촌신청이었다. 일촌명의 본질은 관계 규정이었다. 동료와 동료 이상의 관계를 만드는 건 극도로 부담스러운 일이었다. '콤비', '활력소', '에너자이저', '인연', '죽마고우,' '고마워요', '비타민', '사이다', '좋은 사람', '행님' 정도가 지나치게 딱딱하지 않으면서도 센스 있는 작명이었다. 조금 친해졌다 싶으면 동료라는 선을 아슬아슬하게 넘으며, '평생친구'라거나 '죽어도못잊을', '없어서는안될', '매력으로풍덩' 같이 손발이 오그라들도록 유쾌한 일촌명을 눈 딱 감고 지어줬다.

각 개인의 정체성은 '미니미', '미니룸'과 '스킨' 등으로 재현되었지만 가장 중요한 건 배경음악이었다. 롤랑 바르트는 일찍이

"개인의 음악 취향엔 문화상대주의나 사람들로부터 관대한 사람이라는 이미지를 얻기 위한 사교적 전략 이상의 무엇이 작용한다"며 "음악을 듣는 일엔 신체와 상상력, 감성이 총동원된다"고 했다. 상대방의 홈피에 걸린 BGM을 듣는 일이야말로 그러한 감성의 총동원이었다. BGM은 부르디외가 말한 문화자본의 하나로써 음악 취향을 넘어서는 현재 상황의 은유적 언급이었고, 내밀한 감정의 우회적 표현이었다.

사내에서도 홍보 마케팅, 영업부서에 있는 사람들은 음원 차트 상위권에 꾸준히 랭크되던 곡을 BGM으로 설정하곤 했다. 한국어 랩메이킹이 자연스러워지고 힙합이 대중화되면서 여성 보컬과 남성 래퍼의 조합으로 된 노래가 많았는데, 보사노바 스타일 기타 솔로로 시작하며 아련한 여자 보컬에 나지막이 랩이 이어지던 프리스타일의 'Y', 보고 싶어 죽을 거 같다고 여자에게 전화하는 남자 목소리의 도입부가 멜로디와 랩으로 교차되며 이어지던 MC몽의 '죽을만큼 아파서'가 그랬다. 시련 당한 나쁜 남자들의 처절한 울부짖음을 보여준 빅뱅의 '하루하루'나 '거짓말'도 홈피 파도타기를 하다 보면 짜기라도 한 듯 들리던 노래들이었다.

"뚜루룹뚜뚜뚭"으로 시작하는 네-요의 'So Sick'라거나 "크레이지 라잇 나우"를 외치며 당장 무대로 뛰쳐 올라가 골반을 흔들어야 할 것만 같던 비욘세의 곡, 리한나의 허스키하면서 매력적인 보이스와 거칠게 조합되던 에미넴도 인사성 바르고 싹싹한 분위기메이커들에게 선택된 음악들이었다.

30대 과장님들 홈피엔 윤도현의 '사랑했나봐'라거나 리쌍의 '헤어지지 못하는 여자 떠나가지 못하는 남자'가 자주 걸려 있었고, 순정파로 추측되는 이들은 순진무구한 미소를 지으며 노래하는 백인 남자들의 고백, 웨스트라이프의 '마이러브'를 BGM으로 해뒀다.

앞의 곡들이 베스트셀러나 스테디셀러에서 차지하는 실용서나 에세이에 해당한다면, 기타 반주 하나로 컬레이와 맛깔스럽게 노래하던 제임스 므라즈의 곡이나, 아침에 스타벅스 커피를 들고 경쾌하게 횡단보도를 건너는 이미지의 마론5의 '선데이 모닝'을 BGM으로 세팅한 이들은 유행을 맹목적으로 따라가지 않으면서도, 그렇다고 비주류적이지도 않은 세련된 감성을 보유한 듯 보였다. 무엇보다 영어 발음이 좋을 것만 같았고 실제로도 그랬다. 'F'를 발음할 때 꼭 윗니로 아랫입술을 깨물었달까.

알렉스의 '화분'을 BGM으로 해둔 사람은 사무실 한 켠에서 작은 화분도 죽이지 않고 키울 초식남의 인상이었고, 허빙 어반 스테레오의 '하와이안 커플'을 세팅한 사람은 앞에 잘 나서진 않지만 조용히 발바닥으로 흥을 맞추며 수줍게 웃는 여유를 가지고 있는 것처럼 보였다. 평소엔 차가워 보이더라도 정엽의 'Nothing Better' 같은 곡이 걸려 있으면 저 사람에게도 "고장 난 가슴"이 있는 듯 인간미가 느껴졌다.

내가 가장 많이 걸어둔 곡은 페퍼톤스의 '페이크 트래블러'였는데, 취업하며 예전처럼 여행을 갈 수 없던 나에게 이 곡은 주제가나 다름없었다. 본디 조직에 가둬질 수 없는 자유로운 영혼인데 '페이크'된 상태로 이곳에 앉아 있다고, 감정 이입을 격하게 했다. "차가운 어둠에 휩싸인 거리"에 있는 사각형의 사무실에서 "음울한 노래 소리"를 들으며, "검게 물든 밤에 숨죽인 은빛의 별들만이 나의 앞을 비추네"라고 은밀하게 자조하는 노래. 이 곡을 듣다 보면 엉덩이는 사무실 의자에 붙박아둬도 내 몸에서 나를 부웅 띄워 부유할 수 있었다. 가볍고 말랑말랑해진 몸은 평영을 하듯이 천천히 이곳저곳을 느긋하게 젓고 다녔다.

1년 내내 휴가만 기다리며 살았다. 직장인으로 위장된 여행자로 일상에 발을 못 붙이고 살다가, 항공권을 결제하면 BGM을 바꿨다. 마리앤트메리의 '공항 가는 길'. "또 다른 길을 가야겠지만 슬퍼하지는 않기를. 새로운 하늘 아래 서 있을 너 웃을 수 있도록." 이 가사의 "너"는 바로 나였다. 노래를 들으며 사무실에 앉아 나를 공항에서 떠나보내는 상상을 했다. 그렇게 우리는, 그리고 나는, 회사원이라는 공적인 정체성에서 차마 말하지 못했던 "숨겨왔던 나의 수줍은 마음 모두"(클래지콰이 'She is')를 BGM으로 내보였다.

○ ○ ○

선배들에게 90도로 인사하던 발그레한 얼굴색이 잿빛으로 변해가고 다크서클이 턱밑까지 내려가며, 왜 이런 곳에 입사했는지 자문하는 닳고 닳은 경력자가 되어갈 즈음, 회사는 검색엔진 기술을 보유한 기업을 인수 합병했다. 그 후 직원들에게 스톡옵션을 부여했고 주식을 우회 상장했다. 상장 직후 주가는 3만 9천 원까지 갔고 임직원의 30퍼센트는 곧장 주식을 매도했다. 천만 원 가까운 돈을 수중에 넣을 수 있었던 기회였지만, 나는 개인적 야망은 닳고 닳을지언정 회사의 비전을 아직 믿고 싶던 신입공채 출신의 대리였다. 주가가 오를 거라는 근거 없는 희망과 기대감을 순진하게 가지고 있었고, 스톡옵션을 소중하게 간직했다. 3만 9천 원의 불꽃이 이 회사가 찍을 수 있던 최후의 정점이라는 걸 그때는 몰랐다. 진정 몰랐을까. 그건 아니었을 것이다. 알면서도 인정하고 싶지 않았을지도.

새롭게 런칭하는 모든 서비스가 죽을 쑤고 있을 때쯤, 미국에선 아이폰이 출시되었다. 아이폰 출시 소식을 예상한 국내의 인터넷 기업들은 모바일에 대응하기 위한 전략을 진작에 치밀하게 세우고 있었다. 그러나 캐시카우를 가지고 있던 경영진은 부서장들이 연일 보고를 올려도 꿈쩍하지 않았다. 얼마 지나지 않아 한국에도 아이폰을 비롯한 스마트폰들이 출시되었다. 트렌드에 민감한 젊은 회사답게 직원들은 사용하던 핸드폰의 약정기간이 1년 이상 남았어도, 휴대폰을 두 개 들고 다닐 작정으로 아이폰을 마련했다. 그러나 회사의 대응은 늦었다. 몇 달이 지나 심기일전 하듯이 대형 행사를 기획하며 새로운 비전을 선포했지만 이미 늦었다. 국내 1위를 하던 메신저에서 유저들이 순식간에 이탈했고 홈피도 마찬가지였다. 주식은 만 원대로 내려갔다. 몇 번의 대형 행사로 주가가 반등했을 때 아직 주식을 가지고 있던 사람들은 그 타이밍을 놓치지 않고 우르르 매도했다. 나는 그때도 여전히 주식을 가지고 있었다. 이상한 오기가 생겼다. 그 무렵 영을 만났다.

○ ○ ○

나이의 앞자리 수가 바뀌었다. 너무나 신파적인 선곡이지만 어쩔 도리 없이 BGM을 김광석의 '서른 즈음에'로 설정했다. 사내엔 암울한 전망이 확산되었다. 나의 내면도 사정없이 요동치고 있었고, 스무 살 이후 처음으로 인생 방황을 맞닥뜨렸다. 지난 5년 동안 일과 삶을 분리하지 않고 살아왔는데 접착제가 점점 찢어졌다. 연봉 때문에 들어온 회사였지만 복지에 혹해서였는지 대기업이라는 이름값에 홀려서인지 몰라도 최선을 다해 일했다. 잘하고 싶었다. 그러나 그런 열정과 의욕이 모조리 틀렸을지도 모른다는, 가치관이 모조리 흔들리는, 참아낼 수도 외면할 수도 없는 불안의 그림자가 내 영역으로 침범했다.

서른 즈음 제2의 사춘기에 시달리는 직장인이 하는 여러 행동이 있다. 해외로 떠나는 휴가로도, 수십만 원에서 수백만 원하는 전자기기 쇼핑으로도, 가슴에 구멍이 뚫린 듯한 공허함과 가랑이가 찢어지는 자아분열이 도무지 치유되지 않을 때, 이직이나 대학원이나 결혼을 선택한다. 결혼을 약속한 상대가 있었지만 나에게 연애와 결혼 준비는 불안의 도피처도, 치료제도, 또 다른 기회도 되지 못했다. 대학원을 생각했지만 뭘 해야 할지 몰랐다. 뚜렷한 목표 없이 다양한 강의를 들으러 다니다가 전공 이론 공부에 정착했다.

저녁 강의의 참고 도서를 택배 박스에서 꺼내 들여다보고 있을 때였다. 뒤에서 들리는 헛기침 소리에 화들짝 놀랐다. "아, 언제 오셨어요?" "아까요." 영이었다. 회사에선 가급적 여가나 관심 분야에 대해 최대한 들키고 싶지 않았는데 방심했다. 이 사

235

람은 내 자리에 와서 나를 부르지도 않고 뒤에서 지켜본 것인
가. 떨떠름한 미소를 지으며 황급하게 책을 박스에 넣고 회의실
로 따라갔다.

오후에 영에게서 메시지가 왔다. "저도 그 책 있어요. 아직
읽어보지 못했는데요. 왠지 반가워서요." 화들짝 들킨 난감함
을 느꼈다. 사내 웹진에 실려 있던 영의 글을 읽어오며 그의 독
서 편력을 익히 알고 있었다. 고백하자면 그와 프로젝트를 진행
하기 위해 메신저 친구 등록을 한 다음, 홈피까지 들어가 그가
쓴 수십 개의 책 리뷰를 샅샅이 훑어 본 상태였다. 실용서만 읽
는 직장인 사이에서 인문학에 관심 많은 사람이 있다는 것 자
체가 신기한 일이었는데 그는 얄밉게 글도 잘 썼다. 감정의 온탕
과 냉탕을 극단적으로 오고가며, 세상의 고뇌는 다 껴안고 사는
듯 자의식에 찌든 나의 글에 비해 영의 글은 담백하고 간결했다.
자신의 독서록을 동료들에게 숨김없이 드러내고 있다는 점에서
지적 취향을 과시하는 허세파가 아닐까, 라고 처음엔 실눈을 떴
다. 하지만 동료들과 댓글로 낄낄거리며 농담을 실없이 나누는
걸 보면, 그는 그저 한 명의 소박한 독서가였다.

그런 영이 기획안을 들고 와서 인기척도 하지 않고 나를 보고
있었다니 가슴이 쿵쾅쿵쾅 뛰었다. 업무와 관련 없는 걸로 메
시지까지 보냈을 땐, 그를 염탐해왔다는 걸 들킨 것처럼 얼굴이

붉어지며 은밀한 기쁨이 솟구쳐 올라왔다. 영과 다시 마주칠 기회를 엿보고 있었지만 가까워지기까지는 시간이 걸렸다. 둘 다 비슷한 성격인지, 프로젝트 때문에 하루에 수십 번 메시지를 주고받으면서도 선뜻 다가가지 못했다. '밥 한번 먹어요!'라는 말 한번 나오기 어려웠다.

영과 간단한 회의를 위해 카페테리아에서 잠깐씩 만날 때, 그는 내가 말을 할 때마다 몸 전체를 기울이면서 나를 뚫어져라 쳐다보곤 했다. 그는 상냥함이나 예의바름을 갖춘 편은 아니었고, 능숙하게 대화를 이끌고 가는 편이 아니었다. 그런데도 사람을 압도하는 면이 있었다. 묘하게 풍기는 특유의 자유롭고 나른한 분위기와 함께. 영에게 메시지를 보내고 나면 업무에 집중을 못 하고 언제 답이 올지 메신저 창만 뚫어져라 쳐다보았다. 어느 날, 영이 먼저 일촌 신청을 했다.

일촌 팝업창이 로딩될 때 침을 꼴깍 삼켰다. 그런데… 이게 뭐야, … '동료'? 간결하던 홈피만큼이나 심플하고 건조한 일촌명이었고, 영이 나에게 사무적인 거리감을 유지하고 있다는 사실에 내심 안도했다. 부리나케 일촌공개 폴더를 뒤졌다. 실망스럽게도 그는 전체공개와 일촌공개가 크게 다르지 않은 사람이었다. 홈피에 몰입하지 않는 사람들을 볼 때 그들의 의연함과 무심함에 묘한 질투심과 경쟁심을 느끼곤 했다. 영도 그런 부류의 사람이었다. 일촌공개엔 친구들의 사진이 좀 더 들어가 있었고, 샅샅이 뒤진 끝에 알아낸 일말의 성과라면, 그는 싱글이었다.

프로젝트가 끝나고 회식을 했다. 나는 얼큰하게 취해 있었고 대각선 자리에 영이 앉아 있었다. 내 옆엔 부서장이 연신 건배를 외쳤고 영과는 어색하고 쓸쓸하게 눈을 마주쳤다. 다음 날 메시지가 왔다. 밥을 먹자고 했다.

두 시간이 순식간에 지났다. 쉬지 않고 깔깔거리면서 웃었다. 회사 이야기를 단 한마디도 하지 않았는데도 이렇게나 할 말이 많을 줄 몰랐다. 영의 말들은 언제나 내가 하고 싶던 말이었고, 말이 오가는 길은 투명하고 막힘이 없었다.

하루 종일 붙어 있는 직장 동료라 할지라도 진심은 감춰야만 한다. 결정적인 약점은 꺼내 보이면 안 된다는 암묵의 룰이 있다. 그러나 영 앞에선 속수무책 무방비가 되어버려 속에 든 말을 모조리 접시 위에 고이 꺼내놓고 싶어졌다. 나를 거침없이 드러내야 하지만 나 자신이 되는 건 위험스러운 직장 생활에서 같은 종족이 또 있다는 것. 쉼터가 생겼다. 화장실에 숨어 한숨을 내쉬지 않아도 되었다.

o o o

　동료들의 미니홈피에 걸린 BGM이 평소와 다른 분위기의 발라드로 바뀔 때가 있다. 심경의 변화나 신변의 변화가 일어날 때다. 짝사랑에 빠졌다거나 솔로에서 커플, 커플에서 솔로도 전환되는 시점을 사람들은 누군가 알아주길 바라면서 내비쳤다. 호감 가는 사람이 생기면 "네가 웃으면 나도 좋아"라고 하던 토이의 '좋은 사람'이, 헤어진 연인과 재회하게 되면 드라마 〈연애시대〉 수록곡이었던 '만약에 우리'가 BGM으로 설정되곤 했다.

　이별의 슬픔을 참지 못하고 격정적으로 감정을 표출하며 소문을 내던 이들도 있었다. 백지영의 '총 맞은 것처럼'이라거나, "사람들이 왜 우냐고 물어 이렇게 웃는데"라고 하는 에이트의 '심장이 없어' 같은 곡이 시련용 배경음악이었다. 브라운아이즈의 '벌써 일년'이라거나 김동률의 '다시 사랑한다고 말할까'는 굉장히 내성적인 축에 속했다.

　내 홈피의 음악도 가끔 발라드로 바뀌었다. 이은미의 '애인 있어요'를 곧잘 BGM으로 해뒀다. 진짜 애인을 떠올린다면 결코 이 곡을 걸 수 없을 것이다. 이 곡을 짝사랑이나 이별의 슬픔으로 이해한다면 너무나 얄팍하다. 이 곡에 담긴 '애인'은 〈님의 침묵〉의 바로 그 '님'처럼, 성별이나 실제 맺고 있는 관계를 떠나 있다. 자신의 마음속에 품고 있는 존경과 그리움의 총체에 가깝다. 여기엔 남들에게 쉽게 발설할 수 없는 애정의 대상을 품으며 살아간다는 은근한 자부심과 결기가 배어 있다. 그래서 좋았다.

일터는 일상의 대부분을 보내는 장소다. 이곳에서 동료와 겪는 경험과 감정엔 단지 일이라고 벽을 치며 밀어낼 수 없는 게 있다. 직장이라고 해도 일하는 자아만 100퍼센트 보여줄 수 없다. 우린 사회생활을 하며 자신이 가진 여러 모습의 자아를 어떻게든 하나의 모습으로 통합하고 엮어내려 노력하는데, 아쉽게도 대부분 실패한다. 내가 숨기고 싶던 취약한 자아는 어디에서건 삐뚤삐뚤하게 드러난다.

BGM은 동료들에게 사생활을 시시콜콜 발설하지 않아도, 한 사람이 가진 자아와 감정의 빈틈을 용인하게 했다. 음악이 잠시 나를 대변해주는 그 짧은 순간, 우리는 동료를 일하는 기계가 아니라 인간으로 대할 수 있었다.

○ ○ ○

대규모 조직개편이 벌어졌고 나는 모바일 서비스를 개발하는 팀으로 이동했다. 회사에 대한 애정도 바닥을 쳤다. 자주 야근을 제쳤고, 부서장은 나에게 왜 이전 팀에서 보이던 퍼포먼스를 내지 않느냐고 다그쳤다.

일을 하다가 마음속에 꽉 막힌 말들이 명치를 짓누르면서 목구멍까지 차오르면, 메신저에 등록된 수많은 이름들을 바라보았다. 누구에게 말을 걸 수 있을까. 내 이야기를 들어줄 사람이 있을까. 한마디를 하면 그 말 뒤에 있는 맥락을 읽고 짚어주면서 이어지는 대화. 상대에게 온전하게 집중하지만 긴장하지 않고 마음이 놓이는 대화. 어떤 끈이 서로의 머릿속과 머릿속에 연결된 대화. 언제나 이런 대화를 갈망해 왔지만 대부분의 대화는 아니, 대화라고 믿었던 건 여지없이 미끄러졌다. 미끄러짐에 실망하지 않기 위해 각자의 이야기를 쉬지 않고 허공으로 던지고, 그걸 허둥지둥 잘 받아내고, 꽤나 성공적이라고 여기며 가슴을 쓸어내린다. 그리고 지친다.

나는 직설적인 말의 세계에 살았다. 디자이너들의 직업 세계가 그랬다. "별로인데?", "이상해", "대학생이 한 거 같아", "진부해", "처음부터 다시 해"라는 말을 서슴지 않았다. 완곡한 표현이라곤 없었다. 그 말에 스크래치가 나고 타박상을 입기도 했지만 속이 시원하기도 했다. 자신이 어떻게 비춰질지 극도로 신경 쓰며 상대를 추켜세우고, 자신의 이미지가 깎일 말은 농담으로라도 하지 않는 얌체 같은 말보다 차라리 나았다. 앞에서는 미소를 띠고 있다가 업무평가 때 익명으로 상대에 대한 비판을 줄

줄 적는 것보다, 대놓고 직설적인 편이 훨씬 깨끗하게 여겨졌다. 하지만 점점 마음을 닫아갔다. 누군가에게도 내 속을 말하지 않았다. 상대의 소식도 궁금해하지 않았다.

마음의 단추를 단단히 채워갈 무렵 영은 회사 상사, 다른 부서, 연예인, 드라마, 정치 이야기를 다 빼고, 또 의례적인 안부나 위로도 빼고, 뭔가를 콕 찍어 말했다. 그의 질문에 정곡이 찔리고 나는 열광했다. 쉽게 상대에게 공감해주지 않는 특유의 화법에 처음엔 긴장했지만, 예상 밖의 반응이 주는 쾌락이란 공감이 주는 위안보다 커서 자꾸 그가 어떤 말을 할지 궁금해 도발적인 발언을 하고 싶었다.

회사에 대한 애증으로 속앓이를 하던 나에게 영은 이런 말을 했다. "직장 생활한 지 12년 정도 되었어요. 창업 멤버도 해봤고 망해가는 회사에서 구원투수도 되어봤죠. 최고 고과도 받아봤고요. 그런데 직장에 나를 바치면요, 결국 몸만 상해요. 회사는 이익을 추구하는 곳이에요. 고용한 사람이 쓸모없어지면 자르고요. 열심히 하면 인정하고 보상해 준다는 건 고용주들이 만든 판타지예요. 회사는 일하는 보람을 만들어 주지 않아요. 회사가 주는 건 월급이지 보람이 아니에요. 일이 고통스럽죠? 그건 아직 매몰되어 있지 않아서죠. 그 감각을 잃지 마세요. 직장과 일을 나의 정체성의 전부로 만들지 마세요. 일의 의미를 누가 만들어 주길 기다리지 말고 스스로 찾으세요. 직장에서 자신이 얻을 걸 발견하세요."

영은 《일의 발견》이라는 책을 내게 줬다. 책 표지엔 이런 문구가 적혀 있었다. "왜 일은 항상 우리를 배신하는가."

내가 갈등하던 건 무엇이었을까. 직장생활에 대한 회의였을까. 아니면 경쟁에서 낙오될 두려움이었을까.

"사람들이 떠나고 있어요. 메신저에서 오프라인이 되고 들어오지 않는 사람들을 볼 때마다 마음이 조급해져요. 누가 누가 퇴사 했나 세고 있어요. 제가 마지막까지 남는 사람이 될까 봐 두려워요."

밤 열두 시가 넘은 시각. 회사 근처 작은 공원에서 영과 조금 떨어져 앉아 있었다. 그도 '페이크 트래블러'일까. 삶의 대부분이 되어버렸지만 온전히 나를 내던질 수도 없고 또 그래서도 안 되는 직장에서, 마음의 틈을 나누는 아주 작은 공간과 시간이 있다면 자신을 경멸하지 않을 수 있다. 훼손되어 가는 마음 한 구석에 손을 가만히 대며 나를 지킬 수 있다. 나는 맥주를 마셨고 그는 천천히 담배를 폈다.

회사에서 나의 자취방까지는 걸어서 20분 거리였다. 버스가 끊겨버린 시간, 콜택시를 부르기보다 걸었다. 사무실 가방을 챙겨 회사 건물 엘리베이터를 탈 때 MP3플레이어를 켰다. 퇴근길

의 BGM으로 선택한 곡은 팻 메스니 그룹의 'Are you going home with me?' 같이 집으로 갈 사람은 없다. 하지만 이 노래가 집까지 가는 길에 함께했다. 누군가와 같이 걷고 싶었던 길. 음악을 들으면 집으로 돌아가는 발걸음이 조금씩 경쾌해졌다. 멀리 들려오는 기차 소리 같은 리듬에 맞춰 발을 내딛는다. 광야에서 부르는 노래 같던 보컬의 허밍이 메아리처럼 울린다. 후반부로 갈수록 찢어지던 팻 메스니의 기타 신디사이저 연주와 함께 바짝 쪼였던 하루의 나사는 돌돌돌 풀어지고 사정없이 헝클어진다. 노란색 가로등 아래로 걷던 적막하던 퇴근길. 이 곡을 두 번 듣다 보면 어느새 집 앞에 도착했다.

○ ○ ○

동료들에게서 하루가 멀다 하고 퇴사 메일이 왔다. 나도 다른 회사의 면접을 봤다.

"아무리 그래도 대놓고 경쟁사로 가는 건 상도에 어긋나지 않아? 염치도 없어."

누군가 그랬다. 상도에 어긋나는 사람이 바로 나였다. 침몰하는 배에서 자기부터 살겠다며 탈출하는 사람. 경쟁사라고 해도 우리 회사 입장에서만 경쟁사이지, 이미 우린 그 경쟁에서 낙오

되는 중이었다. 경쟁사는 우리를 경쟁의 상대로 보고 있지도 않는데 무슨 경쟁사. 입술을 내밀었다. 복수하고 싶었다. 망해버린 상반기 업무평가에 대한 삐뚤어진 심리였을지도 모르겠다. 보란 듯이 사표를 던지고 뛰쳐나오고 싶었다.

면접에서 경쟁사의 본부장은 "그쪽에서 해온 디자인 스타일이 있을 텐데 여기서 잘할 수 있겠어요?"라고 물었다. 경쟁사는 모범생 같이 매끈하고 번듯하며 깔끔한 디자인을 추구했다. 예전에는 그런 디자인을 보며 개성이 없다고, 애써 2위 업체의 열등감을 누르며 깍아내려 오곤 했다.

"브랜드 디자인이나 UI디자인에서 중요한 건 디자이너들의 개성이나 스타일이 아니라 기업과 서비스가 지향하는 가치이고, 사용자에게 이 가치를 일관되게 전달하는 일이 아닐까요?"

스스로도 가증스럽고 뻔뻔하다고 생각하며 대답했다. 나의 진심이 무엇인지는 어차피 중요하지 않았다. 면접이란 인사 담당자와 경영진이 듣고 싶은 말을 해주면 되는 것. 20대의 절반과 30대 초반을 보낸 회사를 그렇게 떠났다.

이직이 결정되고 2주간 쉬었다가 출근했다. 새로운 직장에 입사하자마자 내가 퇴사한 S사에서 일어난 3천 5백만 회원 개인정보 유출사건을 뉴스로 접했다. 침몰하려고 기울던 배가 뒤집혀버렸다. 그전에 빠져나와 다행이라고 생각하며 안도할 수 없는 복잡함이 나를 휘감았다. 모른 척하고 싶어 모른 척 그 감정을 누르려는 순간, 목구멍으로 무언가 물컹하니 솟구쳐 올라왔다. 그건 시큼하고 쓴맛이 났다. 주가는 곤두박질 쳤고 만 원 이하로 떨어졌다. 나는 여전히 주식을 가지고 있었다.

"그런 조직은 어디에 가도 없어. 그곳은 마치 친정 같아." 퇴사한 이들이 이 말을 했을 때 믿지 않았다. 다닐 땐 몰랐다. 어느새 마음의 문을 닫아버렸으니까. 그런데 퇴사하고 보니 그 말은 맞았다. 어릴 적 친구나 학교 친구처럼 호들갑스럽게 어울려 놀지 않는다고 해도, 저마다 일정한 거리를 둔다고 해도, 동료를 단지 일로 만난 사무적 관계나 경쟁의 상대로 보지만은 않았던 곳.

"점심에 아무도 나한테 밥 먹으러 가자고 하지 않더라고. 일하다가 주변을 봤는데 모두 나가버린 거야."

퇴사한 동료가 했던 말에 담겨 있던 푸념은 같이 밥 먹는 문화가 매우 중요한 한국 사람이어서가 아니었을 것이다. 밥을 함께 먹는 일이 중요해서가 아니라, 아무리 식상하고 공허한 말 잔치라고 해도, 최소한 옆자리 동료의 일신과 안부를 물어보는 여지가 있느냐의 문제였다.

누구보다 직장을 가족처럼 여기는 문화를 혐오했던 이들도 함께 많은 시간을 공유하는 사람들끼리 가질 수밖에 없던 관심과 최소한의 애정을 부정할 수는 없다고 했다. 가까이 앉아 있는 이들과의 부대낌과 질척거림을 미워하고 관계의 차단이 더이상 나의 선택이 아니게 되는 순간, 직장은 지옥으로 변한다.

자신의 마음을 내보이면 결점이 언제 칼이 되어 돌아올지 모른다는 경계심을 극도로 유지해야만 하는 곳이 기업이란 조직의 습성이라면, S사는 그런 면이 아예 없었다고 하진 못하지만 조금은 둔탁하고 엉성했다. 또한 빠져나갈 여지와 구멍들이 숭숭 뚫린 곳이었다. 최소한 내가 아는 동료들은 자신을 분명 조직의 부품으로 알고 있으면서도 부품만은 되지 않으려고 했고, 일에서 의미를 찾고 싶다는 순진한 열정을 가슴속 작은 구석에 조금씩 가지고 있었다. 친구 같은 동료라는 애매한 경계에서 아슬아슬하게 의지하던 우정 비슷한 것도 있었다. 서로가 서로를 지켜주기 위해 유지했던 환대. 그곳엔 그것이 있었다. 이러한 미약한 환대와 우정조차 없다면 직장에서 우리는 차가운 기계 부품에 불과하게 되고, 그때부터 직장은 견딜 수 없는 곳이 된다. 나를 포함한 이직한 동료들의 경험으로 보자면, 대부분의 거대한 조직들은 동료 관계를 파편화시키며 각자의 지옥을 감당하게 했다.

나는 이직한 직장에 적응하지 못한 경력자였다. 무얼 해도 우쭈쭈해주는 신입공채와 다르게 경력자는 입사하는 순간부터 즉시 능력을 입증해 보여야 한다. 그러나 5~6년 다닌 사람처럼 정시 퇴근에만 목을 매며 어떻게든 회사와 나를 분리하려고 애썼다. 내가 겪은 지독하던 직장인 사춘기는 쓰러져가던 조직의 문제는 아니었던 것이다. 나는 이미 완전히 고갈되어 있던 번아웃 상태였다. 받는 돈 이상 일하지 않겠다는 방어 의식으로 똘똘 뭉쳐 있었고 그건 신자유주의 시대를 살아가는 직장인의 태도로는 최악이었다. 이직이라는 새로운 환경은 이미 탈진해 있던 내 상태를 더 악화시켰다. 이직이 아니라 멈춰야 했다. 삶에 공백을 넣어야 했다. 불안함을 더 빠른 트랙에 올라타서 억누르기보다 멈추고 견뎌야만 했다. 그러나 달리는 기차에서 내리는 일이 인생이 끝나버리는 사건처럼 거대하고 무섭게 다가왔다.

○ ○ ○

다시 영을 만난 건 그가 면접을 보러 온다고 연락이 와서였다. 먼저 떠나버린 자의 자격지심이었을까. 이전 동료들에게 어떤 안부도 묻지 못하고 있었다. S사는 결국 대대적인 구조조정과 임금삭감과 희망퇴직을 실행했고, 영도 마지못해 밀려나왔다. 업계에선 대규모 인력 이동이 일어났다. 누군가는 내가 이직한 곳으로 왔고, 누군가는 국민 메신저로 불리는 곳으로 갔고, 누군가는 이커머스 회사로 갔고, 누군가는 게임회사로 갔고, 누군가는 한창 떠오르는 배달 앱으로 갔다.

처음으로 영이 가장 잘 차려 입은 모습을 보았다. 연한 립스틱을 발랐고 아이라인도 그렸고 긴 머리를 깔끔하게 한 갈래로 묶고 있었다. 청바지에 운동화가 아니라 슬랙스에 로퍼를 신고 있었다. 느슨한 표정은 여전했지만 퇴사하고 모처럼 오래 쉬어서인지 눈빛에 생기가 가득했다.

"면접 잘 봤어요? 같이 다니면 너무 좋겠다!"

영은 고개를 절레절레 저었다. "안 될 거 같아요. 분위기도 좋지 않고, 저랑 같이 일하고 싶다던 분이 조직개편 때 부서가 바뀔 거 같다네요. 그분 얼굴 봐서 면접 보러 온 거예요." 영은 당분간 여행을 다니면서 쉰다고 했고 그곳의 분위기를 전해줬다. 최후의 전장을 누가 지키느냐가 남은 동료들의 관건이라고 했다. 믿고 있던 상사가 직원들을 버리고 먼저 떠나버릴 땐 배신감이 회사의 몰락보다 더 큰 상처였다고 했다. 무협지라면 누군가 마지막까지 피투성이가 되어 싸우겠지만 여기는 각자의 이해관계가 최우선인 기업이었다. "그런 걸 안 보는 게 나을 뻔했어요. 그전에 나왔어야 했는데."

미련 없이 떠나버릴 것만 같았던 영이 끝까지 그곳에 남아 있던 건 의외였다. 그는 그곳에서 무엇을 발견하려고 했고 무엇을 얻으려고 했을까. 보람도 성취감도 사라진 일을 끝까지 쥐고 있

는 건 애정일까, 의리일까, 아니면 월급일까. 묻지 못했다. 그날
이 그를 본 마지막이었다.

　이직한 직장에서 2년을 채우지 못하고 그만뒀다. 인터넷 업계
에서도 완전히 발을 뺐다. 더 이상 구직을 하지 않았고 아기를
낳았고 자연스럽게 이전의 모든 관계와 소원해졌다.

　페이스북 점유율이 높아지며 싸이월드도 점차 기억 저편으
로 사라졌다. 아이디와 비밀번호를 잊어버렸다. SNS의 기본 속
성이자 동력은 자기 전시이지만, 페이스북은 싸이월드와 또 달
랐다. 페이스북은 학력과 가족관계부터 이력서 쓰듯이 전부 공
개하라고 했다. 고심해서 일촌명을 짓고, 떨리는 마음으로 일촌
신청을 하고, 일촌 공개인 사진첩 폴더를 하나씩 뒤져 그 사람
을 알아가고, BGM으로 상대의 신변을 유추해 나가던 싸이월
드의 감성은 유치해졌다. 싸이월드가 한 사람의 내면에 있는 취
약한 측면을 감성적이고 순진하게 드러내는 특징이 있었다면,
페이스북은 자신의 장점과 성과와 능력을 과시하는데 적절했
다. 자신이 얼마나 대단한 사람인지 보여줄수록 팔로어가 늘었
다. 싸이월드에서 페이스북으로 이동한 네트워크에서 나는 방
관자가 되었다. 그 소원함이 주는 어색한 거리감에 혼자 버거워
하다 이전 직장 동료들과의 팔로우를 끊었고 계정을 탈퇴했다.

　소속이 없어지고 고립된 시간을 보내자 그토록 찾고 싶던 일

의 의미가 조금씩 윤곽을 드러냈다. 일에 매몰되어 있을 땐 눈을 아무리 크게 뜨고 두리번거려도 알 수 없었다. 가장 낯선 자리로 와야만 선명한 모양이 보였다. 인정하고 싶지 않아 자꾸 밀어내려 했지만, 지금의 나를 이루는 많은 것이 그때 형성되었음을 인정하게 되었다. 그 경험은 단지 경력뿐이 아니었다. 그곳에서 일을 시작하고 몰입하고 동료와 함께하는 법을 배웠다. 그리고 알았다. 나의 일을 지독하게 미워한 만큼, 사랑했다는 것을.

싸이월드는 일촌명을 닫고, 방명록을 닫고, 미니룸을 닫았다. 기능이 하나씩 사라졌고 백업을 하라는 뉴스를 꾸준히 접했지만 아무것도 하지 않았다. 도토리 500개가 남아 있었고 수백 개의 음원이 BGM의 플레이리스트에 쌓여 있었지만 그냥 뒀다. 가끔 주식만 조회했다. 3천 원대가 되어 있었다. 펀드도 보험도 주식도, 아니다 싶으면 일말의 미련 없이 과감히 손절하곤 했는데, S사의 주식만큼은 여태껏 이상한 집착으로 가지고 있었다. 모회사에 합병되면 반등할지도 모른다는 어리석은 희망이 있었다고 하기에도 어처구니없는 오기였다. 설마 싸이월드가 기사회생하기를 기대하고 있었던 걸까. 다시 예전처럼 살아날 순 없지만 사라지진 않을 거라고 믿었던 건 분명하다. 함께 끝까지 가고 싶었던 것? 끝? 반절은 맞다. 끝까지 가고 싶다기보다 끝을 보고 싶었다.

싸이월드가 인터넷 페이지에서 사라져버린 날. 겨우 우회해서 들어간 사이트에서도 "찾을 수 없는 아이디입니다"라는 문구가 나올 때 당혹스럽다기보다 예견된 불행을 만난 듯 덤덤했다. 그러나 쿨하게 돌아설 수 없이 끈적거리는 무엇이 나를 잡아끌었다. 로그인이 안 되는 화면을 바라보며 의미 없는 클릭을 해댔다.

언젠가 모기업에 합병될 수 있을지 모른다는 개미들의 기대를 저버리고 결국 S사의 주식은 상장 폐지되었다. 더 이상 아무것도 하지 않을 수 없었다. 귀찮다고 미루고 미루던 일을 했다. 증권사 사이트에 접속해 5년이 넘은 휴면 계좌를 갱신했다. 의지와 상관없이 가지고 있던 주식 전체를 강제 매도해야 했다. 3만 9천 원이라는 최고가에 받았던 스톡옵션은 천 9백 원이 되어 있었다. 상장 즉시 행사했다면 천만 원을 받았겠지만, 상장폐지와 함께 받은 매도액은 98만 원이었다. 헛웃음이 나왔다. 마지막까지 질척거린 자의 최후였다.

주식도 사라졌고 기록도 사라졌다. 그리고 BGM도 내 삶에서 사라졌다. 무엇을 듣는지, 그 음악이 나에게 무엇인지 나눌 여유가 없었고, 누군가의 것을 들을 여유도 없었다. 음악은 음악만으로 공유되지 않는다. 아는 음악은 귓전에 입술을 대고 말하는 듯 생생하게 촉각까지 자극하며 몸을 전율케 한다. 하지만 모르는 음악은 그저 소음일 뿐이다. 음악이 깔리는 지극히 개인적이면서도 넉넉한 배치 속에서만 음악을 통한 이야기는 활성화된다. 그런 공간을 또 찾을 수 있을까.

○ ○ ○

20대 중반부터 30대 초반까지의 직장 생활은, 내 인생에서 이질적이고 특수한 시간으로 남겨졌다. 그 시간이 없던 것처럼 취급했다. 사라진 싸이월드처럼, 게시글을 다 지우고 탈퇴해버리곤 하던 서비스처럼, 다 지웠다고 믿었다. 일에 찌들어 매진하던 자아를 외면했다. 그렇게 잊은 줄 알았다.

기록도 사라지고 연락처도 사라지고 계정도 사라지고 주식도 사라졌지만, 기억은 괴상하게 우리 안에 나타난다. 기록이 사라지면서 기억도 사라진다면 좋겠지만, 그 시간을 공유한 BGM이 잊어버린 기억의 일부에 끈을 걸었다. 음악은 기억을 우악스럽게 잡아당긴다. 봉인된 기억이 풀려나오고, 기억은 기록과 무관하게 제멋대로 자신의 이야기를 써나간다.

이건 그 시절 듣던 음악이 써준 기억의 기록이다.

겟돈 털어
마카오

[정이 어머니 돌아가셨어. 삼성병원이고, 12일 발인이야.]

서니에게서 1년 만에 온 문자였다.

[2년 전부터 시골에서 요양 중이셨대.]

[아프셨는 줄 몰랐어.]

나는 먹먹해져 어떤 말을 해야 할지 몰랐다.

[그러게. 얼마 전에 만났을 때도 나한테 말 안 했거든. 나는 내일 저녁에 가려고.]

같이 만나서 가자고 답장을 보냈다.

다음 날, 장례식장에 가니 김사장과 박진이 먼저 도착해 있었다. 다섯 명이 모두 모인 건 3년 만이었다. 정이는 초췌한 얼굴로 검은색 상복을 입고 서 있었다. 조문을 하고 말없이 정이의 어깨를 안았다.

"언제부터 아프셨던 거야? 우리가 너무 몰랐네."

명색이 18년 지기 대학 친구임에도 집안 사정에 어두웠다는 것이 무안해 우물쭈물하며 물었다.

"일부러 말 안 했어. 알아서 좋을 거 없잖아. 원래 건강이 안 좋으셨어." 정이는 담담한 목소리로 말했다.

"우리도 부모님 장례식장에서 만나는 나이가 되었구나. 요즘 결혼식이나 돌잔치보다 장례식장을 더 많이 가게 되는 거 같아." 박진이 씁쓸한 웃음을 지었다. 모두 말없이 동의했다.

"그런데 있잖아, 나 김사장이랑 8년 만에 보는 거더라?" 박진이 침울해진 분위기를 문득 쾌활하게 전환시켰다. "오늘 오면서 곰곰이 생각해보니까 네 결혼식 때 보고 안 만난 거 있지." 박진의 말에 우린 얼굴을 마주 보며 허탈하게 웃었다. 이건 해도 해도 너무 했다며.

우리 다섯 명은 대학교 동아리에서 만난 친구들이다. 2학년부터 동아리 활동은 뒷전이고 우리끼리 동아리 밖에서 만나며 어울렸다. 4학년 여름 방학 때 함께 제주도로 여행을 가게 되었는데 그 일을 계기로 매달 회비를 모았다. 곗돈을 모으는 부녀회 같다고 농담을 하다가 모임 이름을 정말 '부녀회'로 정해버렸다. 그러나 한 명씩 결혼하고 아이를 낳고, 직장 생활로 바빠지면서 다섯 명이 모두 모이는 건 쉽지 않았고, 그렇게 돈만 차곡차곡 쌓여갔다.

스물다섯 살에 결혼한 정이가 첫 타자였다. 현모양처가 꿈이었던 그는 결혼한 이듬해 첫째 아이를 낳았고, 연년생으로 둘째까지 출산했다. 3년 후엔 김사장이 결혼했다. 울진으로 발령을 받아 내려갔고 3년 터울로 아이 둘을 낳았다. 김사장이 결혼한 지 2년 후에 내가 결혼했고, 아이를 낳은 지 4년이 되었다. 박진은 수험 생활을 거쳐 공무원이 되었고, 인천에서 부모님과 살고 있었다. 유학을 다녀온 공학도인 서니는 제약회사에서 일하고 있었다.

전국 각지에 흩어져 살고 있는 우리들. 사정이 이렇다 보니 김사장과 박진은 무려 8년 동안 만나지 못하는 일이 벌어진 것이다. 매달 차곡차곡 입금하던 곗돈만이 관계를 이어주고 있었다. 정이가 조문객들을 받는 동안 상에 둘러앉은 우리들의 대화는 곗돈으로 흘러갔다.

"다들 곗돈 내고 있는 거야? 돈은 모이고 있어?" 김사장이 물었다. "실은 나 언제부턴가 안 낸 거 같아. 계좌이체가 끊겨 있더라고." "내 것은 되고 있나? 모르겠다." 서니도 고개를 갸우뚱하며 말했다. "그런데 얼마나 모였어?" 박진이 나를 보며 물었다.

○ ○ ○

　나는 3년 전부터 부녀회의 총무를 맡고 있었다. 서니에게 연락받고 장례식장으로 오기 전, 아기를 키운다고 방치해뒀던 곗돈 계좌에 1년 만에 접속했다. 인터넷 뱅킹의 인증서를 새로 등록하고, 잊어버린 비번을 더듬더듬 찾아 로그인에 성공했다. 잔고엔 예상하지 못했던 큰 액수가 쌓여 있었다.

　23살부터 시작해 38살까지, 무려 15년 간 모인 돈이었다. 만원씩 하다가, 2만 원으로 늘렸고, 3년 차부터 3만 원으로 확정했다. 매달 다섯 명에게서 들어오는 금액이 15만 원, 1년이면 12개월이고, 그것이 15년이었다. 중간에 결혼 축하금 300만 원, 1년에 한두 번 하던 모임 비용으로 나갔던 돈이 몇십만 원씩이었는데. 우리가 돈을 이렇게도 쓰지 않았단 말인가.

　장례식장에서 저녁을 먹다 말고, 잔액이 찍혀 있는 신한은행 앱을 보여줬다. "지금까지 모인 곗돈이야. 놀라지 마. 정말 많이 쌓였어." 부녀회 회원들의 시선이 모였다.

　"천 8백 5십만 원이야."

　박진은 꺅, 하고 소리를 지르려다가 입을 막았다. 서니는 김사장의 어깨를 마구마구 치며 "웬일이야!"를 연발했다. 아무리 돈쓸 줄 모르고 검소하다고 해도, 아무리 안 만났다고 하더라도,

어떻게 이만큼이나 적립할 수 있었을까.

"야, 너는 총무가 이걸 몰랐단 말이야?" "나 애 키우느라 진짜 바빴어!" "와, 이 돈으로 여행 충분히 가겠는데?" "정말 여행 가자! 대학 때 가고 안 갔으니까 15년 만이다." "우리 좋은 호텔 가보는 거야?" "내 돈이지만 내 돈 아닌 것처럼 써보면 어때?" 상기된 표정으로, 장례식장에서 차마 목소리는 높이지 못하고 호들갑스럽게 속닥거렸다.

여행은 자고로 지르고 보는 법이다. 더 이상 미룰 수 없다며 지금 정해버리자고 했다. 조문을 받던 정이도 우리에게 잠시 들렀다가 곗돈 잔액을 확인하더니 창백한 얼굴로 당황했고, 얼떨결에 여행에 동의했다.

"어디로 가지? 다들 길게 시간 내긴 어려우니까 비행기 두세 시간으로 갈 수 있는 곳이 좋은데. 일본? 홍콩? 아니면… 마카오 어때? 2박 4일로 가면 될 거 같아. 자자, 보자. 비수기에 가면 비행기 표가 1인당 25만 원이고, 비행시간도 두 시간 반 정도니까 딱 좋다." 제주항공 앱을 켜서 시간을 조회해 보았다.

"마카오 좋다! 호텔에서 쉴 수도 있고 쇼핑도 할 수 있는 곳이잖아. 베네치안 호텔이 유명하잖아. 거기 스위트룸 정말 가보고 싶었어!" 김사장이 들뜬 목소리로 말했다.

호텔스닷컴 앱을 열었다. 스위트룸은 1박에 50만 원이 넘었다. 난생처음으로 비싼 호텔에서 자본다는 생각에 저마다 황홀해했다. "나 신혼여행 때도 그런데 못 가봤어. 몰디브로 1박에 100만 원씩 하는 풀빌라에 가는 사람들도 있다던데." 신혼여행으로 유럽에 가서 고생만 하고 왔다는 김사장이 투덜거리면서 말했다.

"나는 결혼도 안 했는데 니들 덕분에 이런 데도 가보는구나!" 박진이 껄껄 웃었다. 나는 인도네시아 발리로 다녀왔던 신혼여행을 떠올렸다. 프로모션을 받아 1박에 9만 원짜리 리조트에 숙박하면서도 좋아했던 그때를.

나와 친구들은 계층적으로 비슷한 삶을 살아왔다. 우리가 졸업한 대학은 최상위권은 아니었지만 서열을 따진다면 중위권보다는 약간 위였고, 대학 이름은 잘 알려져 있는 곳이었다. 대학 졸업장을 가지고 잘난 척할 정도는 아니었지만 열등감을 딱히 느낄 이유도 없었다. 우리는 한 학기에 250만 원에서 300만 원 하던 사립대의 학비를 감당해줄 수 있는 부모님을 두었지만, 대학 시절 내내 쉬지 않고 아르바이트도 해야 했다. 졸업 후엔 판사, 변호사, 의사, 약사 같은 전문직과 거리가 먼 평범한 회사원이 되었다. 우리 중 누구도 눈에 띄게 예쁘지 않았고, 결혼 전에 기껏해야 한두 명의 남자를 사귀었다. 그리고 서울 거리를 걸어다니면 흔하게 부딪히는 체형, 작은 눈, 보통의 키를 지닌, 월급쟁이 한국 남자와 결혼했다. 남자와 돈을 합쳐 집을 마련했고, 대출금을 갚기 위해 착실히 저축을 하고, 가끔 외식을 하고 종종 여행을 다녔다.

친구들은 스위트룸에 들떠 하면서도 그 돈을 써도 되는지 망설였다. 물건으로도 남지 않을 지출에 큰돈을 써도 될까. 살면서 이런 객기와 패기는 한 번도 부려보지 못했다. 쇼핑몰 사이에서 가격 비교를 하며 몇천 원이라도 더 싼 물건을 찾기 위해 두세 시간을 허비하며 살아왔던 우리들에게 찾아온, 일생일대 사치의 기회. 더 시간이 가기 전에 곗돈을 '탕진'해야만 한다는 공감대가 강력하게 형성되었다.

상중인 정이를 생각해 두 달 후쯤 다시 만나 예약을 확정하자고 했다. 집으로 돌아가는 지하철 안에서 랍스터를 먹고, 와인을 마시며, 호텔 수영장에 드러누워 있을 상상을 하며 깔깔거렸다. 스무 살 때 둘러앉아 조잘거렸던 캠퍼스 잔디밭에서처럼. 15년 만에 다섯 명이 완전체로 가는 첫 해외여행을 기다리며 들뜬 마음으로 헤어졌다.

○ ○ ○

3개월 후.

나는 인천공항의 G번 게이트에서 네 시에 만나자고 단체 카톡을 보내며, 여섯 시에 출발하는 비행기의 일정을 다시 상기시켜줬다. 공항으로 이동하는 버스 안, 박진에게 문자가 왔다.

[나 출발 못 했어. 오전에 갑자기 팀장이 점심까지 보고하라는 거야. 오후엔 대기하라고 해서 사무실에 붙잡혀 있어. ㅠㅠ]

말이야, 방구야. 깜짝 놀란 나는 바로 조퇴라도 하라고 했다.

[너 없어도 일 안 되는 거 아니야. 그냥 나와! 몸 아프다고 뻥치고 나오라고!]

사무실에 앉아 안절부절못하며 팀장의 눈치를 보고 있을 박진이 떠올랐다. 왜 이 말을 못 하는데, 왜.

나는 박진에게 계속 문자를 보냈다.

[그냥 팀장이 없을 때 나와 버려], [지금 집에 가서 짐 싸고 출발하면 다섯 시까지는 올 수 있을 거야. 우리가 먼저 발권해둘게.] [직장은 너 없어도 돌아간다.] [아니, 휴가 왜 안 낸 거야?]

박진에게서 돌아온 대답은 눈물의 이모티콘뿐이었다. 휴가를 냈지만 업무가 많아 팀장이 잊어버린 것 같다고 그랬다. 분위기상 도저히 나갈 수 없다고. 언제나 호탕하고 쾌활하게 대화

분위기를 주도해가는 박진이 빠진다니. 속상함에 주먹을 쥐고 허공에 흔들어댔다. 모아둔 곗돈을 실컷 탕진해본다는 것에 설레던 박진이 사무실에 갇혀 오도 가도 못한 채 시무룩해져 있을 모습이 떠올라 마음이 착잡해졌다. 다섯 명이 모이기란 이토록 힘든 일인 걸까.

공항에 세 시 반쯤 도착했다. 김사장, 정이, 서니는 이미 와 있었다. 시간이 다소 일러 출구 게이트가 열리기 전까지 공항 벤치에 앉아 커피를 마셨다.

"나 결혼하고 애들 두고 처음으로 여행가는 거야! 그런데 둘째 어린이집에 소문 다 난 거 있지? 애가 엄마 마카오로 여행 간다고 다 말했지 뭐야! 기념품 사가야 하는데 뭐 사야 해?"

김사장이 들뜬 모습으로 말했다. 그 옆에선 정이가 차분한 목소리로 집에 전화를 걸어 아이들 학원 시간을 체크하고 있었다. 서니는 마카오에서 가볼 만한 곳을 한창 검색하더니 육포와 계란 타르트가 유명하다는 말을 했다. 김사장은 서니를 보면서 "그건 검색 안 해도 아는 거 아냐?"라고 말했다.

서니와 정이가 먼저 게이트에 가서 발권을 받기로 했고 나와 김사장은 환전을 하러 갔다. 박진의 비행기 표를 취소하러 항공사 카운터에도 들렀다. 환불이 되는지 물어보고 있는데, 저만치에서 서니가 "얘들아! 얘들아! 멈춰!"라고 소리를 지르며 뛰어왔다. 서니는 숨을 헐떡이며 말했다.

"야! 전화 왜 이렇게 안 받아." 부재중 전화가 다섯 통이나 와 있었다.

"박진이 지금 택시 타고 오고 있어!"

박진의 발권만 남겨둔 보딩 40분 전, 저만치에서 박진이 깁스를 한 왼쪽 다리를 절뚝거리며 열심히 걸어오고 있었다. 2주일 전에 인대를 다쳐 붕대를 감았다더니 아직 완치가 안 된 거였다. 다리 때문에 무리해서 오기가 더 어려웠던 것이다. 그럼에도 박진은 낑낑대면서 걸어왔다. 우린 뛰어가서 박진을 부축하면서 덥석 안았다.

"야, 진짜 잘 왔어. 너 안 왔으면 어쩔 뻔했냐고. 아무것도 하지 마. 우리가 다 해줄게. 넌 몸만 가는 거야."

○ ○ ○

두 시간 반 후 마카오 공항에 도착했다. 우리가 머물 베네치안 호텔은 말 그대로 이탈리아 베네치아를 본뜬 곳이다. 세인트 마크 종탑을 똑같이 따라 만든 거대한 조형물이 호텔 앞에 우뚝 세워져 있고, 종탑 뒤론 산 마르코 광장의 두칼레 궁전과 똑같이 화려한 장식과 형태의 건물이 있었다. 단지 차이라면 원본은 세월의 흔적으로 낡아 고풍스러운 분위기를 자아냈고, 마카오에 세워진 모조품은 번쩍이는 '새삥'이라 막 공사를 마친 백화점처럼 보였다는 것.

두칼레 궁전 뒤로는 현대식 빌딩이 세워져 있었는데 그곳이 객실 건물이었다. 우리들의 방은 야경이 환하게 보이는, 스위트룸이었다. 방 안에 들어서자 킹사이즈 침대 두 대가 보였고 창가 쪽에 넓고 푹신한 가죽 소파 세트가 놓여 있었다. 화장실 쪽으론 널찍한 드레스룸이 있었고, 분리된 칸막이 안엔 넓은 욕조가 놓여 있었다.

한 방을 쓰게 된 김사장과 나, 박진은 침대에 푹 몸을 던져보았다가 소파에 앉았다가 테이블 위의 볼펜을 들어 괜히 메모지에 한번 쓱 그어봤다가 하며, 태어나서 처음 호텔에 와본 사람들처럼 감탄했다. 나는 문의 문고리를 조심스럽게 잡아서 옆으로 비틀어보았다. 부드럽고 유려하게 돌려지는 곡선 모양의 손잡이가 손안에 폭 감싸졌다. 그동안 수많은 호텔을 다녀봤다. 주로 2, 3성급, 어쩌다 잘해야 4성급 호텔이었고 방은 언제나 스탠더드 디럭스였다. 중급과 특급 호텔의 차이는 단지 방 크기에만 있지 않다. 마카오 호텔의 스위트룸은 건물 밖이나 로비에서 보이던, 화려한 금빛 장식으로 채운 과장되고 속물적인 느낌과 딴판으로 진중해 보였다. 약간은 낡았지만 허름하진 않은 기품이 있었달까. 장식을 가미했지만 우아함이 있었다.

2박만 하기로 했고, 시간이 충분하지 않았으므로 짐을 풀자마자 바로 호텔 구경에 나섰다. 박진은 한사코 거절했지만 우린 휠체어를 빌려와 태워 밀어줬다. 호텔 곳곳엔 베네치아를 그대로 옮겨 놓으려고 기를 쓴 흔적이 역력했다. 쇼핑몰 한복판을 가로지르며 운하를 만들었고 곤돌라를 운행했으며, 뱃사공은 칸초네를 불렀다. 쇼핑몰은 아케이드처럼 꾸몄는데 벽면마다 바티칸에서 볼 수 있는 서양화들이 벽지처럼 붙어 있었다. 쇼핑몰의 천장엔 계절과 상관없이 맑고 푸른 하늘을 볼 수 있도록 하늘 사진을 꽉 차게 깔아두었다. 영화 〈트루먼 쇼〉 같았다.

이 요란한 짝퉁의 세계를 바라보며 기이한 느낌에 휩싸였다. 이건 원본을 충실히 재현한 모사품인가, 아니면 원본조차 잊게 하는 시뮬라크르인가. 서울의 어느 대형 쇼핑몰보다도 큰 베네치안 호텔은 로비에서 방까지 이동시간만 20분이 훌쩍 넘었다.

다음 날 오전, 조식을 먹자마자 옷을 갈아입고 수영장으로 갔다. 야외 수영장도 워터파크만큼 으리으리했고 사람은 적었다. 일광욕을 하던 서양 여자들 몇 명만 여차하면 풀어질 듯 아슬아슬하게 가린 브라를 가슴에 둘렀고, 엉덩이의 허연 살이 다 드러난 티팬티를 입고 실룩거리며 걸어 다녔다. 우린 머리부터 발끝까지 꼭꼭 래시가드로 싸매고 모자를 푹 눌러쓴 채로 그들

사이를 종종거렸다. 서니만 원피스 수영복을 준비해와서 리조트 분위기를 자아냈는데, 아줌마 세 명은 그런 서니를 보고 아직 아이를 낳지 않아 뱃살이 없는 거라며 부럽게 쳐다보았다.

선베드에 누워 있는데 김사장이 "너희 언제까지 이렇게 있을 거야? 관광 안 해?"라고 물었다.

"나는 호텔에 가만히 있는 게 가장 좋더라." 정이가 선베드에 그대로 기댄 채 눈을 감고 말했다.

"그래? 나는 이렇게 두 시간 이상은 못 있겠어. 좀 쑤셔서."

김사장은 지루한 표정으로 핸드폰을 꺼냈다. 정이는 호텔파였고 김사장은 관광파였다. 서니나 나는 아무래도 좋다는 쪽이었고, 박진은 다리 때문에 호텔에 있어야 해서 우린 두 팀으로 나뉘어서 오후 일정을 보내기로 했다.

여행이라고 하지만 각자 선호하는 스타일이 달랐다. 취향이 맞는 사람들끼리 호텔 휴식, 쇼핑몰 구경, 마카오 시내 관광을 다니다 보니 정작 함께 이야기를 나눌 시간은 적었다.

그동안 우리는 모이기만 하면 시간 가는 줄 모르고 온갖 것에 대해 떠들곤 했다. 근황을 물어보지도 않고, 커리어나 회사에 대한 고민도 말하지 않았다. 돈을 어떻게 모을지도 이야기하지 않고, 각자의 연애사를 시시콜콜 나누지도 않았다. 생일을 챙긴다거나 정기적인 안부 연락도 하지 않는다. 그럼에도 만나면 뭐가 재미난지 엄청나게 떠들고 엄청나게 시끄러워서 어디를 가나 목소리 줄이라는 경고를 받았다.

무슨 이야기를 그리도 즐겁고 진지하고 시끄럽게 했을까. 우리는 역대 대통령을 분석해본다거나, 지구 온난화에 대비해 할 일을 꼽아본다거나, 이혼하고 아이들이 그리워 밤에 잠을 못 이룬다는 어느 연예인의 비통함에 대해 공감해 본다거나, 한 명에게 5억이 생기면 1억 원씩 받은 다음 무얼 할지 상상해 본다거나, 한국 대의제 민주주의 문제점을 나열해 본다거나, 지구 궤도의 인공위성 쓰레기를 걱정하며 전 우주적 오지랖을 펼쳤다.

한 명이 말하면 가만히 듣고 있는 것이 아니라 다른 한 명이 동시에 자기 이야기를 시작했고, 나머지는 저마다 각자의 방식으로 맞장구를 쳤다. 이십대 중반부터 우린 너무나 늙었다고 낄낄거렸고, 떨떨하다고 깔깔거렸고, 만나면 왜 이토록 쓸데없는 이야기만 하냐며 껄껄거렸다. 이야기를 나누고 나면 현실에 대한 좌절이나 불안, 조급함, 비장한 결심과 같은 무거운 마음 따위 남지 않았다. 대책이나 희망을 애써 만들지 않으면서도 스트레스가 완전히 해소되었다.

○ ○ ○

호텔에서 보내는 마지막 밤이야 육포와 맥주를 들고 차분하게 소파에 모여 앉았다. 우리의 화제는 예전처럼 전 지구적 주제로까진 가지 않았다. 현실의 문제들이 발목을 꽉 잡고 있었으니까.

김사장은 마카오 여행 내내 하반기에 육아 휴직을 연장할지 말지 고민하고 있다는 말을 자주 했다. 휴직을 또 쓰게 되면 승진에서 불이익을 당할까 봐 걱정이 된다고 했다.

"나 작년 승진 시험에서 또 떨어졌어. 회사 로비에 승진자 명단이 딱 붙어 있는데, 그거 보니까 알겠더라. 여자 중에서 부장급 올라간 사람들 보면 결혼을 아예 안 했거나 친정 엄마랑 살고 있는 거야. 나는 죽어라 해도 결국 안 되는 거지."

김사장은 대학 4년 내내 우수한 성적으로 장학금을 받았다. 졸업도 하기 전에 공사에 취업한 인재였고, 누구보다 야망이 있다는 걸 우린 잘 알고 있었다. 그런 그가 남들은 못 들어가 안달인 신의 직장, 공기업을 그만두겠다고 하다니.

"공부할 시간이 있어야지! 집에 와서 애 보다 보면 기운이 다 빠져, 새벽에 일어나서 공부하는 것도 하루 이틀이다. 진짜 힘들어. 남편이랑 나랑 입사 동기거든? 그런데 남편은 과장인데 나는 아직도 대리야. 만년 대리. 쪽팔려. 확 퇴사해버릴까 봐."

나는 뼈아팠던 경험을 담아 김사장에게 조언했다.

"퇴직자와 휴직자는 신분이 달라. 네가 지금 어디 가서 당당할 수 있는 건 휴직 중이기 때문이야. 소속이 있어서라고."

가만히 듣고 있던 정이가 술잔을 테이블 위에 딱 내려놓으며 단호하게 말했다.

"그냥 회사 다녀. 난 있잖아. 아이들 보는 건 딱 10분만 좋아. 나 육아 휴직도 3개월 만에 반납하고 복직했잖아."

20대에 현모양처를 꿈꾸던 정이 입에서 저런 말이 나오다니.

"나도 진짜 집에 있을 수 있는 체질은 아니야. 그래서 더 문제라고." 김사장이 큰 한숨을 내쉬며 대답했다.

"그런데 너, 작년에 만나던 사람이랑 어떻게 된 거야?" 정이는 문득 서니를 보며 물었다.

"잘 안됐지 뭐. 남자가 적극적이지 않아. 결혼 얘기 좀 나오다가 흐지부지되더니 헤어졌어. 어려서 연애할 땐 내가 다 챙겨가면서 했는데 나이 드니까 못 하겠더라."

서니는 대학 시절 우리 중에서 가장 인기가 많은 아이였다. 온화하고 선한 인상, 어떤 대화를 하든지 잘 맞장구치며 받아주는 털털한 성격 덕에 누구나 서니를 좋아했다. 동아리에서 선후배 포함, 무려 다섯 명의 남자가 서니에게 고백을 했다는 건 잘 알려진 사실이었다. 박진은 그런 서니를 보며 남자 보는 눈이 너무 까다롭다고 타박하며, 남자의 외모와 가치관 중 하나를 선택해야 한다고 훈수를 두곤 했다. 오늘도 박진은 연애 상담가처럼 덧붙였다.

"우리가 많은 걸 바라는 것도 아니잖아? 평범한 남자를 원할 뿐이라고! 그런데 그런 남자들은 이미 다 결혼을 했다는 거지."

"애들아, 왜 결혼을 하려고 해. 하지 마. 안 할 수 있다면 안 하는 게 제일 좋아."

제일 먼저 결혼했던 정이가 새침한 목소리로 말했다.

"나는 애만 아니었으면 진작 이혼했을 거야."

김사장도 고개를 저으며 단도리를 했다.

"나 봐, 다들 그만한 사람 없다고 했지. 그런데 지금 독박육아하고 있잖아? 남자들이 제일 노력할 땐 연애할 때인데, 연애할때도 안 하는 사람이면 끝내는 게 맞아." 나도 말을 보탰다. 결혼을 다 겪은 이들이 결혼을 안 한 자에게 결혼하지 말라고 신신당부하고 있었다.

"그런데, 난 정말 네가 결혼하고 애 낳을 줄은 몰랐다." 김사장이 나를 바라보며 물었다.

내가 서른 살에 결혼한 걸 친구들은 신기해했다. 혼자 여행이나 다니고 연애에 진지하지도 않던 애가 결혼이라는 걸 할 줄이야. 나야말로 내가 결혼한 이유가 궁금했다. 도대체 왜 결혼했지? 너무나 오래되어 도무지 기억이 나지 않았다. 연애를 하다 보니 결혼도 하게 되었다는 이유는 타당하지 않았다. 결혼을 하지 않을 수도 있었다. 그런데 하고야 말았다.

결혼하고 몇 년이 지나 이혼이 또 하나의 선택지가 되었을 때, 나는 결혼의 이유를 깨달았다. 외면해 오던 걸 인정했다. 나는 남자가 아니라 결혼 제도가 필요했다는 것을. 20대 중반이 넘어가자 부모님은 혼자 여행 다니는 나를 불안하게 바라보았다. 어떤 일이든 똑 부러지게 잘한다는 말은 언젠가부터 칭찬이 아니었다. 어디를 가나 남자 친구가 있느냐는 무례한 질문을 스스럼없이 받았고, 교제하는 사람이 있으면 그 사람과 결혼할지 말지 대답해야 했으며, 아직 미래가 확정되지 않았다면 상대로부터 불안한 눈초리를 받아야 했다.

남자 파트너가 있는 '정상적인' 여자임을 간절히 증명하고 싶었다. 여자 친구들과 사는 건 안정되지 못한 자취 생활에 불과했고, 심각한 하자가 있는 모양새로 여겨졌다. 결혼을 해버리면 여자로 살며 겪어야만 하는 성가신 질문과 어정쩡한 지위가 해결되는 것처럼 보였다.

이 사람 없으면 못 사는 사람이 아닌, 배우자로 살기에 좋을 남자를 찾았다. 남중-남고-공대-남초 회사를 다녔고, 술, 담배를 하지 않고, 욕설을 내뱉지 않으며, 자신이 아는 것을 시끄럽게 떠벌리지 않는, 집안에 있는 걸 세상에서 가장 좋아하는 무해한 남자. 결혼은 평생을 함께하는 일인데 나에게 다정하다거나 비슷한 취향 따위—언제고 바뀔 수 있는 불안정한 장점—를 배우자의 기준으로 삼으면 안 된다고 생각했다. 이런 생각까지 하며 혼자 똑똑한 척은 다 했다.

그러나 결혼이 무엇이고 남자가 무엇인지 몰랐다. 결혼을 두 사람이 법적 절차를 거쳐 같은 공간에서 사는 행위라고만 여겼다. 남자와 여자의 결혼에 어떤 대가를 지불해야 하는지 전혀 짐작하지 못했다. 열정, 재미, 대화⋯. 이런 건 남자와 여자의 불평등을 그럴듯하게 가리는, 결혼에 대한 낭만적 이데올로기일 뿐이라고 생각했다. 하지만 그것 없이 부부 관계를 충실하게 꾸려가기가 쉽지 않다는 걸 알았다. 결혼생활의 즐거움과 갈등 해소를 위한 윤활유는 대부분 여자인 나의 몫이었다. 나뿐 아니었다. 내 또래 여자들은 평범하다고 했지만 알고 보니 무심하거나 게으른 남자들을 어르고 달래고 이끌거나, 야망이나 책임으로 똘똘 뭉쳐 있는 남자들에게 자신의 삶을 재조정하며 맞춰야 했다. 그렇게 해서야 가까스로 남들이 보기에 이상하지 않은 보통의 가정이 되었다. 평범하고 무난한 사람이라도 평범해지기가 극도로 어려운 것이 결혼생활이었다.

열어둔 포장지 안에 든 육포가 떨어져 갈 쯤, 서니가 맥주잔을 비우고 말했다.

"사실, 나 두 달 후에 결혼해."

모두가 깜짝 놀라 서니를 쳐다봤다. 어찌 된 일인지 당장 설명하라고 추궁했다.

"미국에서 공부하던 남자였는데 소개 받았어. 미국에서 매일 전화를 하더라고. 이야기가 잘 통하더라? 퇴근하면 저녁에 할 일이 없으니까 계속 전화를 받았지. 3개월을 매일 통화했어."

"사진도 안 보여주고?"

"처음에 증명사진 하나만 봤고. 영상 통화도 한 번 안 했어."

"어떻게 얼굴을 한 번도 안 봐? 전화만으로 그게 가능해?"

"나는 전화로 얘기하는 게 더 좋더라. 이 사람하고는 신기한 게 대화가 계속 이어지는 거야."

"그래서, 그래서 만난 거야?"

"어, 한 달 전에 한국에 들어와서 만났는데 그땐 뭐랄까. 솔직히 외모가 실망스러웠지."

"야, 넌 외모 중요하게 보잖아." 김사장이 울상까지 하면서 안타깝게 말했다.

"어떻게 결혼까지 생각한 거야?"

"만나기 전에 이미 결혼하자고 했어."

"뭐라고? 전화로 결혼하자고 했다고?"

모두가 입을 쩍 벌렸다.

"통화를 3개월 했는데 3년은 사귄 느낌이었달까."

"연애하면서 남자 챙겨주는 게 귀찮다더니, 그런 거 다 건너뛰고 결혼을 해버리는구나!"

"결혼이란 게 그런 거지. 막 의지를 가지고 하려고 하면 안 되고 나도 모르는 사이에 하더라고. 우린 이런 걸 보고 인연이라 부르지. 인연이 별게 아니야."

결혼도 안 해본 박진은 세상의 도를 깨우친 현자처럼 말했다. 묵을 만큼 묵은 기혼자인 김사장과 나는 박진의 통찰력에 감탄하며 물개박수를 치며 동의했다.

40대를 바라보는 우리는 안다. 결혼은 운명도 인연도 아니라는 걸. 그저 타이밍이다. 모든 것이 결혼을 향해 급속히 달려가는 에너지가 모이는 시점에, 내가 통제할 수 없는 가속이 붙을 때, 눈을 질끈 감아버려야만 결혼을 할 수 있다. 제정신으로 이 제도에 뛰어들 수 없다. 사랑이고 조건이고 열정이고 계산이고… 이 모든 건 뒷수습을 위한 말이다.

내가 결혼한 이유로 생각해낸 건 정말 그때의 이유였을까? 아니면 여전히 같이 살기 위해 만든 이유일까. 결혼 과정과 결혼 이후의 삶에 대해 끝없이 의미와 이유를 만들어내는 건 어쩌다 뛰어든 결혼이라는 틀이 그만큼 헐겁기 때문일지도. 나의 선택이 조금이라도 제정신이었다고 위로하기 위해 결혼과 결혼 생활의 의미를 스스로 구축해가는 것일지도.

○  ○  ○

마지막 날, 체크아웃을 하고 총무인 나는 친구들에게 100달러씩 나눠줬다. 저녁 되기 전까지 이 돈으로 각자 해보고 싶은 걸 하자고 말이다. 모두 용돈 받는 아이처럼 해맑게 웃었다.

정이와 서니, 박진은 육포와 계란 타르트를 산 다음 호텔 방으로 쉬러 들어갔고, 나와 김사장은 카지노로 갔다. 김사장은 지난해 비트코인을 해서 짭짤하게 번 돈으로 겨울에 세부에 다녀왔다면서 카지노도 해보고 싶다고 했다. 베팅 금액이 가장 낮은 슬롯머신부터 시도했다. 20센트부터 배율을 열다섯 배까지 선택할 수 있었는데, 우리는 소심해서 두 배 정도만 세팅해두고 버튼을 계속 눌렀다. 한화로 약 5만 원 정도를 썼는데 놀랍게도 금세 두 배 가까이 벌게 되었다.

초심자의 행운인가, 자신감을 얻자 블랙잭에 도전해 보기로 했다. 블랙잭은 딜러와 손님이 카드를 한 장씩 받아 21에 가까운 수를 만들면 이기는 단순한 게임으로 카지노에서 승률이 가장 높은 편에 속한다. 베팅 최소 금액은 5달러부터였다. 카드 두 장을 받고 숫자의 합이 딱 21이 되면 블랙잭이 되어 건 돈의 1.5배를 받을 수 있다. 단 22 이상 되면 버스트가 되어 건 금액을 모조리 잃게 된다. 고로 카드를 더 뽑을지 말지 주도면밀하게 계산하며 걸어야 한다.

김사장에겐 승부사 기질이 있었고, 우리는 베팅할 돈을 점점 올렸다. 시작은 각자 100달러였는데 어느새 나는 400달러, 김사장은 700달러까지 불어났다. 어디에서 멈춰야 할지 알 수 없었다. 김사장은 비트코인으로 돈을 벌어본 경험을 자랑하며 판돈을 크게 걸어야 버는 돈도 커진다고 했다. 하지만 상승장이 있으면 하락장도 있는 법. 그다음부턴 우수수 잃을 차례라는 거까진 예상하지 못했다. 우린 계속 딜러에게 졌다. 결국 본전을 까먹기 직전에서 박진과 정이를 만날 시간이 다 되어 빠져나왔다.

그러면 그렇지. 내 인생에 불로소득이란 없다.

돈에 관한 운용에서 손해만 안 보면 된다는 생각으로 살아왔다. 재테크며 부동산에 관심이 없던 건 아니었다. 20대에만 해도 펀드며 주식을 부지런히 건드려봤다. 막 사회생활을 시작하던 때는 2000년대 중반으로 경제 호황기였다. 적립식펀드라는 새로운 상품이 등장했고, 적금 금리는 저축은행의 경우 무려 8퍼센트 가까이 되었다. 입사 동기들과 각종 금융 상품 정보들을 나누었고 주식을 추천하면서 가입하기도 했다.

상승은 오래가지 않았다. 서브프라임 모기지 사태로 전 세계적 금융 위기가 일어났다. 주식은 폭락했다. 월 60만 원씩 넣고 있던 주식형 펀드의 수익률은 순식간에 -40퍼센트까지 내려갔다. 연봉의 반 가까운 금액을 넣어뒀던 미국 주식은 -50퍼센트가 되었다. 저축은행들은 연달아 부도를 맞았다. 떨어지는 칼날을 손에 쥐는 법이 아니라며 잔뜩 몸을 움츠렸고 더 떨어지기 전에 빠져나와야 한다는 공포감에 짓눌렸다.

정부에선 각종 부양책을 썼지만 부동산 시장은 경직되어 있었다. 내가 결혼하던 때만 해도 집값 상승을 바라고 집을 구매하는 경우는 거의 없었다. 더 떨어지리라는 예상이 지배적이었다. 당시 서울시 송파구에 있던 17평짜리 30년 된 복도식 아파트 매매가는 1억 5천이었다. 그러나 나는 7천만 원짜리 전세에서 신혼살림을 시작했다. 2년 후엔 신도시의 아파트 단지로 이사했다. 그때에도 25평 아파트가 2억 5천의 매물로 나와 있었지만 1억 7천짜리 전세에 들어갔다.

집값은 2014년부터 급격히 올랐다. 우리가 살던 집이 전세가가 2억 7천이 되었다. 집주인은 집을 3억 4천에 사라고 했다. 하지만 베란다에서 결로현상이 발생하고, 방 하나는 냉골인 25년 된 아파트를, 그 돈을 주고 대출까지 받아 살 수는 없었다. 한편

남편은 지하철이 들어오는 곳에 새로 지어지는 30층짜리 아파트를 분양받자고 했다. 4억 3천이었다. 집값은 이미 상승장으로 들어선 상태였고, 막차를 올라타야 한다는 풍문이 자자했다. 그러나 정말 살고 싶은 집인지 자문할 때마다 고개를 저을 수밖에 없었다.

그 어떤 선택도 하지 않았고 신도시의 아파트 단지와 동떨어진 곳에 입주했다. 집값이 오르지 않아도 계속 살 것이니 상관없다고 생각했다. 그러나 몇 년 후, 비슷한 시기에 집을 마련한 지인들, 한때 소득 수준이 비슷한 이들과 자산의 격차가 두세 배씩 나게 된 걸 알게 되었다. 의연한 척하고 싶었지만 밤잠을 설칠 정도로 얼굴이 후끈거리고 배알이 뒤틀렸다. 매매할 뻔했던 아파트 가격을 뒤늦게 조회해봤다. 신혼집이었던 송파구의 아파트는 1억 후반 대에서 무려 8억이 되어 있었고, 신도시의 아파트도 2억이 올라 있었다. 손이 떨렸다.

부동산 규제 정책에도 집값은 멈출 줄 몰랐다. 지인들과의 대화에서 부동산은 건드려서는 안 되는 주제가 되어갔다. 집을 사서 시세차익을 남긴 이들은 말이 많았지만 그러지 못한 이들은 침묵했다. 모두가 부동산 앞에서 저마다 다른 생각을 품고 있었고 자칫 말을 잘못 꺼냈다가 생채기만 남겼다.

집이 없어 전세가 오를 때마다 마음 졸이는 자. 집이 있으나 깡통 전세에 대출까지 끼어 있어 입주하지 못한 자. 집이 있으나 집값이 오르지 않아 애가 타는 자. 자신의 집값이 오르지 않았기에 집 가진 모든 자를 투기꾼이라고 생각해 버리려는 자. '영끌'°해 버렸기에 언젠가 오를 거라는 희망을 동아줄처럼 부여잡는 자. 집값이 세 배 올랐으나 자신을 서민이라고 생각하는 자. 남들이 하는 건 투기이지만 내가 하는 건 가난 극복 수단이라고 생각하는 자. 집값 벌었으니 가정주부로 살아도 경제적 능력을 실현했다고 믿는 자. 보편적 복지엔 찬성하지만 집값 규제에만 반대하는 자. 집값 오를 거 보고 집 사는 속물처럼 보이고 싶진 않지만 그래도 내 집값만은 오르길 바라는 자. 집값에 초연해 보이는 자들을 질시하며 그들을 세상 물정 모르는 바보로 만들고 싶어 하는 자. 집값 폭등에 혀를 차지만 내 집값은 상승했기에 안도하는 자. 우린 저마다 여기 어디쯤에 있었다.

내가 사는 집의 가격이 두 배 가까이 올랐다면 나는 어떤 입장을 취했을 것인가. 경제적 불평등을 고착하는 부동산 폭등을 걱정하는 척했을 것인가. 수혜를 입긴 했지만 실거주 한 채밖에 없으니 부의 불평등에 편승하진 않았다면서 속물의식으로부터 슬그머니 발을 뺄 것인가.

○   영혼까지 끌어모으는 무리한 투자.

282

김사장은 재미 삼아 해봤던 비트코인으로 300만 원 가까이 벌었지만, 사둔 집의 매매가는 좀처럼 오르지 않았다고 투덜거렸다. 부녀회 회원들은 가계부를 십 원 단위로 기록할망정 이재에 썩 밝지 않았다. 우정이라고 이름 붙인 관계를 유지할 수 있는 건 누구 하나 크게 성공하지도 않았고, 또한 실패하지도 않았으며, 대단히 고결한 척하지도 않았고, 눈 크게 뜨고 계산기를 두드리며 살지 않았기 때문인지도 모른다. 우린 곗돈이 천 8백만 원이나 모여 있어도 멍청하게 가만히 있던 이들이었으니.

카지노를 나오며 본전은 건졌다고 깔깔대며 웃었다.

∘ ∘ ∘

여행의 마지막 이벤트는 '워터쇼'라는 공연 관람이었다. 쇼의 줄거리는 매우 단순했다. 어둠의 왕비에게 붙잡힌 공주를 구출하라. 무대 바닥은 수영장처럼 열렸다 닫혔다가 했고, 분수가 사방에서 내뿜어지고, 배우들은 50미터는 족히 되어 보이는 높이에서 몸을 몇 바퀴씩 돌리며 다이빙을 했다. 현란하고 감탄스러운 공연이었다.

단 이걸 순진하게 즐길 만큼 내가 순수하지 않다는 게 문제였다. 갇혀 있는 공주도, 구해주는 왕자도 당연히 백인이었다. 둘은 발레를 췄다. 아시아인들로 구성된 '미개인' 역할의 배우들은 몸을 좁은 상자 안에 구겨 넣거나, 폴짝거리면서 묘기를 펼치거나, 우스꽝스럽게 관절을 비틀었다. 화려한 눈요기에 물개박수를 치긴 했지만 개운한 감동을 안기는 공연은 아니었다. 그러나 공연 탓이겠는가. 삶이 너무 복잡해진 내 탓일 뿐.

아홉 살 아이도 이해할 수 있는 단순한 줄거리를 보며, 모든 것을 이 공연처럼 선과 악으로 분리해서 볼 수 있으면 얼마나 편리할까 하고 생각했다. 자신을 어느 한 편에 확실하게 둔 채 욕망을 수치심 없이 드러내고 산다면 또 얼마나 단순하고 간편할지 생각해 보았다.

찬란한 조명으로 몸통 전체를 휘감은 마카오의 건물들, 정신 없이 오르고 내려가는 숫자로 가득 찬 카지노, 서양의 예술품을 힘껏 따라한 복제품으로 가득한 호텔, 세상을 서양과 동양, 선과 악, 구원과 파멸의 이분법으로 나누고 악을 징벌해주는 서커스. 돈이 되고 눈요기가 된다면 간이고 쓸개고 염치고, 무엇이든 다 드러내버리며 호화로움의 극한까지 추구하려는 이 욕망은, 천박하지만 투명하고 솔직했다.

우리가 마카오라는 도시에 오는 건 무엇 때문일까. 점잖은 척하지 않기 위해, 욕망을 숨기지 않기 위해, 자신이 속물임을 애써 교양 있어 보이는 얼굴로 감추지 않기 위해서는 아닐까. 결혼에서 경제적 안정이 가장 중요하다고 깊이 믿으면서도 대화와 낭만을 추구하며 산다고 말하는 부부들, 빈틈없이 아이 학습 일정을 짜면서도 자신은 강요한 적 없다고 말하는 부모들, 부동산 폭등에 짐짓 비판적 시선을 보내면서도 내 집값이 오른 것에 가슴을 쓸어내리는 이들, 투자로 인한 돈벌이 역시도 노력과 노동의 반영이므로 불로소득이 아니라고 말하는 사람들, 또 나만은 이 모든 돈 잔치에서 예외라는 알량한 도덕적 우월감에 빠져 있는 자들에게 마카오라는 도시는 자본을 덕지덕지 처바른 얼굴로 거울을 들이댄다. 이중적이고 오염되어 있으며 모순으로 가득 찬 자신을, 그럴듯한 명분이나 연민으로 치장하지 말고 있는 그대로 보고 껴안으며 살라고. 그리고 우린 여기에 왔다. 올바른 검약과 합리적 소비에 대한 검열 없이 돈을 탕진하려고.

○ ○ ○

저녁에 시푸드 레스토랑을 가기로 했다. 지도에선 가까워 보이기에 택시를 타지 않고 걸었는데, 마카오는 생각보다 컸다. 휴양만 할 줄 알고 조리를 신고 왔더니 발에 물집이 잡혔다. 한 시간 동안 헤매다 찾아낸 '킹스 랍스터'에서 마지막 식사를 했다.

남은 돈을 어떻게 쓸지 상의했다. 결혼하지 않은 박진과 곧 결혼 예정인 서니에게 돈을 주기로 했다. 10년 전에 100만 원이던 결혼 축하금을 지금도 100만 원으로 줄 순 없었다. 물가도 오르고 집값도 올랐는데 공정하지 못했다. 나는 총무의 권한으로 이자 10퍼센트를 붙여 주겠다고 했다. 100만 원을 연 2퍼센트 복리로만 10년 예치했어도 더 줄 수 있었는데. 그러나 그 돈에도 친구들은 발그레 웃으며 고마워했다.

마카오의 눅눅한 바닷바람을 얼굴에 싸대기처럼 맞으며 랍스터를 먹었다. 랍스터의 딱딱한 껍질은 쉽게 깨지지 않았고, 짭짤한 양념만 쪽쪽 빨다 짜진 입술을 헹궈내기 위해 연신 스프라이트를 마셔댔다. 헛배만 잔뜩 불렀다.

2박 3일간 다섯 명이 약 700만 원을 썼다. 많이 쓴다고, 아낌없이 탕진해 보겠다고 했으나 돈은 남았다. 사치도 해본 사람이 하는 걸까. 마카오는 너무 저렴했나. 엄청나게 많이 먹지도 않는데다가 술도 즐기지 않고, 카지노에 가서도 간이 작아 베팅을 크게 하지 못했으니 돈 쓸데가 많지 않았다. 우리는 계란타르트와 육포에도 행복했다. 생전 처음 해보는 짧은 호화 여행에, 스위트 홈에 투숙해 봤다는 경험에 만족했다. 10년 넘게 차곡차곡 모아뒀던 적금을 계산 없이, 내 돈 아닌 것처럼, 시세 차익을 위한 투자 개념 없이 썼다. 언제 이런 소비를 해보겠는가. 집으로 돌아가면 또다시 마트 할인 코너를 서성일 터.

o o o

    여행에서 돌아온 우리는 이후 코로나 팬데믹을 맞으며 3년간 만나지 못했다. 곗돈도 멈췄다. 거리두기가 해제되었지만 더 이상 곗돈을 붓지 않았고, 남은 돈을 나눠 갖기로 했다.

    곗돈은 우리를 이어주던 수단이었을까. 곗돈 덕에 20년 가까이 우정이 지속될 수 있었던 걸까. 그것 없이도 우린 여전히 이어질 수 있을까. 이것만은 분명하다. 마카오에서의 곗돈 탕진은 우리의 처음이자 마지막 일탈이었다.

다시,
피아노

* 앨런 러스브리저 《다시, 피아노》에서 제목을 가져왔습니다.

미팅 때문에 예정보다 출발이 늦어졌다. 기차 시간까지 35분이 남았다. 아직 퇴근 시간 전이니까 도로가 막히지만 않는다면 SRT 출발 5분 전까진 역에 도착할 수 있다. 운전대를 쥔 손이 자꾸 미끈거렸다. 손바닥에 흥건히 배인 땀을 바지에 닦은 다음 다시 꽈악 운전대를 움켜쥐었다. 엑셀을 밟았다.

휴가까지 내면서 구한 공연 티켓이었다. 국내 최대 예매 사이트라지만 오후 두 시에 몰린 대형뮤지컬 예매 때문에 서버가 다운되어버린 적이 수차례여서 준비를 단단히 해야 했다. 단 1초에 성패가 달렸다. 그날 오전부터 수험생처럼 오들오들 떨었다. 손발이 차가워졌고 아랫배가 꿀렁꿀렁 요동쳤다. 긴장하면 나타나는 과민성대장증후군이었다.

만에 하나 두 시에 업무 전화가 오거나 메신저 알람이 뜨면 모든 건 수포로 돌아가므로, 아예 반차를 내고 티켓팅에 참전했다. 스마트폰과 컴퓨터에 각각 웹사이트를 열어두고 10분 전부터 서버시간을 확인했다. 서버는 예상대로 다운되었으며 대기인원은 458명이었다. 내 차례가 되어 들어갔을 땐 이미 빈 좌석만 남은 '눈바다'였다. 눈 한번 깜짝이면 놓칠 새라 두 눈을 부릅뜨고 수십 번 새로 고침을 했지만, 번번이 '이·선·좌'(이미 선점된 좌석입니다)였다.

포기할 순 없었다. 계좌이체를 하지 않은 취소 티켓이 나올 때를 대비해, 새벽 두 시에 사이트에 접속했고 허벅지를 쥐어뜯어가며 기다렸다. 역시 이·선·좌. 마지막으로 예매대기가 남았다. 오전 여덟 시 정각에 들어가 뒷좌석을 다다다닥 찍었고, 몇 주를 초조하게 기다린 끝에 극적으로 1층 뒷자리를 잡았다.

온갖 우여곡절을 뚫고 얻은 표다. 그런데 기차를 놓친다면 울어버릴지도 모른다. 운전하는 와중, 핸드폰의 업무용 메신저에 이메일이 도착했음을 알리는 알람이 딩동 울렸다. 회사에 프로젝트를 의뢰한 클라이언트가 보낸 수정사항 요청이었다. 메신저를 삭제했다. 제 시간에 도착할 수 있을 것이다. 반드시 그래야만 한다.

○　○　○

아홉 살에 〈원더키디〉를 보며 상상하던 2020년은 이랬다. 매끼 밥 차리는 수고를 치를 필요 없이 알약 하나로 하루 세끼를 해결하고, 죽어가는 지구를 떠나 어떤 행성으로의 이주를 준비하고 있을 거라고. 막상 서기 2020년이 되자 인류는 신개척지를 찾아 헤맬 만큼 멸종 위기에 처하진 않았지만, 지구 행성 전역에 바이러스가 퍼졌다. 한 명이라도 감염자가 발생하면 뉴스에서 대대적으로 그의 동선을 공개하며 보도했고, 생계를 위한 근무나 외출, 생존을 위한 장보기, 감염 검사가 아니라면 집안에 틀어박혀야 했다.

결론부터 말하자면 역병의 창궐 속에서 나는 살아남았다. 회사에서 해고당하지 않았고 재택근무도 가능했으며 월급이 삭감되지도 않았다. 단체 회식과 사교 모임이 사라지더라도 외롭거나 심심하지 않던 내향인 그룹에 속했으니까, 험한 시대에 운이 좋았다고 할 수밖에. 이 은둔 생활을 적극적으로 받아들였다.

오전이면 유치원에 가지 못하는 아이와 느지막이 일어났다. 아이에겐 두유와 모닝빵을 하나 쥐어줬고, EBS 〈엉뚱 남매〉를 찾아 틀어줬다. 아이가 딴 곳에 정신 팔린 사이 메일을 확인하고 급한 업무에 답장을 했다. 30분을 채 넘기지 않고 아이는 심심하다며 내 무릎과 책상 사이를 비집고 들어와 앉아 키보드를 쾅쾅 두드렸다.

"안 돼, 안 돼! 잠깐 혼자 놀아."

"심심해. 심심해."

과자 찬스는 너무 이른가 싶지만 어쩔 수 없었다. 고래밥을 꺼내주고, 태블릿 PC를 켜 넷플릭스의 애니메이션을 검색했다. 아이가 태블릿 PC와 과자를 들고 방구석으로 사라지면 그제야 한숨 돌리며 오늘의 배경음악을 유튜브에서 찾았다. 얼마 전부터 피아노곡을 듣기 시작했다.

피아노를 부모님 집에서 데려온 지 2년이 넘었다. 내가 열 살 때부터 치던 92년산 원목 영창 피아노로, 가격 대비 소리가 제법 좋다고 소문난 제품이었다. 피아노는 20년 동안 뚜껑이 닫힌 채로 앨범과 액자, 책과 옷가지에 뒤덮인 수납장이 되어 있었다. 엄마가 중고로 처분한다는 걸, 내가 집을 마련하면 가져가겠다고 호언장담하곤 했었다. 줄이 늘어져 텅 빈 소리를 내던 피아노는, 트럭에 싣고 온 날 네 시간 동안 조율하자 쨍쨍하게 울렸다. 그러나 딱 거기까지. 한 번도 열지 않았다.

얼마 전부터 자꾸만 거슬렸다. 아이가 피아노 배울 시기가 되기도 해서 소리라도 들려줘야겠다고 생각하던 중이기도 했다. 부모님이 피아노와 함께 실어 보내준 녹색 표지의 《소나티네》를 펼쳐봤다. 클레멘티의 소나티네들과 바흐의 프렐류드 1번, 동네 피아노 대회에 나가서 장려상을 받았던 모차르트 소나타 14번 1악장을 더듬더듬 쳐보았다.

아이는 내가 노트북을 켜고 일할 때처럼 피아노 뚜껑을 열면 기다렸다는 듯이 무릎 위로 기어 올라와서 건반을 쾅쾅 두드리며 방해했다. 건반 위에 손가락 자리를 짚어주면 안간힘을 써서 빠져나가려고 짧은 팔과 다리를 흔들었다.

'아직 준비가 안 됐군.'

처음엔 낮은음자리표를 읽을 수 없어 오선지의 줄을 하나씩 세어보았다. 한 줄에 3도씩 내려가는 걸 기억하라고 뇌는 말했지만 내 눈은 침침했다. 흰 종이 위에 콩나물은 어지럽기만 했다. 그러나 악보 위의 외국어 같은 음표를 더듬거리며 읽는 것과 별개로 20년 만에 건반 위에 올려보는 손가락은 의외로 얼렁뚱땅 자리를 찾아갔다. 자전거 타기와 비슷했다. 어두운 방 안에서도 옷의 소매를 찾아 끼울 수 있는 것처럼 피아노도 그러했다.

엉망진창으로 하는 연주에 아무도 뭐라 하는 사람이 없으니까 신나게 쳤다. 음정 박자 무시하고 동요를 아이와 우당탕탕 불렀다. 아이는 재즈 소곡집에 있던 〈인디아나 존스〉의 주제가 '레이더스 마치'를 좋아했다. 바이러스가 휩쓸던 시기, 집에 종일 틀어박힌 덕에 피아노 뚜껑이 열렸고, 우렁차고 시끄러운 소리가 거실을 가득 채웠다.

○ ○ ○

운명을 믿지 않는다. 그저 우연을 믿는다. 우연이 인생을 바꿔 놓을 수 있음도 믿는다. 앞으로 어떤 일이 벌어질지 어차피 알 수 없는데, 우연이 관성처럼 앞으로 가려던 행보를 지체시키거나 경로를 바꾸게 한다.

그날, 이러한 우연이 나타났다.

동요나 클레멘티 소나티네를 뚱땅거리다가 알 수 없는 자신감이 붙어 유튜브에서 '피아노 소품곡', '초보자도 칠 수 있는 피아노곡 추천' 등을 검색해 재생 목록에 담아두고, 수시로 틀었다. 그러다 보면 자동재생 알고리즘은 제멋대로 흘러가 다양한 클래식 곡들을 들려주었다.

그날도 심심하다고 떼를 쓰는 아이에게 붙잡혀 방과 방을 오고가며 숨바꼭질을 하고, 종이 인형을 오려주다가 고객의 전화를 받고, 주방에선 국을 끓이며, 식탁에 앉아 메일을 작성했다. 아이가 방에 숨어 혼자만의 인형 놀이에 꼼지락거리고 있을 때 비로소 한숨 돌렸다. 막 끓인 물에 믹스커피를 탔고 입이 데일까 호호 불며 조심스럽게 마셨다.

따뜻한 액체가 들어오자 몸이 데워졌고, 카페인이 노곤해지던 정신줄을 꽉 잡아줬다. 혈관을 타고 흐르는 각성의 느낌. 그제야 적응할 만도 하다 싶은 이 생활이 여전히 버겁긴 하다는 자각이 들었다. 서너 가지 일들을 한 번에 해치우고, 누군가의 요청 사항에 연이어 대답하고, 늘 대기 상태로 사는 것. 아무것도 안 하기엔 불안하고 그러나 뭔가 하려면 잠부터 줄여가야 하는 것.

스피커에선 피아노 선율이 잔잔하게 흘러나왔고, 갑자기 눈물이 또르르륵 하고 떨어졌다. 당혹스러웠다. 완전한 무방비 상태에서 곡에 빠져 있는지도 모르다가 몸이 먼저 반응해 흘러내린 눈물이었다. 내 볼에 흐른 게 눈물인지 믿어지지 않아 그걸 훑어 혀끝에 잠시 대어보았다.

이 곡을 알고 있었다. 한 번도 주의 깊게 들어본 적 없었는데, 난데없이 어떤 화음이 마음의 벽 한쪽을 파르르 허물어뜨린 것이다. 그 화음이 내 속으로 기습하여 심장을 쥐었다가 무언가를 꾸욱 짜내고 스르르 놓아버렸다. 피부에 잔털이 0.1초 정도 쫘악 섰다가 가라앉았다. 일상에선 도무지 접해보지 못했던, 이상야릇하고 짜릿하면서도 감당이 안 되는 은밀한 쾌락이었다.

곡을 처음으로 돌려 재생해보았다. 이 체험이 순간이었는지 지속될 수 있는지 확인하려고. 그렇게 돌이킬 수 없이 음악의 세

계로 빨려 들어가고 말았다.

○  ○  ○

처음엔 이런 나를 부정했다. 그러나 자꾸만 플레이 버튼을 눌렀고 하루 종일 들었다. 평소에 음악을 즐겨 들었냐면 아니었다. 오히려 시끄럽다고 꺼버리는 축에 속했다. 잘해야 '카페 음악 3시간'이라고 된 영상을 틀어두었고, 어쩌다 흥을 돋우고 싶으면 즐겨 보던 드라마 주제가를 재생하고 흥얼거렸지, 피아노 곡이라니. 배경음악용 재즈 피아노라면 모르겠다. 그런 것도 아니고 쇼팽의 발라드라거나 리스트의 소나타 B단조라거나 베토벤의 열정 3악장처럼, 듣고 있노라면 속이 울렁거리고 멀미가 날 것만 같은 곡들이었다.

낮에 음악을 틀어두면 식구들은 도대체 이 이상한 음악은 뭐냐며 끄라고 타박했다. 아이를 재우고 나서야 옆방으로 슬그머니 나와 헤드셋을 꼈다. 무엇에 단단히 홀렸는지 모르겠지만 저녁 식사 준비를 하거나 아이에게 동화책을 읽어줄 때에도 머릿속에 선율이 맴돌았고, 한밤중에 혼자 음악을 들을 생각에 몰래하는 연애처럼 가슴이 두근거렸다.

하루도 빠지지 않고 새벽 두세 시까지 숨죽이고 헤드셋을 끼고 음악을 들었다. 한 음 한 음, 호흡을 같이 하며 하나도 놓치지 않을 태세로 음들을 붙잡았다. 처음엔 그저 웅얼거리는 수준으로 들리던 음악도 수십 번 듣다 보면 흥얼거릴 정도가 되었다.

곡이 익숙해지다 보니 스토리를 다 알면서 돌려보는 영화처럼 다음에 나올 선율을 조마조마하게 기다리게 되었다. 서서히 고조되는 음악에 귀를 기울이다 보면, 흩어지는 듯 띄엄띄엄 이어지던 음이 한순간에 끼워 맞춰지는 순간을 포착할 수 있었고, 층층이 모이고 쌓이던 음이 한번에 터지는 순간엔 가슴 깊숙한 곳이 저릿저릿 울렸다. 저음 속으로 침몰해 들어갈 땐, 남극의 크레바스와 같은 심연 속으로 빨려 들어가는 듯 공포스러우면서도 짜릿했다.

음악은 생활 세계와 다른 세계를 만들어줬다. 그저 고막에 음악을 꽂아 넣는 행위만으로 순식간에 다른 차원으로 이동했다. 그곳엔 일상 세계와 다른 기체와 액체가 있었고 그걸 정신 없이 흡입하고 또 흡입했다. 음악이 혈관으로 들어와 몸을 훑고 지나가는 것만으로도 모든 쾌락이 충족되어 버렸다.

정신을 차리고 보니 반년이 훌쩍 지나 있었다. 나에게 무슨 일이 일어난 건지 알 수 없었다.

○ ○ ○

역에 도착했다. 기차가 도착하기 5분 전, 주차하고 플랫폼으로 뛰어갔다. 도착해 있는 SRT에 헐레벌떡 올라탔다. 숨을 고르고 생수병을 열어 한 모금 마셨다. 안심인지 어이없음인지 웃음이 났다.

부산은 19년 만이다. 그동안 여행으로도 가지 않았다. 그런데 공연을 보러 간다. 출장도 관광도 아닌 목적으로 혼자 덩그러니 기차를 타고 어딘가로 간 것이 몇 년 만이던가. 이십대 중반쯤, 혼자 춘천 여행을 가겠다며 김현철 1집을 CD 플레이어에 넣고 무작정 경춘선을 탔던 기억이 난다. 그리고 십몇 년 만이다.

'나 혼자 이 좋은 걸 누려도 되는 걸까.'

음악을 들으며 품게 된 열정을 감히 발설할 수 없었다. 다른 이와 나누고 싶다거나 전파하고 싶다는 선의라기보다, 떠들고 다니다가 감정의 얄팍함이 탄로가 날까 봐 꼭꼭 뭉쳐두었다. 쓸모 있는 목적이 아닌 쾌락만을 위해 이토록 오만 정성을 다해 시간과 노력을 기울이는 것이 어쩐지 자꾸만 사치스럽게 느껴졌다. 그러나 실제로 위축되진 않았다. 단지 겸손한 척했을 뿐이다. 아이를 떼어놓고 직장에 나온 엄마가 속으론 홀가분해 죽겠으면서도 입 밖으론 '아이가 걱정돼'라고 말하는 그런 것처럼, 일종의 위장이다. 정당함을 만들어내고 속으론 즐긴다.

"나이 먹고서 설레는 게 있을 수 있어? 연애라도 하면 몰라도." 언젠가 친구가 이런 말을 했다.

'아니야, 설렐 수 있어'라고, 설렘의 대상이 꼭 인간 남자여야 하냐고 말하고 싶었지만, 나의 설렘이 잠시나마 귀해지는 우월감이 생기기도 했다.

그러니까 이 열정은 도피 아니면 허세일까. 아니면 매일 지루하게 이어지는 생활과 일상의 자잘한 고뇌를 잠시 잊으려는 취미일 뿐일까.

o o o

아이를 낳자 예전엔 없던 이상한 결핍이 생겨났다. 왜인지 모르겠지만 행복이 무엇인지 끝없이 묻게 됐다. 아이는 행복이라는데 그 행복이 뭔지 알 수 없었다. 행복이라는 감정을 퐁퐁 느껴야 할 것 같았는데 그런 감정이 도무지 생겨나지 않았다. 내가 문제라고 여겼다. 그러나 행복을 찾으려 하거나 탐하지 않았다. 자유 확보가 우선이었다. 이대로 가만히 있으면, 배우자만 기다리다가 인생 전체가 집안에 박제되어버릴 것만 같아 온몸을 다해 발버둥 쳤다.

육아와 집안일을 배우자와 나누고, 돈을 벌기 위해 들어오는 일들을 닥치는 대로 했다. 그리고 엄마이자 아내로서 요구받던 역할을 하나씩 포기했다. 나 자신에게 수없이 말했다. 아이에게 학습을 미리 지도하지 않아도 된다고, 매끼니 정성스럽게 차려 먹이지 않아도 된다고, 하이 톤으로 감정 읽어주기를 하지 않아도 된다고, 주말마다 가족 나들이를 계획하지 않아도 된다고. 배우자의 퇴근을 기다리지 않아도 된다고.

그러나 나를 위해서 하는 일들이 행복이 될 수 있는 감정이나 만족, 가족의 결합을 깨뜨릴까 봐 걱정해야 했다. 솔직히 걱정하지도 않았고 매우 불안하지도 않았지만, 엄마로서 내 할 일을 못하고 있다는 죄책감과 미안함이라도 느껴야 정상으로 보였다.

끝내 놓지 못해 바둥거리는 것도 있었다. 관계를 충만하게 만들기 위해 애쓰지 않으면 불행한 가족이 될지도 모른다는 불안은 떨쳐내기가 어려웠다. 배우자가 아이를 적극적으로 돌보고, 어지른 집을 바로 치우고, 아이는 건강하고 생기 있어도, 내가 원하는 것이 얻어진 느낌이 들지 않았다. 겉돌았고 부딪혔다. 끼워 맞추려고 안간힘 쓰면 쓸수록 자꾸만 미끄러졌다.

충만함은 뭔가. 누군가 내 옆에 있다는 안전함. 애정이 변치 않을 거라는 믿음. 내 존재가 온전히 수용되는 아늑함. 안정되고 따듯한 무언가가 공기와 몸을 타고 통할 때 느껴지는 기쁨이었다. 그러나 그 모습이 구현된 형태는 고작 단란한 가족사진의 이미지와 다르지 않았다. 아이를 재우고 나면 피곤함을 무릅쓰더라도 배우자 옆에 나란히 붙어 앉아 영화를 보거나 이야기를 정답게 나누고, 주말이면 아무리 차가 막혀도 교외로 나들이를 가는 것. 휴가철이면 일주일씩 근사한 풍경 앞 호텔이나 캠핑장에서 시간을 보내는 것. 아니면 상대의 행동에 과장된 칭찬을 해주거나, 상대의 말에 무조건적인 동의나 공감의 제스처를 보이며 수용해 주는 것이었다. 다른 걸 상상할 수 없었다.

이런 식의 충만함을 만들어가려면 내가 노력해야 한다고 믿었다. 혼자 앞에서 지휘하며 이끌어갔다. 먼저 말을 꺼내고 묻고, 상대방의 결핍을 읽어주고, 맞장구치고, 놀러 갈 장소를 찾았다. 배우자에게 시키다가 그가 성에 안 차게 하면 잔소리를 하고, 다시금 꾹 참고, 참다못해 폭발해 쏘아붙였다. 불화의 긴장을 못 견뎌 먼저 사과하는 것까지도. 식구들이 나에게 쉽게 협조하지 않은 건 내가 덜 다정해서일까. 비폭력 대화를 익히지 못해서일까. 내가 성질이 괴팍하고 인내할 줄 모르고 헌신할 줄 몰라서일까.

내가 가지려고 했던 충만함은 무엇이었는지 스스로에게 묻고 묻고 또 물었다. 그건 애초에 이룰 수도 가질 수도 없는 건 아니었을까. 내가 참을성이 없는 인간이라는 건 차라리 다행이었다.

어느 날 배우자에게 외쳤다. "더 이상 못 하겠어. 대답해. 마지막으로 물을게. 할 거야. 말 거야."

배우자는 대답했다. "그만 말해. 네가 하라는 대로 하기 싫다고."

그 말에 내 마음 깊은 곳을 오래도록 짓누르던 책임감이 쑥 내려갔다. 드디어 포기 당했다. 슬프거나 절망스러웠는가. 아니었다. 그토록 원하던 자유가 만들어졌다. 하고 싶은 일을 악착같이 찾고 해내는 자유가 아니라 행복을 찾지 않아도 되는 자유. 화목한 가정이라는 판타지를 위해 낑낑대며 노력하지 않아도 될 자유. 배우자가 "내가 더 잘할게, 노력할게"라는 말을 하지 않아서 차라리 고마웠다. 희망고문은 끝났다. 아이에 대해서도 배우자에 대해서도 그들이 하고 싶은 대로 하게 두었다. 그러자 충만함을 애타게 찾던 빈 공간에 음악이 들어왔다. 음악은 쉼 없이 흘러 들어오고 다시 흘러나갔다. 무엇도 정체되지 않았다. 음악이 만든 흐름에 삶을 맡기기로 했다. 될 대로 되라지.

∘ ∘ ∘

기차 안에서 헤드셋을 끼고 폰에 담겨 있는 음원을 재생했다. 슈만의 유모레스크. 오늘의 연주곡이다. 이 곡이 귀에 익숙해진 건 얼마 되지 않는다.

　슈만의 곡은 처음엔 갈피를 잡을 수 없이 마구잡이로 흘러가는 것만 같다. 어디가 시작이고 어디까지가 끝인지 알 수 없다. 난해하고 몽롱하며 어지럽다. 그러다 어느 피아니스트의 실연을 듣고 무방비로 마음이 열려버렸다. 문 하나만 열면 되는데 열 줄 몰라서 서성이던 음악에서, 문을 여는 암호를 발견하고 딸깍 여는 계기가 찾아오면, 그 음악은 심장으로 직진해 들어온다. 슈만도 그렇게 들어왔다.

　슈만의 이야기는 갑자기 시작한다. 누군가를 만나면 '어떻게 지냈니'라고 안부부터 물어야 하는데, 다짜고짜 '나 울고 싶어'라고 말한다. 소나타처럼 기승전결의 극적인 드라마가 만들어지지 않고, 하나의 이야기를 하다가 갑자기 다른 이야기를 던지고, 그러다가 뚝 끊고 휙 돌아서버리는 슈만의 곡. 처음엔 무슨 말을 하는지 알 수 없다. 그러나 그의 음악적 어법에 익숙해지면 이 음악은 미셸 슈나이더의 말처럼 내 속의 알고 싶지 않은 무언가를 건드리며 사람을 미치게 만든다.

　들떴던 에너지를 가라앉히고 침잠하는 시기엔 어김없이 슈만을 듣는다. 가끔 내가 아주 불쌍해질 때가 있는데 우울할 때 듣는 쇼팽 발라드가 파국의 드라마이고, 슈베르트의 후기 피아노 소나타가 자신을 위해 부르는 노래이고, 브람스의 발라드가 자기 성찰과 묵상의 시간이라면, 슈만은 자기연민을 도저히 허용하지 않는 블랙 코미디다.

한껏 애상에 젖은 듯 아련하게 시작하는 유모레스크도 그렇다. 후반부로 갈수록 분위기는 고조되고, 그건 언제 무너질지 모르게 위태로운 절정으로 치달아가지만 환희도 파국도 만들지 않는다. 오히려 껄껄거리며 웃어 재끼는 유치한 웃음을 내보인다. 뻔뻔하고 당당한 걸음걸이로 자신을 우스꽝스럽게 만든다. 슈만은 고통에 몸부림치지만 누군가의 위로로 자신의 고통을 연민하는 것을 허용하지 않는다. 그래서 우울감에 빠져들다가도 슈만을 들으면서 우울처럼 보이는 덩어리를 거리를 두고 바라보게 된다.

그의 음악은 과시적이지 않고 서사를 매끄럽게 다듬지 않는다. 꾸밈없이 균열과 분열을 드러낸다. 정점으로 도달할 거 같다가 그 앞에서 멈춰버린다. 적당히 맛만 보여줬으면 좋겠는데 끝도 없이 직진하고, 그러다 방향을 잃고 갑자기 틀어버린다. 전엔 짧은 곡들의 모음이 서사 없이 툭툭 끊기고 어디로 흘러가는지 알 수 없어서 답답했다. 그런데 지금은 찰나를 딱 잡아채어 순간을 늘려서 보여주는 그의 이야기가 좋다. 나도 그런 이야기를 쓰고 싶었다.

아, 나온다. 유모레스크에서 머리채를 막 흔드는 듯 경쾌하면서도 어딘지 모르게 서글픈 부분. 오늘 연주에서는 어떻게 설득 당하게 될까.

유모레스크를 세 번쯤 재생하고 났더니 부산에 도착했다.

○ ○ ○

일상과 음악이 뒤섞여 하루하루 몽롱하게 지냈다. 학교 입학을 앞두고 아이가 먼저 피아노 레슨을 시작했다. 동네에 오는 방문 피아노 선생님을 소개받았다. 쿵쾅거리는 엄마의 피아노 소리에 익숙해졌는지 웬일로 거부 없이 피아노 앞에 앉았고, 바이엘 1권부터 시작했다. 6개월 후 조심스럽게 선생님에게 입을 열었다.

"저도 레슨을 받고 싶어요."

피아노 학원에 다니다가 그만둔 시기가 4학년 때였으니까 무려 30년 만이었다. 고등학교 때까지 이승환의 '천일동안' 같은 가요를 간간이 쳤지만, 스무 살 이후론 아예 안 쳤으니 20년 동안 굳은 손이었다. 지난 몇 달간 일주일에 한두 번 쿵쾅거리던 것이 전부였다.

선생님은 어느 정도인지 보자며 연주를 해보라고 했다. 나는 자신 있게 '도 미 솔~'로 시작하는 모차르트 소나타 14번 1악장을 쳤다. 선생님은 잠시 말이 없으셨다.

"어머님, 그래도… 많이 안 잊어버리셨어요."

6개월 동안 제멋대로 쳐댔더니 내 손은 악보에 쓰여 있는 손가락 번호나 박자 따위 무시하고 마구마구 달려가는데 익숙해져 있었다. 첫날 수업엔 템포를 맞추고, 절뚝거리고 뭉개지고 미끄러지는 스케일을 교정했다.

몇 달이 지나 바이엘 3권으로 아이의 피아노 진도가 나갔다. 아이는 피아노를 치다가 틀리면 와락와락 소리 지르고, 울부짖고, 바이엘 책에 크레파스를 가져와 갈기고 바닥을 데굴데굴 굴렀다. 피아노를 그만두자고 말했지만 그만두는 것도 거부했다. 엄마는 계속 배운다고 했으니까 그만두는 건 싫은 거였다. 아이가 피아노를 거부하거나 말거나 심통을 부리며 의자에서 뛰쳐나가면, 이때다 싶어 얼른 자리에 앉아 피아노를 쳤다.

1년 동안 근사한 곡 몇 개를 배웠다. 슈만의 트로이메라이, 차이코프스키의 사계 10월 같은 곡들. 또 쇼팽의 가장 쉬운 왈츠와 프렐류드 4번. 내 수준을 망각하고 녹턴 9-2번에도 욕심을 냈다.

나에게는 아무에게도 감히 말하지 못하는 원대한 야망이 있었다. 피아니스트들이 앙코르로 자주 연주하는 소품곡을 한 곡씩 연습해보겠다는 포부였다. 1년에 한 곡씩만 완성하면 10년이면 열 곡이었다. 그러나 진도는 한없이 더뎠다. 악보의 음표를 건반에서 찾기도 버거웠다. 레슨 선생님은 내 손가락을 가져다가 친히 건반 위에 옮겨주곤 했다. 일주일에 두 마디씩 나갔다. 쇼팽의 녹턴은 한 곡을 끝까지 어느 정도의 템포로 칠 수 있게 되기까지 무려 4개월이 걸렸다. 하루에 고작 15분에서 20분씩 연습하는 하급 아마추어에겐 이 정도도 감지덕지였다.

음악은 10대부터 동경의 대상이었지만 소질이 있어야만 할 수 있을 거라며 진작 포기했었다. 살아가면서 가장 못하는 걸 꼽으라면 운동, 수학, 음악이다. 10대 중반부터 '수포자(수학포기자)'로 살았고, 운동은 생존을 위해 한다. 문제는 음악인데 못하지만 사랑하게 되어버렸다. 피아노는 어느덧 나의 일상을 지탱하는 의식이 되었다. 아침에 잠깐, 또는 집에서 일하다가 짬짬이 치는 피아노는 굳은 몸을 예열해주고 머리에 가득 찬 스트레스를 빼내준다. 마감에 임박해 서너 시간을 모니터 앞에 어깨를 웅크려 목을 쭉 빼고 일을 하고 나면, 일의 잔여물이 내내 몸에 들러붙어 있다. 일이 몰릴수록 그 일은 더욱 끈끈하게 붙어, 밥 먹을 때에도 걸어 다닐 때에도 따라다닌다. 그때 피아노 연습은 시간의 흐름을 뚝 끊어낸다. 일이 잊힌다. 머릿속이 샤워를 한 듯 깨끗해진다.

피아노 레슨을 받은 지 1년. 베토벤 소나타 8번, 연주 시간 총

20분에서 25분인 비창 전 악장에 무모하게 도전해보기로 했다. 어떤 곡인지 모르기에 가능한 초심자의 모험이다.

○ ○ ○

부산 공연에서 피아노에 자신을 제물로 바친 음악가의 자아를 날것 그대로 만났다. 심장이 뻑적지근하고 현기증이 일었다. 전에도 이 피아니스트의 소리가 뭔가 다르다는 건 알고 있었지만 어떻게 다른지 말로 설명하긴 어려웠는데, 이번에 터치의 질감이 피부로 와 닿아서 당혹스러웠다. 갓 잡아 올린 활어가 미친 듯이 물을 튀기면서 발버둥치는 생명의 느낌이라고 해야 할까. 피아노의 건반 하나를 쏙 뽑아냈을 때의 싱싱함이었다. 그 에너지가 감당이 안 되어서 기가 쭉쭉 빨려나갔다. 압도적으로 연주에 몰입한 무아지경의 상태를 접하니 버거웠다. 자신의 음악적 자아를 완전히 드러내고 바치는 예술을 만나버렸다. 그런 경험이 너무나 희귀한 요즘이니 마치 현실이 아닌 듯 느껴졌다.

공연이 끝나고 혼자 망연자실하니 공연장 앞 벤치에 앉아 있었다. 관객들이 하나둘 택시를 타고 떠나갔다. 공연장 앞 광장을 물끄러미 바라보았다. 이 감상을 누군가와 나누고 싶기도 하고 혼자 가지고 싶기도 했다. 아무도 없어질 때까지 앉아 있다가 도로로 걸어 나와 택시를 잡고, 예약해둔 숙소로 맥주를 사 들고 들어왔다. 수다를 떨고 싶은 밤이었다.

혼자 볼 때나 누군가와 같이 볼 때의 공연은 사뭇 다르게 남 는데, 좋은 점도 있고 아쉬운 점도 있다. 공연을 보고 나와 터질 것 같은 마음이나 어딘지 모를 아쉬움을 혼자 곱씹으면 그 여운 이 오래가는 만큼 괴롭기도 하다. 반면 같이 나눌 누군가가 있 으면 순간의 답답함을 확 털어 내버리기에 홀가분해지지만 여운 도 빨리 가라앉는다. 오늘은 더 이야기하고 싶은 날이다. 토해내 지 않으면 끙끙 앓을 것만 같다.

같이 공연을 본 이들과 이야기를 나눈 적이 있다.

"친구들이 다 나이가 드니까 남편 이야기, 아니면 아이 이야 기만 해요. 그것도 아니면 부동산."

"음악 이야기를 어디 가서 할 수 있나요. 없어요. 전 비밀로 하 거든요."

그러므로 말할 수 있는 자리가 있다면 토해내야 한다. 각자의 비밀스러운 사랑을.

그날 우리는 맥주를 마시며 열렬히 고백했다. 그건 감히 사랑 이었다. 누군가가 사랑에 빠진 눈빛을 본다는 건 너무도 드문 일 인데 그 눈빛을 마음 놓고 보여주었다. 이런 만남과 이런 감상과 이런 사랑이 왜 어렵게 되어버렸을까. 단지 바빠서일까. 아니면 무뎌져서일까. 사랑이 새어나올 수 있는 틈을 어디에서 만나야 할까.

귓전으로 윙윙 울려대는 피아노 소리에 몸이 각성되어 새벽까지 뒤척거렸다. 어떤 대상에 온몸이 사로잡혀 현실과 나를 분리해버리는 마법 같은 이 기분이 익숙하다. 왜 이리도 기시감이 드는 것인지. 이 열정의 정체는 무엇인지.

○ ○ ○

피아노 레슨은 일주일에 두 번, 30분씩 이어졌다.

베토벤 피아노 소나타 8번, 비창 전 악장을 익히는 시간은 더뎠고 지루했다. 내가 아주 좋아하는 곡도 아니었다. 그럼에도 이상한 오기가 발동하여 연주 시간 20분에 달하는 이 곡을 3악장까지 마치고 말겠노라며 선언했다. 반년이 지나도 끝날 기미가 안 보였다. 겨우 1악장을 넘겼다. 레슨 선생님은 악보만 보면 한숨을 쉬는 나를 달래듯 말했다.

"원래 전공생들도 한 학기 내내 연습하는 곡이에요."

"제가 분수도 모르고 시작했나 봐요."

숨을 고르고 치솟는 답답함을 달래며 한마디씩 더듬거리며 쳐본다.

비창 1악장은 특유의 비장함과 극적인 전개로 유명하다. 이 곡의 두 주제가 얽히고설키면서 전개해나가는 과정은 대중을 향해 막힘없이 호소하면서도, 어딘지 모르게 망설임을 담은 혁명가의 연설처럼 들린다.

비창의 유명한 첫 마디는 미간을 잔뜩 찌푸리고 분위기를 잡으며 시작하는 고백이다. 점점 목소리가 고조되다가 감정을 터트리며 비탄에 빠진 톤으로 이야기한다. 심각하고 비장한 그라베°로 시작했던 느린 도입부는 하강하는 스케일에서 과거의 이야기로 빨려 들어가는 듯 장면을 전환한다.

나는 여기에서 조르르르 미끄러지기보다 덜거덕 덜거덕 내 발에 내가 걸려 넘어진다. 순식간에 장면을 전환해야 하는데 문을 열었다가 잘못 열어 다시 닫고, 어디로 들어가야 할지 몰라 헤맨다. 템포가 급격히 느려짐은 말할 나위 없다.

도입부를 마치자마자 진입하는 1주제는 갑작스러운 상승이다. 왼손은 둥둥둥둥 반복되는 모티브를 무겁지 않지만 경박하지 않게 쳐주어야 한다. 그런데 내 왼손은 망치를 쥐고 치듯이 거칠고 시끄럽다. 심지어 갈수록 빨라져서 세 번째 프레이즈부터는 고속도로를 차선 위반하며 질주하는 자동차처럼 위태롭

○ 엄숙하고 무겁게.

다. 화음을 잘못 집어 텅텅 비는 소리가 나고 잔뜩 힘이 들어간 손목은 아파 오는데 멈출 수도 없다. 에라이 모르겠다며 이리저리 치고 박으면서 달리다가 목적지에 도달할 즈음, 브레이크를 급하게 밟으면서 템포를 늦춘다.

왼손과 오른손이 교차하는 2주제는 생각보다 수월하지만 한숨 돌리는 건 잠깐이다. 2주제의 끝으로 향할 때 나오는 분산 화음에서 대참사가 벌어진다. 포클레인으로 무자비하게 건물을 헐어버리는 수준이랄까. 처음 이 부분을 배울 때 비창 1악장에서 들어본 기억이 전혀 없어 갸우뚱했다. 분명히 이 부분에 멜로디가 있었는데 내가 치면 왜 아무 노래도 없는 걸까.

연습을 진행하며 알았다. 이 부분은 총 네 개의 음 중에서 새끼손가락으로 치는 가장 높은 음이 강조될 때, 노래가 되는 것이었고, 나머지는 아주 빠르게 스치듯이 훑고 지나가야 했다. 나는 이렇게 칠 수 없었고, 모든 음이 쿵쾅거리며 느리게 쳐졌으니까 당연히 노래가 들릴 리 없었다.

다시 1, 2주제의 발전부가 나오고 재현부까지 도달하면 1악장을 마친다. 쾅! 쾅! 쾅! 쾅! 그리스 신전의 기둥처럼 단단하게 세워져야 하는 화음들은 폭격을 맞은 듯 허물어진다. 피아노 연주를 운동에 비유하자면, 내가 친 비창은 땀을 뻘뻘 흘리면서 비틀거리는 스쿼트와 같았다.

2악장은 아다지오 칸타빌레라서 느긋하게 음미하면 되었다. 그저 화음만 눌러도 소름이 와다다다 돋을 만큼 아름다운 곡. 트릴과 약간의 도약. 방정맞은 오른손 엄지손가락만 주의한다면 그럭저럭 들을 만해진다. 2악장은 3페이지였고 한 달 정도만에 악보를 손에 익혔다. 레슨을 마치고도 일주일에 한두 번은 꼭 치는 나의 18번이 되었다.

곡을 연습할 때면 어느 정도 손에 익기까지 프로 연주자들의 연주를 잘 듣지 않는다. 핑거링이나 악보도 익히지 않았으면서 어설프게 멋지게 치는 흉내만 내게 돼서 그렇다. 비창의 1악장 도입부에서 폼만 잡는다거나, 2악장에서 감성에 취해 루바토°를 마구 넣어버리는 식이다.

가끔 연습이 잘되는 날엔 연주 영상을 촬영해보는데 소리를 재생하는 순간 날것 그대로의 연주와 대면한다. 그저 뚱땅뚱땅 신나게 치는 것이 아니라 머릿속에 있는 곡의 모습에 조금이라도 가까이 다가가기 위해서 익혀 나가는 피아노 연습은, 모든 순간이 내가 얼마나 못하는지를 확인하는 과정이다. 조금은 나아지겠지 하는 기대 따위는 어김없이 배신당한다. 차마 들어줄 수 없어 녹음을 꺼버리곤 한다. 그 과정에서 신기하게도 웃음이 살

○ 재량에 따라 자유로운 템포로 연주하는 기법.

살 배어나온다. 끔찍하다. 그런데 기쁘다.

○ ○ ○

지금과 다른 차원으로 진입하는 듯한, 모든 것이 그대로인데도 시공간이 확 바뀌어버리는 마법 같은 경험, 음악 속에서 몸이 찌릿하게 반응하고, 음악에 숨죽이면서 주변에 어떤 막이 형성되는 경험은 고향에 돌아온 듯 편안했다. 이게 뭘까.

잡힐 듯 말 듯 보일 듯 말 듯하던 덩어리가 서서히, 그리고 선명하게 떠올랐다. 나는 난데없이 음악에 빠진 게 아니었다. 사랑했던 자리로 돌아온 거였다. 10대 후반에서 20대 후반까지 틈만 나면 음악을 들었다는 걸 기억해냈다. 장르가 다를 뿐이었다. 10년 가까이 음악을 아예 모르는 사람처럼 살았는데, 그 이전에 음악을 듣던 내가 있었다는 걸 마흔이 되어서 발견했다.

짐 정리를 한다고 몽땅 버렸던 카세트테이프와 CD가 떠올랐다. 창고를 뒤져 박스를 열었다. CD 50여 개가 남아 있었다. 김현철 1집 CD를 오디오에 넣고 켰다. '동네'가 흘러나왔고 피식 웃었다. 스매싱 펌킨스의 쌍둥이 그림이 그려진 앨범을 재생시켜보았다. 빌리 코건의 멜랑콜리한 음성에 완전히 잊고 있던 시간이 순식간에 펼쳐졌다.

하교하면 방구석에서 뒹굴며 읽던 소설책, 야자시간에 엎드려 내내 듣던 음악, 학교에서 몰래 빠져 나와 보고 오던 일본 영화. 혼자 자전거를 타면서 하던 여행. 여행지에서 시간을 죽이며 그리던 그림. 중앙도서관에서 해 질 녘 걸어 나오며 만난 노을까지도.

중요한 건 열정의 정체다. 언제나 무언가를 지나치게 사랑해 왔다. 집착이었는지도 모른다. 좋아하게 되면 눈을 뜨고 잠들 때까지 오로지 그것만 생각했다. 그 대상은 언제나 생산적인 일에서는 매우 비켜나간 무용한 짓을 하게 했다. 그것에 열렬히 매달리면서 나를 숨겼다. 혼자 짓던 집이었고 안식처였다.

피아니스트 세이모어 번스타인이 말했듯이 그 안에 있으면 밖에서 까마귀가 쪼아대도 괜찮았다. 전문성이나 성과, 점수로 포획되지도 잡히지도 않으니까 태연할 수 있었다. 도대체 왜 그런 걸 하느냐고 까마귀들이 말하고 간섭하더라도, 또 어디에서도 인정받지 못해도 극심하게 불안하지 않았다. 이 사실을 너무나 오래 잊고 있었다.

결혼해서 아이를 낳고 가족을 만들고, 나는 한 인간이 기꺼이 감당해야 할 고독을 관계라는 이름으로 타인에게 빌어 와 그 타인에게 요구하여 채우려고 한 건 아니었을까. 가족을 꾸리기 전까진 고독 속에 있어도 충만했다. 그러나 가족이라는 제도는 구성원을 고독하게 해서는 안 된다는 사명으로 서로를 끊임없이 채워주길 기대하게 했다. 그러지 않으면 불행해질 거라는 압력을 줬다. 그러나 그런 기대가 외로움이라는 역효과를 일으키는 건 아니었을까.

누군가 나에게 힘들지 않느냐고 물을 때가 있다. 자신을 밀어붙이면서 책을 읽고 글을 쓰고 매일을 치열하게 살아간다면 너무나 찢겨나가는 것 같지 않느냐고. 대답을 하자면 힘들지만 분열하지 않았다. 무언가에 악착같이 매달리면서 독해지고 날카로워질 수 있는 마음이 순간적으로 솟구치면, 음악 안으로 숨었다. 도피처가 있었다. 음악이 딱딱해진 심장을 말랑말랑해질 때까지 마사지해 주었다.

한 친구가 가족의 죽음을 겪어낸 이야기를 들려주었다. 타국에서 혼자 돌봄을 감당해야 했던 시간. 그는 삶을 짓누르는 우울과 고통 속에서, 오랜 친구들에게 자신의 아픔을 쉬이 털어놓을 수 없었다고 했다. 자기의 이야기가 가뜩이나 복잡한 인생에 심란함을 더하는 하소연이 될까 봐. 또 용기를 내서 말한다 해도 다들 금세 각자의 문제로 돌아가니까. 친구는 말할수록 위로받기보다 외로워진다고 했다. 누군가가 죽음을 코앞에 두고 사투를 벌일지라도, 오늘 들은 기분 나쁜 말이 자신에겐 더 큰 문제로 느껴지는 것이 사람의 마음 아니던가. 외로움을 알아봐 주

고 잠시 토닥여줄 수 있다면 참으로 감사한 일이지만, 잔인하게
도 타인이 나에게 해줄 수 있는 건 딱 거기까지다. 뒷수습은 홀
로 해야 한다.

이때 친구에겐 음악이 탈출구가 되었다. 외로움을 알아달라
고 상대를 붙들고 인정 투쟁을 벌이지 않아도, 자신이 얼마나
고통스러운지 악다구니를 쓰며 증명해 보이지 않아도, 음악은
고요하고 안전하게 나를 감싸며 이야기를 들어준다. 아픈 가족
을 챙기다 혼자 집으로 돌아오던 길에 들었던 슈베르트 즉흥곡.
그 곡은 안식처이자 치유제였다. 유일하게 숨죽여 울 수 있었던
장소였다.

음악을 감상하는 건 단순히 귀로 듣고 즐기는 차원을 넘어선
다. 맹렬하게 들어가 내 몸과 섞여내는 행위다. 호흡의 일부가
될 때까지 같이 한다. 이때 우린 불행에 잠식되지 않을 힘을 얻
는다. 불행은 지워지지도, 사라지지도, 치유되지도 않는다. 다
만 불행이 공격할 때, 있는 힘껏 싸워 물리치기보다 불행이 나를
통과해 지나갈 수 있게 한다. 몸 바깥이 음악으로 둘러싸이며
불행의 독기를 정화시킨다. 그래서 우리는 불행해지지 않는 것
이 아니라 불행과 함께 살아갈 수 있다.

슈만의 환상곡, 3악장을 듣는다. 음들이 망설이는 듯 부유하
다가 점차 포개어진다. 뭉글뭉글 내 안의 구석구석을 어루만진

다. 이 곡을 들을 때면 어김없이 눈물이 난다. 이러한 순간에 우린 행복을 손에 움켜쥐려 애쓰지 않아도, 오히려 행복해야 한다고 믿어온 걸 손에서 흘려보내도 절로 충만해진다. 여전히 어딘가가 비어 있더라도 무언가 흐르고 나가는 틈이자 공간으로 본다면, 문제나 결핍으로 삼지 않을 수 있다.

○ ○ ○

비창 전 악장을 익히는데 꼬박 1년이 걸렸다. 2악장은 악보를 익히고 나서 6개월간 틈틈이 연습을 했고 저절로 외우게 되었다. 2악장은 그 우연의 날, 갑작스레 짠 눈물을 흘렸던 곡이었다. 꾹꾹 눌려 있던 감정이 툭 건드려졌고 단단히 방어하던 벽이 무방비로 녹아내렸다. 그건 억지로 뭔가를 바로잡으려고 애쓰지 않고 그저 내버려둬도 된다는 이완의 눈물이 아니었을까.

1년을 매일 조금씩 연주하고 나서야 나의 둔한 귀는 비창에서의 아주 작은 탄식과 찬란함을 알아차리게 되었다. 작게 숨을 내뱉듯이 탄식해야 하는 부분을, 음과 음 사이에서 빛이 새어나와 환희를 만드는 부분을. 악보 어디에도 쓰여 있지 않고 순식간에 스쳐 지나가지만, 주의를 깊게 기울이고 몸에 익숙해져야만 알 수 있는 곳들. 그 음을 누를 때 조심스럽게 음미하며 전

율한다. 그건 나만의 은밀함이었고 딱 그 마디에, 딱 그만큼의 다른 세계가 만들어졌다. 돌고 돌아온 끝에 알 수 있었다. 내가 만들어온 세계라는 건 그런 식으로 조금씩 틈을 벌려 왔다는 것을.

음악을 들으며 떠올리고 찾아낸 건 과거나 추억이 아니었다. 무언가에 열정을 쏟을 때 나를 알았고 그 순간에만 나를 만났다는 걸 알았다. 내가 그걸 발견하려고만 했다면.

거기에서 이야기는 시작된다. 아마 당신의 이야기도.

각각의
열정

글을 쓰며 여러 친구들을 떠올렸다. 친구들에게 전화를 걸어 너의 이야기를 써도 되냐고 물었고 서로의 기억을 맞춰보기도 했다. 대부분 자신의 이야기가 들어가는 걸 반겨줬고 흔쾌히 허락해주었다. 연락이 끊긴 이들과의 경험은 비어 있는 부분을 다른 인물의 캐릭터를 빌려와서 채웠다.

실제 사건과 실존 인물을 바탕으로 썼지만 오래된 기억을 가지고 쓰려다 보니 빈틈이 많았고, 그래서 허구와 각색을 일부 더 했다. 하나의 캐릭터가 두 명의 인물을 반영하기도 하고, 한 명을 세 명의 캐릭터로 나누기도 했다. 기억의 편집에 과감할 수 있었던 건 기억이란 애초에 믿을 게 못 된다는 걸 확인해서다.

친구들과도 기억이 달랐다. 당시의 사실을 확인하고자 일기장을 뒤적거렸는데 기억과 전혀 반대의 기록이 적혀 있었다. 그 기록조차 언제 어디서 누구와 무엇을 했는지 전혀 남겨져 있지 않고 오로지 느낌만 적혀 있었다. 기록은 정말 객관적일까. 그건 '사실'이 맞을까. 알 수 있는 사람도 없었고 과거로 돌아가 확인할 방법도 없었다. 그래서 글의 형식에 대해 자유롭기로 했다. 에세이도 아니고 소설도 아니기로.

한 권의 책은 언제나 여러 사람의 합작품이다. 같은 주제여도 누구와 어떻게 만드느냐, 어떤 관점으로 꿰느냐에 따라 책은 달라진다. 하나의 글도 마찬가지다. 사건을 바라보는 입장에 따라 글은 달라진다.

각각의 글은 '나'로 시작하지만 '나'를 주인공으로 두려 하지 않았다. 내가 쓰고 싶었던 건 사랑한 사람들, 사랑한 것들이었다. 글 속의 '나'는 단지 그들을 마음껏 그리워하고 다시 사랑하면서 재구성된 화자다. 과거의 이야기란 어떤 시간의 틈을 벌리느냐, 무엇을 매개로 회상하느냐에 따라 완전히 다르게 쓰이고, 그때마다 나라고 믿고 있던 자아는 허물어지고 새로 만들어진다. '나'는 이야기의 필요로 호명되었을 뿐이지 지금의 나와 같은 인간이라고 할 수 없다. 여기 실린 글들은 한 개인이 자신의 인생을 변함없이 간직하고자 쓰는 회고담이 아니다. 얼마든지 새로 쓰일 수 있으며, 여러 가지 버전의 이야기가 생길 수 있다.

○ ○ ○

책에 실린 글 중 여섯 편은 〈심야메일〉이라는 이메일 연재 서비스에 실렸었다. 이후 네 편을 추가로 썼다. 연재할 당시 애정 어린 감상을 꼬박꼬박 남겨주며 응원해준 이봄, 이지현 작가, 미흡했던 초고에 날카롭고 꼼꼼한 의견을 남겨주었던 강원임, 오승현 작가에게 진심으로 고마움을 전한다. 소중한 글쓰기 동료들이 없었더라면 글을 완성하지 못했을 거다.

자신 없게 원고를 내밀었던 나에게 출간을 제안해준 느린서재의 최아영 대표에게도 감사한 마음이 가득하다. 함께 책의 방향성에 대해 밀착해서 이야기를 나누며 보완해간 덕에 글들이 '열정'이란 키워드로 묶이고 처음보다 묵직해질 수 있었다.

이 책을 읽는 이들이 잃어버린 시간 속에서 각자의 열정을 새롭게 찾아내었으면 좋겠다. 그리고 자기만의 이야기를 만들기를 바란다.

2023년 초여름 신나리

"그토록 미워하던 누군가가,
그리고 최선을 다해 외면하거나 피하던 관계가,
멀어져버린 무언가가 자신을 알게 해준다.
부딪히지 않았으면 결코 모른다.
타인은 나에게, 우리는 서로에게 구원이 된다.
문제를 해결하거나 도와줘서가 아니라
내 모습을 직시하게 해주어서."

## 이상하고 쓸모없고 행복한 열정

ⓒ 신나리 2023

초판 1쇄 인쇄  2023년 6월 23일
초판 1쇄 발행  2023년 7월  1일

| | | | |
|---|---|---|---|
| 지 은 이 | 신나리 | 펴 낸 곳 | 느린서재 |
| 펴 낸 이 | 최아영 | 출판등록 | 제2021-000049호 |
| | | 전    화 | 031-431-8390 |
| 편    집 | 최아영 | 팩    스 | 031-696-6081 |
| 디 자 인 | 데일리루틴 | 전자우편 | calmdown.library@gmail.com |
| 일러스트 | 한차연 | 인 스 타 | calmdown_library |
| 인쇄제본 | 제이오 | | |
| | | I S B N | 979-11-981944-8-0  03810 |